재벌가
망나니
입니다만?

재벌가 망나니 입니다만? 4

초판 1쇄 인쇄일 2020년 2월 17일 | **초판 1쇄 발행일** 2020년 2월 20일

지은이 초촌 | **펴낸이** 곽동현 | **담당편집 팀장** 이범수
편집부 정요한 홍현주

펴낸곳 (주)조은세상 | 출판등록 제2002-23호
주소 경기도 연천군 미산면 청정로1355
TEL 02)587-2966 | FAX 02)587-2922
E-mail bukdu@comics21c.co.kr

초촌ⓒ2019
ISBN 979-11-6432-740-9 | ISBN 979-11-6432-635-8(set)
값 8,000원

재벌갑
말나니
입니다만?

초촌 현대판타지 장편소설

MODERN FANTASY STORY

4

북두
(주)조은세상

초촌 현대판타지 장편소설

MODERN FANTASY STORY

CONTENTS

Chapter 1. 이게 어떻게 된 거예요? … 7

Chapter 2. 북미자유무역협정 … 21

Chapter 3. 카를로스 슬림 … 38

Chapter 4. 모두가 원하지만 아무도 몰라야 할 진실 … 51

Chapter 5. 해 주께 … 67

Chapter 6. 뭐가 좀 삐걱대는 바쁜 날 … 83

Chapter 7. Just do nothing … 104

Chapter 8. 누군간 타오르고 누군간 산화되고 … 121

Chapter 9. 여기도 바쁘고 저기도 바쁘고 … 138

Chapter 10. 쇼핑의 매력 … 155

초촌 현대판타지 장편소설

MODERN FANTASY STORY

CONTENTS

Chapter 11. 한국은 너희 미국을 사랑한다 … 171

Chapter 12. 전화기가 완성됐다 … 186

Chapter 13. 하이! … 200

Chapter 14. 내일 조국으로 돌아갈 것이오 … 217

Chapter 15. IMT-2000? … 233

Chapter 16. 버블버블 … 246

Chapter 17. 섬이나 하나 만듭시다 … 259

Chapter 18. 바다도 우리 땅이다 … 274

Chapter 19. 천고의 역적 … 289

Chapter 20. WWW … 305

함정이었다고 한다.

배임죄를 물어 해고당한 날 쓰린 속을 달래러 bar에 들른 게 실수였다고.

"허름한 모텔에서 눈 떴는데 옆에 여자가 있고 거기를 와이프가 급습했다는 거죠?"

"그렇습니다. 그때부터 정신없이 당했어요. 법원에서 소장이 날아오고 헨리가 날 또 횡령 혐의로 경찰에 넘기고. 어어 하는 순간에 어느새 노숙자가 돼 있었죠. 도저히 텍사스에 있을 수 없어 이곳으로 넘어왔습니다."

"근데 진짜 배임과 횡령을 했어요?"

"네."

또 순순히 인정한다.

의외였다. 나는 틀림없이 헨리 버크만과 수상한 커넥션이 있을 거라 생각했는데 내가 너무 진부했던가?

"왜 그러셨어요. Southwestern Bell 이사면 상당한 직위인데."

"방법이 없었습니다. 헨리의 압박이 너무 심했거든요. DSL 연구비를 갑자기 30%나 삭감하는데 VOD 산업의 가능성에 올인한 저로서는 어떻게든 자금을 끌어와야 했거든요."

"네? 그게 무슨 말이죠? 당신 말대로라면 전용했더라도 연구비에 투자한 거잖아요?"

"그렇긴 한데 올바른 경로로 간 건 아니니까요. 당신한테 DSL을 판 일로 배임죄를 물은 것까지는 어쩔 수 없는 일이라 봤는데 예산을 끌어와 연구비로 쓴 걸 횡령죄로 물을 줄은 꿈에도 몰랐죠."

"아직도 이해가 안 가는데요. 그게 죄가 됩니까?"

"특허를 판 일이 갑자기 SBC(Southwestern Bell Corporation)를 위한 게 아니라 DGO 시스템즈를 위해 한 일로 둔갑해 버렸어요. 아무리 아니라고 해도 그냥 계약서가 일방적이라는 겁니다. 실컷 개발한 기술을 남에게 넘겼다고요. 자기도 휴대폰 제조 기술을 모토로라에 넘긴 주제에. DSL 계약서에도 헨리의 사인이 들어갔음에도 그렇게 나오니 책임지고 나가란 소리로 알아들었죠. 뭐 어차피 라파엘이랑 몇몇까지 당신에게 넘어갔으니 일부 맞기도 하고. 저도 은퇴하고 소일거리나 하며 살려고 했습니다."

"근데 횡령은요?"

"횡령은…… 하아~ 아시겠지만, 연구비라는 게 명목에 들어가지 않는 돈도 생기기 마련 아닙니까? 입증할 방법이 없었습니다."

"경찰에서는 뭐라고 하던가요?"

"듣질 않더군요. 검찰도 마찬가지고요. 텍사스에서 SBC의 힘이 그 정도인 줄은 처음 알았습니다."

"희한하네요. 그럼 헨리는 당신을 파멸시킨 거죠?"

"저도 모르겠으니 미치고 팔짝 뛸 노릇이 아니겠습니다. 20년을 넘게 그를 위해 일했는데 대체 저한테 왜 그런 겁니까?"

난들…….

나도 그게 의문이었다.

다 늙은 제프의 마누라가 탐나 일을 만들 리는 없을 테고, 그렇다고 연결 끈이 없다고 하기엔 저택을 사 준 의도가 심히 의심스럽고.

정황상 마누라도 동참한 게 분명한데…….

결정적인 게 없었다.

'그렇다고 노숙자로 전락한 제프가 없어지는 것도 아니고.'

현실은 또 그에게만 절망적이었다.

'일단 그때 수사기록 좀 보고 라파엘한테도 조언을 구하는

게 좋을 것 같군.'

난 이 사람을 데리러 왔다.

별 결격사유가 없다면 DGO 시스템즈 대표로 앉히기 위해서였다.

하지만 진짜 문제가 있는 사람이라면 방법이 없었다. 나 편하자고 회사를 이상하게 굴릴 수는 없을 노릇이니까.

내일 만날 약속의 대가로 100달러짜리 지폐 두 장을 때가시커먼 손에 쥐여 주었다.

그와 헤어진 나는 기약이 없음에도 곧장 빌 클린턴을 만나러 갔다.

주청사에 가서 방문 목적을 말하고 안면이 있다 알리고 30분쯤 지났을까.

여전히 젊은 청년 같은 그가 환한 미소로 나타나 나를 반겼다. 나도 환히 웃으며 그의 환대에 답례했다.

"미스터 오. 여기까지 오시다니 무척 놀랐습니다. 어서 이쪽으로 오세요."

"아칸소에 제가 원하는 인재가 있는 것 같아 날아왔는데 주지사님을 안 보고 갈 순 없을 것 같아 염치 불고하고 찾아왔습니다. 약속도 없이 찾아온 저를 반겨 주셔서 감사합니다."

"무슨 말씀이세요. 미스터 오면 언제든지 환영합니다."

윤지원, 서 실장, 김충수도 소개하고 우린 그의 응접실로 향했다. 하제필이는 조사하러 갔으니까.

응접실에 앉자마자 일단 혹시나 몰라 챙겨 온 한복을 그의 와이프 것까지 두 벌 건네며 우정에 감사했다.

"이건 한국의 전통 의복입니다. 한복이라고요."

"한복이요?"

뚜껑을 열어 보더니 환히 웃는다.

"이거 정말 고급스럽군요. 이런 옷이 다 있었어요."

"마음에 드십니까?"

"참으로 좋네요. 힐러리도 좋아하겠어요."

"마음에 드신다니 다행입니다."

"이렇게 좋은 선물까지 받게 됐는데 저는 드릴 게 없고 어쩌죠?"

"본의 아니게 만나게 됐으니 괜찮습니다. 저는 오늘 클린턴 주지사를 뵌 거로도 만족합니다."

"저를 좋게 봐주셔서 감사합니다. 그리고 저번에 좋은 결과가 있어서 다행입니다. 슬기롭게 풀어 가셨더군요."

"이번에도 슬기롭게 풀 일이 있긴 있습니다."

"혹 AT&T를 말씀하시는 건가요?"

"아시는군요. 저더러 20% 참여를 권고하더군요."

"호오, 상당하군요. 이런! 미래의 억만장자가 제 앞에 계시는 줄도 모르고 거만을 떨었군요."

나름 조심하는 모양새를 취한다. 조크다.

"하하하하하, 미래의 대통령이 될 분에 비하면 저는 아무

11

것도 아니죠."

"네?"

"조크입니다, 조크."

"하하하하하하하."

"하하하하하하하."

한참을 웃은 나는 살짝 미소를 풀고 표정을 진지하게 나갔다.

"그래도 저는 이번 일에 저 나름대로 고민이 많습니다. 아무래도 넘어야 할 산이 많아 보여서요."

"무슨 문제가 있나요?"

"DGO 시스템즈는 이제 겨우 일어선 회사입니다. 인텔과 SBC와 어깨를 나란히 하기엔 한참 멀었죠."

"큼큼, 그런 부분이 있었군요. 혹 이걸 함정으로 판단하시는 겁니까?"

빌 클린턴도 빨랐다.

별말 하지도 않았는데 내 심중을 파악하고 역으로 찔러 온다.

살짝 긴장감이 생긴다.

"양날의 검이라 생각합니다. 제가 어떻게 하느냐에 따라 판도는 크게 달라지겠죠."

"하하하하하, 그런 자신감이시면 걱정 없겠습니다. 제가 괜한 우려를 표했군요."

"아닙니다. 편하게 대해 주셔서 모처럼 안정감을 느껴서 그런지 제가 괜한 말을 꺼낸 것 같습니다."

"아닙니다. 괜찮습니다. 존의 친구이니 미스터 오도 저와
친구이지요. 친구끼리 이 정도 대화도 못 나눈답니까?"

듣고 싶은 말이었다.

이것만도 오늘 여기까지 온 보람은 충분했다.

만족한 나는 빌 클린턴과 다음을 기약하며 헤어졌다.

호텔에 돌아와 다른 사람들이 짐을 풀 때 바쁜 나는 곧장
라파엘에게 전화해 제프 코트리에 대해 사소한 것이라도 자
세히 물었다.

라파엘은 연구원이라 별로 아는 게 없었다. 다만 DSL 연구
중 살짝 자금 경색이 온 적이 있었는데 생각해 보니 어느새
풀려 있었다는 얘기는 해 줬다.

다음 날이 되어 아침부터 대기하던 하제필에게 보고를 들
었다.

체포부터 선고까지 일주일이 안 걸린 사건이란다. 선임된
국선 변호사도 거지같았고 갑자기 SBC가 고소를 취하해 종
결됐다고까지 듣고는 바로 멈췄다.

아칸소 강가로 달려간 나는 벤치에 기대 하염없이 강만 바
라보던 제프 코트리에게 물었다.

"접니다."

"오셨군요."

"단도직입적으로 묻죠. 인생을 다시 설계해 볼 생각 있나요?"

13

"어제도 날 보러 온 거 맞습니까?"

"맞아요. 당신을 만나러 워싱턴에서 날아왔죠."

"역시 그랬군요. 사실 어제 당신이 다녀간 후 많은 생각을 했습니다. 어째서 여기까지 왔을까? 나랑 단 한 번 본 사이인데 왜 나를 보려고 여기까지 온 걸까? ……조금 기뻤습니다. 누군가 나를 찾는다는 것 자체가요. 하지만 싫기도 했습니다. 저 강을 보세요. 얼마나 평화롭나요? 이렇게 흘러가는 강만 봐도 마음이 편해집니다. 앞으로 계속 이렇게 보는 것도 나쁘지 않을 것 같고요. 무슨 제안을 하실지 모르겠지만 넣어 두세요. 미국엔 저보다 더 좋은 사람이 널리고 널렸습니다."

백번 공감한다. 나도 윤지연 얼굴을 보고 있노라면 이까짓 세상 대충 살고 싶은 마음이 굴뚝 같이 솟는다.

하지만 세상이 날 그냥 놔두지 않는다. 죽지 않으려면 더 뛰어야 하고 더 많이 먹어야 한다. 노숙자 제프 코트리도 내가 먹어야 할 대상이었다. 즉 아쉽게도 제프 코트리의 휴식은 여기에서 끝나야 옳았다.

"천재가 널렸다고 해도 연이 닿은 사람은 제프 코트리 당신이지요."

그의 와이프가 젊은 남자와 키스하는 사진을 보여 줬다. 커다란 저택에 같이 들어가고 같이 침대에 눕는 것까지.

제프 코트리의 손길이 떨린다.

내레이션을 깔아 줬다.

"왜 이런 일이 벌어졌는지 모르겠지만 내가 필요한 사람이 당신이란 건 알았습니다. 참고로 그 저택은 헨리 버크만이 사준 겁니다."

"뭐라고요?!"

"헨리 버크만이 당신 와이프에게 이 집을 줬고 사진도 이 집에서 찍은 겁니다."

"제게 왜 이러시는 겁니까?! 전 누가 봐도 실패한 사람입니다. 왜 이런 사진까지……."

"통신업에서 뼈가 굵은 경영인이 필요합니다. DGO 시스템즈에는 현재 기술만 있어요. 인프라가 없죠. 그걸 당신이 해 줬으면 좋겠어요. CEO로 취임해서요."

"대, 대표로요?"

"종신 계약은 못 해 드려요. 대신 10년 계약은 해 드리죠. 순이익에 대한 옵션 1%도 제공하고요. 그거면 부활하실 수 있지 않겠습니까?"

"오, 옵션까지도요? 제가…… 대체 뭔데……."

"아! 한 가지 더 약속드리죠. 저랑 손잡으면 언젠가 헨리 버크만이 당신의 말을 고개 숙여 경청해야 할 때가 올 겁니다. 어때요? 하시겠어요?"

손을 내밀었다.

입이 떡 벌어진 그가 나를 본다.

"쿠쿠쿡, 당신 이제 땡잡은 겁니다."

◇ ◆ ◇

　며칠 후 워싱턴 어느 장소에선 미 행정부, 인텔, SBC, DGO 시스템즈 4자가 모인 가운데 양해각서가 체결되었다. 서로 악수하고 사진 찍고.

　골자는 이거였다. 미국에 AT&T라는 회사를 설립되고 이 회사가 앞으로 미국의 무선이동통신 시대를 개막한다는 것.

　그 양해각서를 들고 국무장관이 직접 기자들에게 브리핑하였다.

　그리고 이튿날 초미의 관심이 집중된 자리에서 정식 계약서가 작성되었다.

　또 하나의 거대 공룡 기업의 탄생이 아닌지 귀추가 주목되는 가운데 인텔이, SBC가 신나게 어떻게 떠들든 말든 나는 언론과의 인터뷰를 사양하고 곧바로 캘리포니아로 날아갔다.

　카를로스 슬림 때문이었다.

　카를로스 슬림은 멕시코의 대부호로 차후 엄청난 부를 쌓을 사람인데, 그 위명 때문에라도 내 첫 계획은 그를 직접 만나 어떤 일에 대한 담판을 지으려고 하였다.

　마침 SBC가 AT&T 때문에 멕시코로 갈 여력을 잃어 그 사이를 파고들 생각이었는데 어제 잠자다가 살짝 틀어졌다. 생각이 길어지다 보니 라파엘 에르난데스의 큰아버지가 멕시코에서 무슨 사업을 한다는 얘기를 들은 기억이 난 거다.

겸사겸사 세 요정에도 뭔가 지시할 것도 있고 윤지연도 소개시켜 주고 라파엘의 얘기도 자세히 듣고 아무튼 일이 많았다.

슈우우웅.

신나게 날아가 샌프란시스코 공항에 내리자마자 또 세 요정이 들러붙어 안고 쓸고 하는데 받아 주면서 순간 뒤에 윤지연이 있는 걸 망각했다.

"엇!"

우와~.

등줄기로 식은땀이 주르륵 흘러내리는데.

시간이 갈수록 목석처럼 굳어 가는 날 세 요정은 이상하게 바라봤고 서 실장은 서둘러 윤지연의 존재를 밝혔다.

우리 사이가 어색해지는 건 단 1초도 걸리지 않았다.

"보스?"

"저 여자분은 누구예요?"

"맞아. 여자는 처음 데려오네."

"이, 인사해. 이름은 윤지연. 나와 결혼할 사람이야."

"네?"

"What?!"

"그게 무슨 말이에요?! 보스가 결혼하다뇨?"

나는 일일이 답해 주는 것보다 윤지연을 앞으로 내세웠다.

"정식으로 인사해. 이쪽부터 마리아, 메리, 애니카야. DGO

시스템즈의 심장이자 핵심들이야."

"안녕하세요. 윤지연이에요."

"오 마이 갓."

"보스가 우릴 버리려나 봐."

"이제 우리의 쓸모가 다한 거예요?! 정말 그런 거예요?"

이게 왜 이렇게 흘러가는지 모르겠는데 사람들이 오가는 공항에서 한바탕 울음바다가 터졌다.

마구잡이로 끌어안고 우는데 어떻게 손쓸 수도 없고 사람들은 쳐다보고 나중에 총 든 경호원까지 와서 이것저것 캐묻고.

진짜 난감했다.

"흑흑흑, 내가 먼저 결혼하려고 했는데……."

"아니야. 난 오래전부터 가슴에 품었단 말이야. 어떻게 보스가……."

"이제 부인이 생겼으니 우릴 거들떠보지 않을지도 몰라. 애니카, 우리 떠나야 하는 거야?"

"몰라. 필요 없어졌으니까 그럴지도 몰라. 보스가 우리에게 이럴 줄은 몰랐어."

"보스가 우릴 버리려 하다니. 난 믿을 수가 없어."

"나도……."

"우린 이제 어쩌지?"

30분째 서로만 부여잡고 눈물을 흘려 댔다.

근데 진짜 슬퍼 보였다.

하늘이 무너지는 느낌이 들었고 눈앞이 캄캄해지는 게 곁에 있는 내가 다 느껴질 정도였다.

슬픔에 완전히 휘둘렸다.

이대로 놔두면 안 될 것 같아 서둘러 안아 줬다.

"안 버려. 안 버린다고. 왜들 이래. 저번에도 말했잖아. 너희들은 쭉 나랑 같이 갈 거라고."

"근데 결혼하잖아요. 결혼하면 다른 여자는 곁에 없어야 하는 거잖아요. 난 알아요. 하지만 난 보스를 떠나서는 살 수 없어요."

"맞아요. 우리는 몰라도 다른 여자들은 우릴 이해하지 못할 거예요. 아니, 이해하는 것도 바라지 않아요. 이제 우린 어쩌죠?"

"난 무서워요. 보스가 없는 세상은 생각할 수도 없어요. 난 이제 어떻게 하죠?"

"……."

이걸 어떻게 해야 하나.

이들의 정이 이렇게 깊을 줄은 상상도 못 했다.

완전히 나를 의지하고 내게 모든 것을 내맡긴 사람들.

내가 어디에 가서 이런 사랑을 받아 볼까.

순간 나도 울컥했다.

"안 버려. 내가 죽어서도 안 버리니까. 이제 울지들 마! 난 앞으로도 쭈욱 너희들과 함께할 거야. 그러니까 슬퍼하지

마. 나 너희들 보러 오느라 정말 기뻤는데 이러면 내가 어떻게 여길 오니?"

"정말요? 결혼한다고 막 버리고 그러는 거 아니죠?"

"그럼. 너희와 나는 이미 일생을 함께 갈 동지야. 파트너라고. 파트너를 어떻게 버리냐? 일단 회사로 가자. 가서 자초지종을 말해 줄게. 응? 뚝 그치고. 날 믿고. 응? 그래그래, 내가 잘못했으니까 가자. 가서 우리 얼굴 보고 앉아서 얘기하자."

겨우겨우 달래서 DGO 시스템즈로 왔다.

근데 여기에서도 놀랐다.

사무실에도 온통 나의 환영 문구와 풍선이 즐비하고 곳곳에 쓰인 내 이름하며 이들이 나를 얼마나 고대했는지 아주 선했다.

반면 윤지연은 굳은 얼굴이 펴지지 않았다. 윤지연과 만나며 이토록 굳은 표정은 처음이었다.

늘 생글생글 웃었는데…….

그런 그녀가 처음으로 내게 상황을 물어 왔다. 무표정으로.

"이게 어떻게 된 거예요?"

Chapter 2. 북미자유무역협정

답답했다.

늘 해맑았던 세 요정은 처참하게 울기 바쁘고 항상 미소 짓던 윤지연이 원망의 눈으로 다그치고.

더구나 달리 설명할 길도 보이지 않는다.

윤지연을 위해 세 요정의 가슴을 후벼 팔 수도 없고 세 요정을 위해 윤지연을 버릴 수도 없다.

세 요정의 정이 이렇게 깊은 줄 알았더라면 혼자 와서 사정부터 설명했어야 했는데 내가 너무 안이하게 생각하였다.

할 수 없이 다 놓고 나가 버렸다.

더 얘기해 봤자 상황만 악화될 게 뻔했다.

이럴 땐 잠시 식히고 돌아와 다시 얘기하는 것이 좋다. 책에서 읽은 거다.

김충수와 하제필만 쫓아왔는데 난 그냥 실리콘 밸리 거리를 정처 없이 걸었다.

걸으면서도 기가 막힌다.

"여난이라니. 이 오대길이한테 여난이라니."

"……."

"……."

계속 걸었다.

어떤 잔머리를 굴려도 해법이 보이지 않는다.

또 어떻게 통한다고 해 봤자 나중에 더 큰 문제가 야기될 것만 떠오른다.

근데 또 왜 이렇게 눈에 익은 건물이 보이는지.

아니다. 아는 건물이다.

딱 멈췄다.

"어! 이게 왜 여기에 있어?"

"네?"

이건 하제필.

"어! 이 건물은……."

김충수는 안다.

"김 비서, 이거 그거 맞지?"

"네, 맞습니다."

어느새 퀄컴 사무실이 있는 건물까지 걸어온 모양이다.

DGO 시스템즈는 차로 꽤 떨어진 곳에 위치했다.

"맞아. 이 근처에서 애니카를 처음 만났는데."

"저도 기억합니다."

"그리로 가 볼까?"

"네."

"……."

근데 어딘지 모르겠다. 멈춰서 고개를 둘러봐도 장소를 못 찾겠다. 그때도 아마 정처 없이 길을 걸었던 것 같다.

"제가 안내하겠습니다."

김충수의 리드에 따라 다시 한참을 걸었다.

그제야 우리가 함께했던 씨티은행도 보이고 부딪혔던 모퉁이도 찾았다.

그 자리에 섰다.

이제야 나도 이 감정이 뭔지 알 것 같았다.

결국 내가 벌인 일이었다.

내가 풀어야 한다.

"돌아가자. 가서 할 얘기가 많네."

"준비하겠습니다."

"택시 타고 가자."

"네."

무거운 마음으로 사무실에 도착했더니 또 희한한 광경이

나를 반긴다.

세 요정과 윤지연이 함께 음식을 차린다.

"이건 또 무슨 시추에이션이야?"

나도 모르겠다.

서 실장한테 눈짓해도 모른 척, 이 마당에 괜히 또 얘기를 꺼내는 것도 이상하고 가만히 입 닥치고 분위기에 녹아들어 가려 했다.

입으로 들어가는지 코로 들어가는지.

차린 음식을 먹고 다시 눈치나 보고 있는데 또 네 명의 여자가 조용히 상을 치운다.

그사이 서 실장의 옆구리를 찔렀다.

"어떻게 된 거야?"

"저도 잘……."

스리슬쩍 피하는 서 실장이 이토록 얄미울 수가 없었다. 그렇다고 대놓고 물어보는 것도 좀 조심스럽고.

괜히 이게 무슨 분위기인지 멀뚱한 라파엘만 잡아 놓고 얘기를 꺼냈다.

"라파엘."

"네, 보스."

"저번에 얘기했던 것처럼 제프 코트리를 CEO로 앉힐 거야. 어때?"

"제프라면 괜찮습니다. 경영과 연구를 잘 분리하니까요."

"평가가 나쁘지 않네."

"전에 보스의 전화를 받고 잘 생각해 봤는데 제프와 만나고 나서부터는 연구 외 불편한 사항이 많이 줄어들긴 했더라고요. 그런 면에선 아주 좋습니다."

"음…… 그렇군."

제프 코트리에 대한 건 이 정도면 됐다.

"근데 멕시코에서 큰아버지가 사업을 한다며?"

"큰아버지는 농부인데요."

"농부라고? 저번에 사업한다고 하지 않았어?"

"사촌이 마트를 운영하긴 하는데."

"마트?"

"소리아나요."

"소리아나?"

"아세요?"

"모르지."

이름도 해괴하고 좀 실망스러웠다.

최소한 부동산업자 정도는 돼야 얘기가 통할 것 같은데 다시 카를로스 슬림을 찾아가야 하나 싶기도 하고 계획이 확 꼬이는 것 같았다.

이 모습에 욱했는지 라파엘이 물어보지도 않는 말을 했다.

"꽤 크다고 들었어요. 주식에도 상장하고."

"엥? 마트를 주식에 상장했다고?"

이건 또 무슨 소린지.

"몬테레이에서만 8개를 넘게 운영해요. 다른 데까지 합치면 16개나 된다고요. 창고도 있고 농장도 있고 그 지역에서는 알아주는 부자고요."

"자, 잠깐만. 무시하는 게 아니고 내가 좀 몰라서 그래."

"뭐가요?"

"대체 마트가 어떻길래 주식에 상장한 거야?"

"엄청 커요. 여기 월마트처럼 하는 거예요."

"아!"

무릎을 탁 쳤다.

창고형 마트.

그 순간 멕시코에서 벌어질 일련의 사태들이 주르륵 지나갔다.

"맞다! 토종 마트!"

"네?"

"아니다. 아니다. 근데 너네 사촌 좀 만날 수 있어?"

"왜요?"

"왜긴. 얘기 좀 해 보려는 거지."

"무슨 얘기요?"

"무슨 얘기야. 사업 얘기지."

"엥? 보스도 마트 하시려고요?"

"어?! 으으응."

젠장, 소리아나인지 뭐시기 때문에 마트 하려던 건 아니었는데 어째 분위기가 요상하게 흘러갔다.

"대충 다른 것도 있고 한번 얘기나 해 보자고. 가능할까?"

"전화 한번 해 보죠."

라파엘이 전화하러 간 사이 윤지연과 세 요정이 돌아왔다.

소리아나 때문에 잔뜩 상기됐던 나는 급히 열기를 식힐 수밖에 없었다. 이때는 자중할 때였으니까.

조용히 앉아 있는데 준비됐던지 윤지연이 커피를 건네며 무겁게 입을 열었다.

"당혹스러웠어요."

"으, 으응."

"여자가 있는 것도 놀라웠지만, 그들이 저보다 더 오빠를 사랑하는 걸 보고 깜짝 놀랐어요. 꿈에도 이런 일이 있을 줄은 몰랐어요."

"……."

어깨가 축 처진다.

할 말이 없었다. 입이 열 개라도 백 개라도 난 말을 해선 안 된다.

여기에서 윤지연이 나를 차 버린대도 말이다.

"그냥 얘기했어요. 저를 언제 만났고 언제부터 좋아했는지. 처음부터 다 말해 줬어요. 그리고 집에 찾아와 결혼하겠다고까지 한 것도요. 언니들도 다 얘기해 줬어요. 오빠가 자

27

신들에게 어떤 사람인지."

"……."

"분하기만 했는데 저도 말하다 보니 기억났어요. 오빠가 절 대할 때 어땠는지. 언제나 진심이었잖아요. 그때도 그렇게 미국에 와서도 오빠 눈은 이런 일을 전혀 염두에 두지 않았었거든요. 또 여기에서 알았어요. 이들을 무척 아낀다는 것도요."

"……."

근데 씨벌.

구석탱이에 쭈그러져 있어도 모자랄 판에 갑자기 욕이 나온다.

상황 참 엿 같다.

이 자리, 이 분위기…….

모르겠다.

내가 백번 잘못한 거라지만 왜 이렇게 화가 나는지.

"한순간이라도 의심했던 거 사과할게요. 오빠 마음이 변하지 않았다면 난 여전히 오빠 곁에 있고 싶……."

"전제는 하지 마라. 조건도 달지 마라. 그럴수록 나를 난도질하는 거다."

"그건……."

"있는 그대로 받아들이기 힘들다면 달리 답이 없다. 전에 말했듯 내 결혼 상대는 오로지 너고 자식도 너에게서만 볼 거다. 네가 싫다면 내 인생에서도 결혼과 자식은 사라지겠지. 난 처음부터 그런 각오였어."

"……."

"네가 봤듯 마리아, 메리, 애니카는 내가 평생 책임져야 할 여자들이다. 내 곁을 떠나 있든 나와 있든 상관없이 언제나 올 수 있게 문을 활짝 열어 줘야 할 여자들이기도 하고. 얘들은 내게 그런 사람들이야."

"보스."

"히잉."

"……."

"지연이 네가 무슨 마음으로 음식을 함께 차리고 했는지 짐작이 안 간다. 다만 하나만 말할게. 내 앞에서만큼은 조건 달지 마라. 난 네 삶 전체가 어떻든 끌어안으려 덤비는 사람이야."

이곳에 잘못 왔다.

윤지연을 미국에 데려오지 말았어야 했다.

심히 후회되었으나.

하지만 다시 생각해도 언제든 터졌을 일이다.

그냥 갑자기 다 싫다.

살얼음 같은 이 상황이 두려웠고 납덩이처럼 무거운 사무실이 무섭다.

뛰쳐나가고 싶다.

그때 마리아가 손을 번쩍 들었다.

"저, 저도 말⋯⋯하고 싶어요."

모두의 시선이 돌아간다.

할 수 없이 허락하니.

"여왕님이 올 줄은⋯⋯ 몰랐어⋯⋯요. 이제 여기서 쫓겨나나 슬펐고 두려웠고 굉장히 힘들었어요. 하지만 이 일로 인해 보스가 괴로운 건 더 싫어요. 어차피 나도 결혼제도에 의문은 가지고 있었고 보스랑 여왕님이랑 허락하면 어떻게든 상관없어요. 여기 있게만 해 주신다면 전 아무래도 관계없어요."

"마리아!"

"그냥 여기 있게만 해 주세요. 전 여기가 좋아요. 보스도 좋고 여길 떠나고 싶지 않아요."

마리아가 아예 날 보지 않는다. 윤지연만 보며 애원한다.

저 마리아가⋯⋯.

순간 머리털이 곤두섰다.

내가 이런 꼴을 보려고 여기까지 왔나?

역시나 첫사랑은 이루어지지 않는 건가 보다.

벌떡 일어섰다. 소리쳤다.

"마리아, 메리, 애니카 일어낫!"

"보, 보스."

"보스?!"

"너흰 누구에게도 고개를 조아려선 안 돼. 설사 나에게도 절대 안 돼. 난 너희 보호자야. 다신 내 앞에서 이런 모습 보이지 마!"

"보스……."

"보스, 전……."

"안 돼. 절대로 안 돼. 너흰 나의 자랑이고 기쁨이야. 이런 건 아니야. 절대로 안 될 일이야. 절대로 안 된다고."

"으허어어엉."

"으아아아앙."

또 한바탕 우는데 나도 이 이상은 모르겠다.

모든 게 다 내 불찰이다.

그런데도 손은 윤지연한테 간다.

나도 모르게 내밀었다.

직감했다.

'내 발로 강을 건너고 말았구나.'

잡으면 같이 가고 안 잡으면 끝이다.

그러나 내 바람과는 달리 윤지연은 내 손을 잡지 않았다.

'아……'

끝이구나 생각했는데.

"오빠는 왜 또 사람들을 울려요. 그러지 마세요. 저도 많이 슬퍼요."

그녀들을 껴안아 준다. 그녀들도 윤지연을 껴안는다.

어휴~ 씨벌.

심장이 쏠리는 것 같다.

온몸의 맥이 다 풀리는 느낌이다.

나는 정말 모르겠다. 여자란 생명체를.

밖으로 나왔다.

하늘을 보았다.

아주 화창하다.

"그래도 잘 풀린 건가?"

역시나 모르겠다.

다음 날이 되어서도 계속 조심스러웠다.

언니 아우 하며 얼핏 사이좋아 보이는 저들을 보는 것도 어색했고 멋쩍었고 또 가시방석 같았다.

그렇다고 안절부절못하는 것도 자존심 상하고 어떻게든 견디고 있는데 제프 코트리가 말끔한 모습으로 찾아왔다.

나이스 타이밍.

제프 코트리를 핑계로 DGO 시스템즈를 이끌어 갈 CEO의 소개 시간을 가졌다.

그동안은 메리가 살림살이 겸 연구원을 맡아 왔는데 제프 코트리가 오자 메리도 규모가 커 갈수록 복잡해져 힘들었다고 아주 좋아했다.

또 라파엘에게서도 긍정적인 소식이 들려와 생각난 김에 난 직원 전체를 데리고 멕시코로 넘어갔다.

여자들은 신났고 라파엘 외 3명은 '또요?'란 표정을 짓고 제프 코트리는 이게 뭔 얘긴지 어리둥절해했다.

가면서 라파엘한테 멕시코와 관련된 대략의 사정을 들었다. 내가 기억하는 것과 현재의 멕시코가 얼마나 차이 나는지도 궁금했고 꽤 해박하여 모르는 부분도 잘 짚어 가기에 멕시코에 대해 대화하기에 그만한 상대가 없었다.

우리는 바로 소리아나의 본점으로 향했는데 도착하자마자 라파엘의 사촌이라 불리는 프란시스코 마르틴이 마중 나와 두 팔을 넓게 벌렸다.

"어서 오세요. 환영합니다."

솔직히 사촌이라 해서 많아 봤자 열 살 터울이라 생각했다.

웬걸. 거의 아버지뻘이다. 성도 다르고.

아무래도 어머니 쪽 인물 같긴 한데, 역시나 둘이 인사하며 안부도 어머니만 묻는다.

이다음은 별거 없었다.

소개가 이어지고 매장도 둘러보고 친목에 관한 이야기들을 많이 나누며 서로의 정보를 탐색하는 시간을 가지고 저녁 식사 초대도 받고 프란시스코 마르틴과 나는 따로 독대할 약속을 잡고 호텔로 돌아갔다.

저녁 식사 초대를 받았으니 관광일정은 짜지 않았다.

일단 휴식과 호텔 주위를 둘러보는 것으로 대충 마무리 지었는데 저녁이 되기 전 우린 소리아나 측에서 보내 준 차량으로 이동하게 되었다.

"어서 오세요. 여긴 내 동생인 아르만도 마르틴이오."

"반갑습니다. 오대길입니다."

"형이 말해 주더군요. 이번에 미국 통신 회사 설립에 참여하게 되셨다고요? 아르만도 마르틴입니다."

"만나 뵙게 되어 영광입니다."

"하하하하, 뭘요."

널따란 저택 마당에 깔린 널찍한 테이블 위에 푸짐하게 깔린 음식들과 백에 수렴하는 엄청난 수의 가족들.

개성도 정장 입은 애들부터 문신에 피어싱까지 다양함에도 이들은 가족이라는 이름 아래서 어울렸다.

위세가 대단했다.

이게 멕시코식 패밀리가 아닌가 싶기도 하고.

순간 대양의 총회합이 비교되었지만, 고개를 저어 지웠다.

대양은 치워라. 무릇 가족이라 하면 이 정도 끈끈함은 기본이지.

거의 두 시간에 이르는 저녁 식사를 마치고 마르틴 집안의 수장 둘과 나는 따로 마련된 자리에 착석하게 됐다.

"라파엘에게 듣자 하니 마트 사업에 관심이 많으시다고요?"

"그렇습니다. 저도 내년쯤에 시행하려던 참이었으니까요."

"미국에서 시작하시는 겁니까?"

"아닙니다. 모국인 한국에서 시작할 생각입니다."

"한국이요? 한국인들은 참으로 성실하지요. 무엇이든 맡은 바 책임을 회피하는 경우를 보지 못했습니다. 마음에 드는 사람들이죠."

아르만도 마르틴이었다.

"같이 일해 보셨습니까?"

"직원 중에 있습니다. 잘 보고 있고요."

"그렇군요. 한국인을 칭찬해 주셔서 감사드립니다."

이후로도 마트에 관한 얘기를 아주 많이 나누었다.

그럴수록 고자세이던 마르틴 형제의 허리가 앞으로 당겨졌는데 내가 가진 마트 지식이 그들의 수준을 압도해서였다.

당연한 얘기다. 월마트의 공격을 이겨 낸 나라는 전 세계에서도 딱 두 곳, 한국과 독일.

난 그 한국에서 마트만 10년 넘게 해 온 사람이었다. 머릿속에 온갖 선진 기법들이 망라된 나에게 이들은 거의 어린애 수준이나 다름없었다.

그즈음 마르틴 형제에게서 내 얘기를 들을 자세가 나왔다.

"제가 오늘 이 자리까지 오게 된 건 두 가지를 제안하기 위해서입니다."

"무엇입니까?"

"하나는 마르틴가의 통합입니다."

"통합이요?"

"의견이 맞지 않아 분사됐다고 라파엘에게 들었습니다. 하지만 오늘 보니 결합 가능성이 없지 않더군요. 합치십시오."

"갑자기 그게 무슨 말이죠?"

"이유는 분명합니다. 나뉜 소리아나로는 월마트를 이길 수 없으니까요."

"월마트를 이길 수 없다뇨? 월마트는 이곳에 못 들어옴…… 설마…… 개방이라도 된다는 겁니까?"

"지금은 아니지만, 살리나스 대통령의 움직임을 보십시오. 그는 반드시 미국·캐나다자유무역협정에 가입할 겁니다. 멕시코까지 들어간다면 북미자유무역협정이 되겠죠."

"북미자유무역협정!"

북미자유무역협정.

이름은 거창하지만, 내용은 간단하다.

미국, 캐나다, 멕시코 이 세 개 나라를 묶어 하나의 시장으로 형성하는 조약이었다.

이미 미국과 캐나다는 실행 중이었고 머지않아 멕시코도 이 흐름에 편승하게 된다는 건데 나는 그걸 꼬집는 거였다. 분열된 소리아나의 힘으로 월마트를 이길 수 있는지.

마르틴 형제의 안색이 삽시간에 어두워졌다.

표정만 봐도 싸움이 안 된다는 걸 알고 있다는 소리다.

하지만 대화는 아직 끝나지 않았다.

준비하시고~.

풍랑에 흔들리는 돛단배 같은 그들에게 나는 무심한 돌을 하나 더 던졌다.

"이참에 저랑 통신사업에 진출하시는 건 어떻습니까?"

Chapter 3. 카를로스 슬림

"통신사업이요?!"

"전화하는 그 통신 말입니까?!"

너무 놀란다.

그래서 더 분명히 말해 줬다.

"네, 통신사업의 파트너로서 소리아나가 함께했으면 좋겠습니다."

"허어……."

"으음……."

전혀 갈피를 못 잡는 표정이었다.

좀 더 직관적으로 표현하자면 '뭐임?' 정도?

이해는 한다.

지금껏 어떤 물건을 싸게 들여 어떤 식으로 팔까만 고민했는데 갑자기 첨단산업에 대한 제의를 받았으니.

고로 젠틀맨이 나갈 때였다. 멕시코에 진출하려면 멕시코 얼굴이 반드시 필요했으니까.

"카를로스 슬림이라고 아십니까?"

"카를로스 슬림이라면……!"

"형, 그 양반 아니야?"

형제가 눈짓을 주고받는다.

나는 나대로 설명한다.

"살리나스 대통령의 성향상 앞으로 멕시코의 수많은 공기업이 민영화로 돌아설 겁니다. 텔레포노스 데 메히코도 그중 하나일 테고요. 결과적으로 말씀드리자면 카를로스 슬림이 텔레포노스 데 메히코를 노리고 있습니다."

"카를로스 슬림이라면 엄청난 자산가가 아니야? 뒤에 호아킨 구스만이 있다고 들었는데."

"아니지. 호아킨 구스만 뒤에 카를로스 슬림이 있는 거로 알고 있어."

무슨 소린가 했는데.

프란시스코 마르틴이 친절하게 설명해 줬다.

"표정을 보니 잘 모르시는 것 같아 설명드리오. 호아킨 구스만은 시날로아 카르텔의 보스요. 콜롬비아 마약왕과도 뒤지지 않는 거물이란 말이오. 그들의 눈과 귀가 없는 곳은 이 멕시코에선 없소."

"……!"

"그리고 카를로스 슬림과 살리나스는 친분이 꽤 오래되었 다고 들었소. 그런 사업에 잘못 끼어들었다간 목숨이 여러 개라도 버티질 못할 것이오."

"……."

생각도 못 한 복병이 숨어 있었다.

마약 카르텔이라니.

세상 얽히지 말아야 할 게 있다면 마약 카르텔과 유대인이 라고 들었는데.

하지만 나도 여기에서 멈출 수는 없었다.

"맞습니다. 이대로 가자면 전 카를로스 슬림과 손잡으면 편합니다. 인프라를 담당할 SBC가 AT&T 설립 때문에 빠져 버린 상황이라 그도 난감할 테니까요. 특히나 제 기술이라면 눈독을 들일 게 확실하죠."

"근데 그런 걸 어디에서 들었소?"

"기업 기밀을 물으시는군요. 참고로 말씀드리면 전 부시 대통령이 기어코 초청해 AT&T의 창립멤버로 삼은 사람입니 다. 생각하시는 것보다 꽤 높은 곳에 있습니다."

"아아, 미안하오. 순간 궁금증을 이기지 못해서."

"선택에 관해 드리고 싶은 말씀은 딱 이것뿐입니다. 세상이 어려워져도 도시에 사는 사람들은 수도, 전기, 가스를 안 쓰고는 못 배깁니다. 그건 멕시코도 마찬가지고요. 그럼 통신은 어떨까요? 이미 갖춰진 텔레포노스 데 메히코는 가지고만 있어도 매년 수십억 달러를 벌어들일 겁니다. 이 노다지 사업을 그냥 포기하시렵니까?"

"……."

"……."

"……."

"……."

대답을 못 하는 걸 보니 사업 규모에 놀라고 또 벌어들일 자금에 한 번 더 놀란 것 같았다.

역시나 사업 감각이 있는 프란시스코 마르틴부터 꼬랑지를 내린다.

"하지만 갖고 싶어도 우린 통신에 대한 아무런 제반지식이 없소. 그걸 모르진 않을 것 같소만."

"대신 제일 중요한 걸 가지고 계시죠."

"그게 뭡니까?"

"멕시코인이지 않습니까?"

"멕시코인!"

"카를로스 슬림도 마찬가지입니다. 그가 뭐가 있어 통신업에 기웃거린답니까? 다 프랑스와 미국이 덤벼서 그렇지요."

"프랑스도요?"

"아직 가시화되진 않았지만, 멕시코와 전혀 관련 없던 제가 벌써 안다는 걸 유념해 주십시오. 시간이 얼마 남지 않았습니다. 그리고 이런 유는 먼저 제안을 하느냐 못하느냐가 큰 변화를 초래하게 됩니다. 그렇게 본다면 제 말을 한번 믿어 보시는 것도 나쁘지 않겠지요. 어쨌든 살리나스 대통령이 원하는 키워드는 달러 유치 아닙니까?"

"……."

"……."

혼란스러운 모양이었다.

마트 잘하고 있던 마르틴가에 갑자기 폭풍이 불어왔으니 그럴 만도 했다.

조용히 기다려 줬다.

어차피 결정은 저들이 하는 거고 마르틴의 통합도 알려 줬으니 내 할 도리는 다했다.

그러나 결국 이 자리에서의 결정은 어려웠던지 자리는 그대로 파했다.

호텔로 돌아온 우리는 다음 날로 멕시코시티로 가서 관광을 시작했다.

엄청난 규모의 유적 테오티우아칸도 보고 과달루페 성당도 보고 소깔로 광장에서 시간을 보내기도 했다. 다음 날도 멕시코시티를 돌았다.

차풀테펙 성에 갔다가 국립 인류학 박물관에 갔다가 자그

마한 프리다 칼로 뮤지엄에 갔다가 과달루페 성지도 돌고 밤
엔 무희들의 공연도 보고.

그다음 날도 인근을 더 돌까 고민 중이었는데 호텔로 마르
틴 형제로부터 연락이 왔다.

만나자고.

자기가 온단다. 내일은 시간을 비워 두라고. 내일 카를로
스 살리나스 대통령을 만나기로 했다고.

뭐가 이렇게 빠른지.

뺑튀기하는 것도 아니고 한 나라의 대통령을 이렇게 빨리
만날 수도 있나?

헛웃음이 나온다.

"라틴이야말로 열혈파라더니. 추진력 하나는 알아줘야겠어."

시간을 두고 천천히 단계를 밟아 갈 줄 알았는데 이쪽 사람
들의 열정은 내 예상을 훌쩍 뛰어넘는다.

즉 마르틴 일가도 통신업에 뛰어들길 원하는 것이라는 건데.

"근데 돈을 얼마나 써야 대통령 독대가 가능할까? 한 10억?
100억?"

풍문은 들었다.

멕시코는 돈의 축복을 받은 나라라고.

돈이라면 사람도 죽이고 사람도 팔고 미국에 유통되는 마
약의 60%를 담당하고 일개 개인이 대통령과도 편하게 면담
할 수 있는 나라라고.

80년대 멕시코는 개막장도 이런 개막장이 없다.

동시에 한국이 얼마나 안정된 나라인지 피부로 깨닫게도 해 준다. 적어도 길거리에서 총질은 안 하니까.

나로서도 정리가 필요하긴 했다.

단 한 번의 만남으로 난 살리나스의 환심을 사야 했고 그 것이야말로 사업의 성패를 가를 이정표였으니까.

"살리나스라. 살리나스라……."

카를로스 살리나스 데 고르타리.

제동혁명당의 당수로 1988년에 집권한 알짜배기 권력자 다. 물론 개표 날 갑자기 멕시코시티가 정전되는 등 요상한 방법으로 승리하긴 했는데 어쨌든 그는 멕시코의 정점이다.

이게 드러난 현상.

"경제학자이자 하버드 출신이니 늘 하던 대로 친미 성향이 강하겠고."

누군가를 분석할 때 어디에서 유학했고 어디 물을 먹었는 지는 아주 중요한 요소다. 사람은 무에서 유가 안 되므로 유 학파들은 늘 자기 기준을 유학한 곳에 두기 마련이니까.

친미파.

"어디 보자. 제사보다 떡밥에 관심이 더 많은 전형적인 인 물이렸다. 동시에 선진국에 대한 갈망도 크고. 욕심쟁이."

열의는 많지만, 여건이 따르지 않는다.

1970년대만 하더라도 달러당 12페소 하던 화폐 가치가 지금 2,000페소다. 90년대 초에 들어서면 3,000페소도 넘어가 버린다.

자력으로는 뭘 해도 안 되는 시기.

작은 거 하나 움직이려 해도 뇌물 없이는 안 되고 그 뇌물이 나라 경제의 10%나 달한다.

이걸 타개하려면 대량의 달러가 유입되어야 하는데 그가 선택할 방법은 결국 뻔했다.

"내가 선택할 방법도 결국 뻔하군. 어쨌든 달러가 곧 부의 상징이렸다."

하나 분명히 할 건.

내일이 기대되는 건 내가 꼭 달러가 많아서만은 아니다.

프란시스코 마르틴은 도착하자마자 서둘렀다.

바로 그저께 갔던 소깔로 광장으로 갔는데 거기에 대통령궁이 있었다.

대통령궁도 심처로 들어가 몇 가지 신원 절차를 마치고 내부로 들어가자 다른 풍경이 펼쳐졌다. 대단했다. 눈에 닿는 모든 벽화며 장식들이 다 멕시코스러웠으며 또한 궁의 분위기와 아주 잘 들어맞았다.

형식적으로라도 이런 면은 우리 청와대가 배웠으면 좋겠다.

우리는 몇 개의 문을 더 지나 꽤 아담한 방으로 옮겨 갔는데 문 앞에서까지 몸수색을 받고서야 안에서 기다리는 살리나스를 만날 수 있었다.

"어서 오시오. 프란시스코 마르틴 회장. 미스터 오. 환영합니다."

조금은 얄상하게 생긴, 사람 좋은 미소를 띤 살리나스가 다가왔다.

순간 두 팔에 소름이 쫙 돋았다.

공통분모다.

한국도 그렇고 미국도 그렇고 권력자들은 하나같이 저렇게 선하게 웃는다. 얼핏 보면 정말 좋은 사람 같은데.

"늦었지만 대통령 당선을 진심으로 축하드립니다."

"하하하하하, 뭘요. 뭘요. 이렇게 먼 나라에서 오신 분께서 축하를 다 해 주시니 참으로 기쁩니다. 감사합니다."

"참으로 잘생기셨습니다. 뵙는 제가 다 환해지는 것 같아요."

"어이쿠, 동양의 젊은 천재께서 절 아주 잘 봐주셨군요. 하하하하하."

다과가 나오고 몇 가지 아이스브레이킹이 지나갔다.

프란시스코 마르틴이 오며 내게 강조한 말은 이 한 시간을 위해 백만 달러를 썼다는 거였다. 즉 그 값을 해 달라는 것.

어느새 30분이 흘러갔다.

겨우 안면을 트려고 백만 달러나 쓸 수 없었으니 초조해하는 그를 위해, 그 값을 위해 나도 슬슬 썰을 풀었다.

"멕시코를 위해 불철주야 매진하신다고 들었습니다. 어떻게 좋은 결과가 나올 것 같습니까?"

"글쎄요. 쉽지가 않네요. 결국 필요한 건 달러인데, 달러를 들여오기엔 내줄 게 너무 많으니."

"어쩔 수 없을 겁니다. 내로라하는 재정 전문가를 포진시켜도 달러가 없인 평가 절하된 페소를 살릴 수가 없을 테니까요."

"잘 아십니다. 제 고민이 바로 그것입니다."

"결국 고민은 통하게 마련이고요."

"어떤 고민이냐에 따라 달라지겠죠."

살리나스가 눈을 빛냈다.

어서 패를 꺼내라고 슬쩍 문까지 열어 준다.

하지만 난 따라가지 않는다.

그가 싫어하는 걸 먼저 건드렸다.

"석유노조는 어떻습니까?"

"아…… 페멕스 쪽에 관심이 있는 겁니까?"

살짝 실망한 투다.

당연했다. 온갖 공기업을 다 민영화해도 페멕스만은 건드려선 안 된다. 페멕스는 멕시코의 젖줄. 조금이라도 흠집 냈다간 쿠데타가 일어나도 할 말이 없었다.

"대통령님의 고민을 함께해 보려는 겁니다. 한창 바빠도 모자랄 시간에 분규가 일어나면 매일 수천만 달러씩 손해를

볼 테니까요."

"하하하하하, 말 돌리지 말고 솔직하게 갑시다. 미스터 오는 어디에 관심이 있어 나를 찾았나요?"

그의 표정에서 미소가 사라졌다.

나도 솔직하게 나갔다.

"역시나 텔레포노스 데 메히코입니다."

"그렇군요. 당신이 온다는 말을 듣고 번뜩 AT&T를 떠올렸습니다. 혹 미국이 뒤에 있습니까?"

"아닙니다. 이 건은 오로지 DGO 인베스트만 관련돼 있습니다."

"믿어도 됩니까?"

"그렇습니다."

"으음…… 하지만 공기업의 민영화는 반드시 공개 입찰하기로 돼 있습니다. 이건 아시겠죠?"

"반드시 공개 입찰해야겠죠. 다만 선택의 기로에서 약간의 유도리를 발휘할 수는 있지 않겠습니까?"

"그렇긴 한데 워낙에 유도리를 원하는 이들이 많아서."

"혹 카를로스 슬림을 염두에 두고 하시는 말씀이십니까?"

"……음, 민감한 문제를 꺼내시는군요."

"사업 파트너로서 나쁘지 않은 상대입니다. 다만 그가 줄 수 있는 것과 제가 드릴 수 있는 것에는 많은 차이가 있겠죠."

"구체적으로?"

"전 다이렉트로 부시 대통령과 연결됩니다. 대통령님이 구상하시는 그림에 미국과 캐나다는 필수겠죠."

"그건……."

살짝 멈칫하는 살리나스였다.

그러더니 차가운 표정으로 일어났다.

"우선은 여기까지 하시죠. 프란시스코 마르틴 회장, 좋은 만남이었소. 다음에 봅시다."

이 말을 끝으로 그는 나가 버렸고 프란시스코 마르틴은 안절부절못했다. 돌아가는 내내 초조해하더니 결국 나를 원망했다.

"이것 보시오. 일이 잘못되면 어떻게 되는지 아시오? 무슨 말 좀 해 보시오. 자칫 잘못되기라도 한다면 우리 마르틴 일가는 멕시코에서 살아남을 수가 없소. 세상에…… 내가 눈이 뒤집혔지. 어떻게 이런 사업에 끼어들 생각을 했을까."

"이 일이 카를로스 슬림에게 들어간다면 어떻겠소? 이보시오. 미스터 오."

"내가 이럴 때가 아니군. 무슨 수라도 써야지."

날 호텔에 내려 줄 때까지 구시렁댔는데 계속 무시하자 그는 그대로 몬테레이로 떠났다.

나는 나대로 생각을 정리하기 바빴다.

일단은 감이 나쁘지 않았다. 마지막에 차갑게 헤어졌어도 나한테 그런 건 아니었다.

다분히 프란시스코 마르틴을 향한 거였는데.

"끝내면서도 '우선은'이라고 했어. 이건 분명 다음을 기약하는 말이야."

다음을 기약하는 말은 맞는데 그게 언제가 되느냐가 문제였다. 난 돌아가야 하니까.

하지만 우려는 금세 불식됐다.

저녁이 되고 밤이 으슥 깊어 오자 몇몇이 나를 정중하게 찾아왔는데 함께 대통령궁으로 가자고 한다.

오케이.

혹여나 몰라 김충수를 준비시키고 대동시켰지만 허무할 정도로 차는 대통령궁 안쪽으로 향했다.

그리고 나는 밝게 웃는 살리나스 옆에 굳은 표정의 남자가 하나 더 있는 걸 발견했다.

그였다. 카를로스 슬림.

'아, 씨바.'

순간 움찔했다.

이 상황…… 뭘까?

여기에 왜 저자가…….

친하다더니 저 둘이 작당하여 나를 조질 셈인가?

아니다. 아니다.

카를로스 슬림이 이 자리에 있는 건 이미 둘째 문제인 것 같다. 와 있다는 것 자체가 내 제안이 그의 귀에 들어갔다는 소리니까 조지려고 마음먹었으면 테러라도 했을 테니까.

다음을 봐야 했다.

위기감이 치솟으니 도리어 머리가 맑아졌다.

어떤 이유일까? 왜 저리 어색할까?

둘이 같이 있고 둘이 같은 편이라면 카를로스 살리나스는 웃고 카를로스 슬림은 굳어 있는 이유는? 카를로스가 다른 표정을 짓는 이유가 뭘까. 함정이 아니라면 기회런가?

살리나스가 반갑게 일어나 나를 맞았다. 카를로스 슬림도 못 이기는 척 일어난다.

"하하하하, 어서 오시오. 미스터 오. 여기 이분은 카를로스 슬림 회장이오."

"아, 네. DGO 시스템즈의 오대길입니다."

"카를로스 슬림이오. 당신이 오늘 우리 대통령 각하를 찾아왔다고 들었습니다."

전혀 반갑지 않다는 투다.

이미 반쯤 적이 되었다는 뉘앙스다.

"아하하하하, 미스터 오. 이 사람이 이러는 걸 이해해 주시오. 한 달 전부터 눈독 들인 걸 미스터 오가 끼어든 거니."

살리나스는 달래고.

"그렇습니까?"

"맞소. 내가 한 달 전부터 작업하고 있던 물건이지. 다른 이가 붙는 건 용납할 수 없어."

으름장까지.

가만히 놔뒀더니 나를 글로벌 호구로 아는 것 같은데.

그래서 과연 내가 꺼져야 할까?

뻔뻔하게 되물었다.

"그렇군요. 그래서요?"

"뭐라고?!"

발끈하는 카를로스 슬림을 제치고 살리나스가 나섰다.

"자자, 일단 앉으시오. 오늘 모인 건 싸우자는 게 아니지 않소. 슬림 회장, 자꾸 이럴 거요?"

"아니, 각하. 이 건은 제가 먼저 하지 않았습니까? 어째서 저런 어린 자식에게……."

"슬림 회장. 말조심하시오. 내가 직접 초청한 분입니다. 내가 슬림 회장을 좋아하지만 이런 식이라면 우리 우정에도 좋지 않소."

사람 좋은 미소를 짓던 살리나스가 정색하였다.

"각하……."

싸늘했다. 천하의 카를로스 슬림조차 움찔할 만큼 살리나스의 기세는 사나웠다.

다시 느끼지만, 권력자의 미소는 장사꾼의 손해와 처녀의 독신 선언처럼 믿어선 안 된다.

살리나스는 한 번 더 경고했다.

"그리고 슬림 회장. 그대는 텔레포노스 데 메히코에 대해 어쩌냐는 식으로 물어 왔지만, 미스터 오는 직접 컨소시엄을 구성해 인수제안을 해 왔소. 그게 하루 이틀 만에 될 일이오? 과연 누가 먼저 이 일에 관심을 보였는지 빤히 보이지 않소?"

"각하, 저도 일본 쪽 자금을 끌어오다가 제안이 늦은 거 아니겠습니까? 너무 몰아세우지 마십시오."

"슬림 회장의 어떻게 움직이고 있는 건 내가 알지 못하는 일이 아니오. 말마따나 그러고 있을 때 미스터 오는 당장에라도 살 것처럼 나왔소. 구체적인 계획까지 들고. 나는 오늘 이 자리에 슬림 회장을 부른 게 미스터 오에 대한 실례가 아니길 빌겠소. 내 말 무슨 뜻인지 알 리라 생각하오."

"……알겠습니다. 대등한 관계로 보겠습니다."

"그래 주시면 고맙겠소."

여기에서 두 가지를 유념해야 했다.

공생관계지만 아직 권력이 더 강하다.

카를로스 슬림에게 일본의 줄이 닿는 중이다.

'일본이라니.'

뜨악.

내 기억에 텔레포노스 데 메히코 인수는 카를로스 슬림이 SBC와 프랑스텔레콤의 지원을 받아 가능해진 거였다.

여기에 일본도 있었던가?

부동산 광풍이 불다 못해 해외까지 뻗어 나가더니 그 자금이 멕시코까지 온 거라면 보통 큰 경쟁자가 생긴 게 아니었다.

일본의 자금력은 그야말로 막강.

두 달? 아니, 한 달만 더 늦었더라도 이빨조차 안 박혔을 수도 있었다.

'더욱 조심스럽게 접근해야겠어. 두 사람의 커넥션도 그렇고 일본도 그렇고.'

긴장감이 올라왔다. 상대가 일본이라면 지금까지의 전략은 쓰레기통에 넣는 게 맞았다.

'일단은 분위기를 최대한 부드럽게 만들 필요가 있겠어.'

어색한 두 사람 사이에 슬그머니 끼어들었다. 환하게 웃으며.

"모름지기 사업가란 융통성이 있어야겠죠. 유명하신 슬림 회장님이 합류하신다면 한결 더 시원하게 일이 풀릴 수도 있겠네요. 통로는 열어 두겠습니다."

"그런가요, 미스터 오? 슬림 회장이 합류해도 되겠습니까?"

"그렇습니다. 다만 여전히 의문이 가시지 않습니다. 회장님께선 대체 어떤 기술로 텔레포노스 데 메히코를 운영하시겠다는 건지……."

같이 갈 수도 있다는 뉘앙스와 함께 패를 까라고 먼저 던졌다.

패돌리기가 가능한 것은 순전히 내가 부시 대통령과 다이렉트로 연결된다는 점 때문이었다. 살리나스가 굳이 내 앞에서 카를로스 슬림을 면박 준 이유도 그것에 가까울 것이고 살리나스 또한 스스로도 여느 권력자와 같이 업적에 목말라서일 것이다.

"그건……."

카를로스 슬림이 멈칫한다.

"슬림 회장, 편하게 말해 보시오. 우리 사이에 뭘 그렇게 따지십니까? 미스터 오도 회장을 배제하지 않겠다 하지 않았소?"

"이런 얘기는 원래 하지 않는 게 좋지 않겠습니까? 사업 비밀인데."

"그렇긴 하지만 미스터 오가 먼저 성의를 보였지 않소. 이대로 계속 입 다물 것이오?"

"하지만……."

"슬림 회장."

"후우~ 알겠습니다. 사실 미국의 SBC와 프랑스의 도움을 받아 통신사업을 할 생각이었습니다. SBC가 인프라를 책임지고 프랑스가 돕는 쪽으로요."

"미국이라……."

"아니겠죠. 그들이 가만히 계시는 회장님께 그렇게 하자고 한 게 아닙니까? 회장님은 그런가 보다 한 거고요."

내가 끼어들자 카를로스 슬림은 입맛이 쓴지 입술을 적셨다.

"끄응."

"하하하하하, 역시 미스터 오요. 앉아서 구만리를 꿰뚫어 보는군요."

"저도 처음엔 놀랐습니다. 허나 부동산과 광산 쪽에 일가견 있으신 슬림 회장님이 굳이 통신업까지 진출할 생각을 하셨을까 하는 의문이 계속 있었죠. 결국 SBC였을 겁니다."

"맞소. 작년 말에 그들이 찾아왔소. 그때는 무슨 소리를 하냐고 거절했는데."

"차후 구체적인 계획서를 보고 시장성에 주목하셨고요."

"그것도 맞소. 허어…… 어떻게 그리 소상히 아시오?"

"동양에 바둑이라는 스포츠가 있습니다. 서양의 체스와 비슷한 게임인데요. 바둑을 하다 보면 필수적으로 반드시 해야 할 일들이 있는데 그게 바로 수순이죠. SBC가 일하는 방식이 늘 그렇습니다."

"SBC를 잘 아시…… 아니군. 이번 AT&T의 부활에 미스터 오도 관련되었군요. 근데 이렇게 해도 되겠습니까? AT&T의 파트너십이 무너지지 않을까요?"

"끄떡없습니다. 애초 AT&T는 DGO 시스템즈 없이는 불가능한 사업입니다. 그리고 SBC는 지금 멕시코로 넘어올 여력이 없어요. 초미의 관심사인 AT&T를 제대로 운용하는 데만도 벅찰 테니까요. 아닙니까? 이쯤 되면 회장님과의 약속도 차일피일 미룰 만도 한데."

"젠장! 그것도 맞소. 당장 내일이라도 투입해 줄 것 같이 굴더니 보름 전부터 하나둘 핑계를 대기 시작했다오. 그래서 나도 일본 쪽으로 고개를 돌린 거지."

"어떻게 하시겠습니까? 저희는 회장님과 적이 되는 한이 있더라도 이 사업을 가져가야겠습니다. 그만한 기술력도 확보하였고요. 회장님의 판단을 들어 보고 싶습니다."

"자자, 슬림 회장. 같이 가십시다. 미스터 오가 이쯤 열어 줬으면 받아들일 줄도 알아야지."

살리나스까지 거들며 긁어 주자 카를로스 슬림도 이 이상은 버틸 수 없겠다는 제스처를 취했다.

"허어…… 살면서 내 걸 빼앗긴 적이 한 번도 없건만. 좋소. 내 지분은 어디까지 인정해 줄 셈이오?"

"말씀해 주십시오. 가진 계획에서 최대한 수용하겠습니다."

"15%. 이게 최대한 양보한 거요."

"좋습니다. 이거로 저와 회장님은 한배를 탄 겁니다. 인정하시는 겁니까?"

"까짓거 좋소. 어차피 관심도 없던 사업이었소. 난 이 정도만 걸쳐도 그만이오."

양보하는 척 큰소리 떵떵 치지만 사실 SBC, 프랑스텔레콤, 일본 사이에서 자기가 가져갈 지분은 다 가져간 것과 다름없었다.

하지만 끝까지 모른 척해 줄 수는 없어 내가 다 알지만 너니까 받아 주는 거라는 뉘앙스를 분명히 전달했다.

바빴다.

움찔대는 카를로스 슬림을 지나쳐 살리나스를 향했다.

"근데 묻고 싶은 게 있습니다."

"뭔가요?"

"텔레포노스 데 메히코의 매각 지분은 어느 정도로 잡으셨습니까?"

"아무래도 경영해야 하니 51%가 좋지 않겠소?"

"51%요? 터무니없군요. 아아, 그건 좀 곤란합니다."

진짜 곤란하다는 표정을 지었다.

살리나스도 눈을 동그랗게 떴다.

"왜 그런 거요? 51%면 충분하지 않소?"

"경영자의 지분이 정부의 지분보다 압도적으로 적다는 게 문제입니다. 아시겠지만 회장님부터 이 사업에 참여한 이름만 벌써 네 개입니다. 더욱이 슬림 회장님은 15%를 이미 챙겨 가셨고요. 이는 향후에도 경영에 큰 문제가 될 겁니다."

"아! 그렇군. 언제 넘어갈지도 모를 경영권은 집중력 있는 경영의 방해요소가 분명할 테니. 맞소. 그 부분은 생각하지 못했소. 그럼 어느 정도면 만족할 것이오?"

"제가 한국의 SD 텔레콤의 대표로서 그 사례를 말씀드리면 정부가 20%, 나머지 기업의 합이 70%, 공공매각이 10%입니다. AT&T는 더합니다. 연방정부가 10%, 기업이 80%, 공공매각이 10%입니다. 정부 지분이 49%인 사업은 어디에도 없습니다."

"하지만 인프라는 정부가 만들었지 않소?"

"그래서 목돈을 받는 게 아니겠습니까?"

뉘앙스를 깊게 풍겼다. 돈이라고.

"목돈이라면?"

살리나스가 눈을 게슴츠레 뜬다.

나도 허리를 펴고 당당히 말했다.

"일시불로 가겠습니다."

"정말이오?!"

"분납이니 뭐니 하며 질질 끌지 않을 겁니다. 계약 체결 일주일 이내로 전액 지불할 겁니다. 그리고 거래 대금의 10%도 따로 떼어 국가와 민족의 발전에 헌신하시는 분께 후원 차원으로 준비했고요."

거래 대금이 클수록 네 몫으로 떨어지는 게 많을 거란 것도 알려 줬다.

살리나스의 고민이 깊어졌다. 그럴수록 카를로스 슬림의 나를 보는 눈빛도 깊어졌고.

기다려 줬다. 아니, 기다려야 했다. 어차피 이 자리에서 결정 날 건 하나도 없으니.

'과연 얼마나 가져올 수 있을까? 70%만 먹어도 성공일 텐데.'

원 역사에서는 카를로스 슬림이 51%에 텔레포노스 데 메히코를 먹고 텔멕스를 설립한다. 하지만 내가 끼어들었는데 51%에 만족할 수 없지 않겠나.

이것저것 쪼개고 나면 남는 것도 없다. 최대한 긁어 가고 싶었다.

역시나 살리나스는 어떤 확정도 내리지 않았다. 자리는 그대로 파했고 나와 카를로스 슬림은 조용히 대통령궁에서 나와야 했다.

차 두 대가 대기하였고 카를로스 슬림이 다가오더니 내게 이런 제안을 했다.

"미스터 오. 나랑 술 한잔하시는 건 어떻겠소?"

"술이요?"

"그렇소. 첫 만남은 유쾌하지 않았지만 이제 한배를 탄 건 맞지 않소?"

무슨 뜻일까? 설마 납치하잔 뜻은 아닐 테고.

"호텔로 가실까요?"

아직 그를 완벽히 믿기 힘들어 이렇게 말했는데 또 선선히 응한다.

"그럽시다."

대신 같은 차량에 타 주는 센스는 발휘했다.

그러자 피식 웃는다. 제법이네라는 표정이다.

그 시간부로 호텔 bar는 비워졌다.

오직 나와 카를로스 슬림과 데킬라 한 병만 두고 내부의 모든 사람이 나갔다.

한 잔을 바로 샷 때려 버리는 카를로스 슬림에게 지기 싫어 나도 때렸는데 의외로 깊고 그윽한 게 꼬냑과도 뒤지지 않을 만큼 향취가 느껴졌다.

"이건!"

데킬라인데 분명.

그럼에도 자연스레 눈이 떠지며 입가로 미소가 지어진다.

멋진 술.

"하하하하, 호세 쿠엘보요. 50년산이지. 호세 쿠엘보 내에서도 몇 병 없는 술이오."

"대단합니다. 아주 좋군요. 한 잔 더 주십시오."

고개를 숙이며 잔을 쑥 내미니 카를로스 슬림이 대소하였다.

"이거이거 아주 화통한 친구로구만."

따라 주는 걸 이번엔 조심스레 맛을 음미했다.

역대급 싱글몰트의 감미로움마저 느껴졌다. 다시 봐도 이건 데킬라가 맞다.

정말 술과 사람은 오래될수록 좋다더니…… 실감한다.

"와우! 오늘의 피로가 이 한 잔에 씻겨 내려가는군요. 감사합니다. 회장님 덕에 진귀한 맛을 봤습니다."

"하하하하하, 좋아해 주니 나도 좋소. 이거 술 한 잔에 분위기가 이렇게 바뀔 줄은 몰랐는데. 아무렴 어떻소. 데킬라와 친구가 있으면 밤이 외롭지 않지 않겠소?"

"맞습니다. 남자한테 술 한 잔과 통하는 친구면 무엇이 부럽겠습니까?"

"미스터 오도 그렇게 생각하시오?"

"대길이라 불러 주십시오. 한국에선 술자리에서 이렇게 친해집니다."

"대길."

"하하하하, 네 형님."

"형님?"

"한국에선 나이 많은 연장자를 우대하며 이렇게 부릅니다. 형님이라고."

"형님. 하하하하, 좋군. 자자, 대길, 한 잔 더 받으시오."

"감사합니다."

무엇 때문에 나랑 술 마시자고 한 건지 묻지 않았다.

형님 아우 한다고 해서 그를 믿는다는 것도 아니다.

하지만 한 병, 두 병, 세 병이 지나가며 적어도 형님, 아우가 자연스러울 정도까진 만들었다.

그것은 카를로스 슬림이 가진 영향력 때문이었기도 했지만 누가 뭐라든 그가 내 앞에 선 이상 내가 편하기 위해서라도 그는 반드시 우군이어야 했다. 어차피 일은 진행됐으니.

그리고 나의 필요성을 크게 부각시켜야 할 필요성도 있었다.

"형님, 앞으로 멕시코는 많은 부분에서 변화를 일으킬 겁니다."

"그렇겠지."

"최대한 달러를 가지고 계세요. 텔레포노스 데 메히코를 시작으로 수백 개의 공기업이 주인을 찾아 헤맬 테니까요."

"으음…… 나한테도 알려 주는 건가?"

"남 주면 아깝잖습니까? 형님이 다 가지세요."

"아우는 왜 이런 걸 나에게 말해 주나? 아우의 실력이라면 충분히……."

"형님인데 까짓거 아깝겠습니까? 그리고 전 한국인이잖아요. 부탁이 있다면 한국인들 좀 잘 챙겨 주세요. 먼 타국까지 와서 고생하는데."

"그건 걱정 말게. 한국인들 성실한 건 이미 증명됐으니까."

"아이고, 제가 괜한 말을 했군요. 하하하하, 마시죠. 마셔요. 오늘 기분 좋다."

또 몇 잔을 들입다 퍼부으니 분위기가 형성됐다 판단했던지 지금까지 궁금했던 걸 드디어 묻기 시작했다.

"내 알기로 오늘 처음 각하를 만난 건데 어째서 아우를 싸고도는지 모르겠단 말이야. 아까 면박당하는데 좀 그랬어."

"그건 저도 의외라고요. 근데 제가 의도한 건 아닙니다."

"그건 알아. 아까 각하는 진심이었거든. 하지만 궁금하긴 하네. 각하가 나한테 이러는 건 처음이야."

"그렇게 궁금하세요?"

"그래."

"할 수 없죠. 뭐. 형님이 궁금하시다는데 알려 드려야지. 근데 이거 민감한 부분인 건 아시죠?"

"그렇겠지. 각하의 복심을 아는 건데."

"각오하신 겁니까?"

"이게 각오까지 필요한 건가?"

"당연하죠. 멕시코의 가장 핵심 키워드인데."

"알았네. 내 입만 다물면 되는 거지?"

"네."

"오케이. 이 일을 어디에서도 발설하지 않겠다고 맹세하겠네. 아우 앞에서만 빼고."

"알겠습니다. 뭐 다른 건 아닙니다. 각하가 진짜 원하는 걸 줄 수 있는 사람이 저밖에 없으니까 절 아낀 거죠."

"그게 뭔가?"

"멕시코의 선진화, 멕시코 국격의 상승, 멕시코의 반전."

그러나 이 이상은 말해 주지 않는다.

애타게 물어도 도리어 네가 위험하게 될 거라고 입을 닫는다.

중요한 얘기지만 구체적인 건 하나도 없다.

모두가 원하지만 아무도 몰라야 할 진실.

비밀은 지켜져야 하고.

즉 내가 이 호텔에 들어와 술 퍼마시며 한 모든 행동은 어딘가에서 지켜보고 있을 살리나스를 위해서였다.

내가 이 정도까지 입이 무거운 사람이다.

내가 이 정도까지 너를 위한다.

이 자리가 그랬다.

시험대.

저번 청와대에서도 그랬지 않나.

술로 깨부수기.

카를로스 슬림과 살리나스가 보여 준 아까의 어색함은 결국 연극이었다. 난 저들이 깔아 놓은 판에서 날뛴 망아지였고.

하지만 이 이상은 나도 모르겠다.

내일 은밀히 부른다면 내 의도가 적중한 거고 아니라면…… 나 혼자 생쇼 한 거고.

왜 일을 이렇게 어렵게 하냐고?

상식적인 거다.

나나 지들이나 갑작스러운 만남에 대체 무엇을 믿고 무엇에 대한 깊은 심중을 나눌까.

그리고 멕시코는 20년 후에도 상식적이지 않다.

계약서에 도장 찍어도 수틀리면 틀어 버릴 수 있는 나라가 현재의 멕시코란 나라다. 난 제재를 가할 수 있는 미국 고위인사도 아니고 한국인이고.

'내가 너희들의 이익에 위반되지 않고 더한 것을 가져다줄 사람인 걸 인식하라고, 쉐끼들아. 대갈빡 굴리지 말고. 너무 시끄러워서 형이 귀가 다 아플 지경이다.'

피곤했다. 나도 이쯤 했으면 됐다.

이렇게 스리슬쩍 쓰러져 호텔 직원에게 실려 나가면 할 일은 끝.

오늘은 정말 이거로 끝이었으면 좋겠다.

Chapter 5. 해 주께

신경도 굵게 눈 감은 김에 아예 자 버린 모양이었다.

눈 떠 보니 새벽.

씻지도 않고 자서 찝찝한 건 둘째였다. 좋은 술을 마셔서 그런지 몸도 개운하고 눈 뜬 김에 찬물에다 샤워하고 났더니 정신도 아주 상쾌하다.

시원한 물로 빈속이나 헹구며 멕시코시티의 전경을 바라보고 있는데 누군가 문을 두드렸다.

아침 7시다.

문을 여니 저번에 날 에스코트했던 사람이 서 있었다.

그는 이번엔 대통령궁으로 향하지 않고 골목이 복잡하고

조금은 으슥한 곳으로 향했는데, 차에서 내리자마자 진한 고기의 향취가 비강부터 때리는 게 어디 음식점으로 온 것 같았다.

꼬르륵.

역시나 허름한 식당이었다.

들어갔더니 평상복의 살리나스가 나를 환히 맞이했는데, 그는 아침부터 맥주 하나를 따서 마시는 중이었다. 이게 멕시칸 스타일이라고.

나도 하나 따서 짠했다.

그러는 가운데 테이블에 육개장 비슷하게 생긴 음식이 차려졌다.

살리나스는 이걸 비리아(Birria)라고 했는데 산양고기를 삶은 고깃국이었다.

"이렇게 양파도 넣고 레몬도 기호에 따라 하나 정도 짜 주면 새콤하면서도 매콤한 국물로 변해 해장에 아주 좋습니다."

"그렇습니까?"

말을 하면서도 그를 따라하지 않고 일단 국물부터 떠먹어 보았다. 여지없이 고깃국이다. 깊은 맛이 나는 게 꽤 전통 있는 집인 모양.

하지만 좀 평범하다.

양평 해장국이 떠올랐으나 레몬을 넣었더니 또 색이 완전히 달라진다.

"으음~ 이거 부드럽고 좋네요. 감칠맛도 넘치고. 해장으로 딱입니다."

"그렇습니까?"

"한국도 해장 문화가 발달했는데 언제 한번 대접하고 싶네요. 한국도 멕시코 못지않게 술을 사랑하는 나라입니다."

"어떤 술을 주로 마시지요?"

"전통주가 있으나 국민 대다수는 소주라는 술을 주로 마십니다. 증류주인데요. 데킬라 같이 도수가 높은 건 아니고 가볍게 마실 수 있는 술입니다."

"그런가요? 언제 기회가 되면 맛보고 싶군요."

"기회를 만들어 주시면 언제든지 공수하겠습니다."

"감사합니다. 자자, 어서 드세요."

"네."

잠시 말을 멈추고 우린 비리아를 탐닉했다.

맛이 좋았다.

먹으면 먹을수록 입맛이 도는 게 아무래도 비리아 맛집인 것 같았다. 하긴 대통령이 몸소 행차하실 정도인데. 그래도 체크 사항이다. 비리아 맛집.

"어제 술 한잔하셨다고요?"

"슬림 회장님이 좋은 술을 내주셔서 잘 마셨습니다."

"데킬라입니까?"

"아, 네."

"후후후, 그 양반은 데킬라 신봉자죠. 멕시코엔 메스칼도 있는데요."

"메스칼이요?"

"첫 데이트의 키스를 떠올리듯 마시는 술이죠."

"호오~."

"미스터 오는 애주가인가 봅니다. 술 얘기가 나오니 눈이 번쩍 떠지네요."

"하하하하하, 들켰습니까? 저는 좋은 술이 있다면 어디든 못 갈 곳이 없습니다."

"하하하하하, 기회가 된다면 이 몸과도 같이 한잔하십시다. 메스칼은 긴 시간을 나누기에 아주 좋은 술이죠."

"여부가 있겠습니까? 불러 주시면 한국 전통주도 같이 올리겠습니다."

"좋죠. 나도 미스터 오와 길게 가고 싶습니다."

"저도 마찬가지입니다. 오래오래 길게 가고 싶습니다."

"자, 이제 슬슬 얘기를 꺼내 볼까요. 괜찮습니까?"

"전 준비됐습니다."

말을 끝내기가 무섭게 그가 어떤 서류철을 하나 넘겨줬는데 눈짓으로 읽어 보란다.

총 다섯 장에 달하는 보고서였다.

멕시코의 현황, 예견되는 위기, 타개책…… 국정 보고서 같은 거였다.

줘서 읽긴 했는데 문득 의문이 들었다.

이런 걸 왜 나한테?

"제가 볼 문서가 아닌 것 같은데요."

"보통은 그렇죠. 하지만 솔직한 평가를 듣고 싶어 들고 왔습니다."

"솔직한 평가요?"

"내 사람이 아닌, 전혀 관계없는 동양에서 온 천재가 보는 멕시코를 말입니다. 진실한 내역을 알고 싶네요. 이 나라가 어떤 상태인지. 도와주시겠습니까?"

"혹 컨설팅을 원하시는 겁니까?"

"일맥상통하겠죠. 나름 미스터 오를 조사했습니다. 한국이 낳은 천재. 도무지 믿을 수 없는 행동력으로 미국과의 정면승부에서 승리한 거로 모자라 그들이 오히려 도움을 청하는 존재가 됐죠. 그것뿐 아니라 이미 대형 그룹 두 개의 컨설팅에 성공하셨더군요."

"특허 싸움은 애초 이길 싸움이었고 컨설팅 경력은 일개 기업일 뿐입니다. 이렇게 크게 봐주실 필요는 없습니다."

"겸손은 사양하겠어요. 멕시코도 크게 보면 주식회사와 다를 게 없지요."

지극히 위험한 발언을 서슴없이 내뱉는 살리나스였다. 국가를 기업에 비유하다니. 역시나 경제 쪽에 뿌리를 둔 오만한 지식인다웠다.

나도 물러설 순 없었다. 상대가 이렇게 나온다는 건 뒤를 보지 않겠다는 뜻과 같았다.

"그렇다면 비용이 발생하는 것도 아실 텐데요."

"텔레포노스 데 메히코 지분의 20%를 더 얹어 드리죠."

71%라.

만족할 만한 숫자이나 왠지 부족한 감이 왔다.

원하는 걸 다 질렀다.

"25%를 주세요. 라디오 모빌 딥사는 번외로 제게만 주시고요."

"그러죠."

꽤 크게 불렀는데도 가타부타 없이 수락하는 살리나스였다.

마음이 다시 싸늘해졌다.

향후 나라를 말아먹고 미국으로 토낀…… 뭣도 모르고 미국식 신자유주의를 들입다 가져옴으로써 멕시코 경제를 파탄에 이르게 한 대표적인 경제무능 부정부패 대통령이…… 그렇게 낙인찍힐 살리나스가 나에게 컨설팅을 요구한다라.

이걸 어떻게 해야 하나? 거부해?

무슨 헛소릴.

텔레포노스 데 메히코의 지분 76%를 두고 무슨 망상을 하고 등신이.

컨설팅을 거절하면 멕시코 국영기업이 휘리릭, 라디오 모빌 딥사도 같이 휘리릭이다.

승부를 걸 때였다.

"좋습니다. 1개월의 시간을 주십시오. 텔레포노스 데 메히코의 정식 계약서와 함께 멕시코 국가 컨설팅에 들어가겠습니다."

"부디 소신 있게, 핵심을 찌르는 컨설팅을 부탁드립니다. 믿어도 되지요?"

"그 정도까지 원하신다면 아프실 만큼 정확한 지점에 깃대를 꼽아 드리겠습니다."

"좋습니다. 나는 그 말만 믿고 있겠습니다."

그길로 헤어졌다.

나는 남아서 비리아를 한 그릇 더 먹었는데, 먹으면서도 생각했다.

어째 잘 끝난 것 아닌가? 긍정적으로 봐도 나쁘지 않을 상태인 건 맞았다.

"맛이 괜찮네. 이 정도면 맛집에 들겠어."

하지만 반대로 생각해 보는 순간 멈칫했다.

"어!"

아직 얻은 건 아무것도 없다.

그 순간 어떤 영감이 나를 때렸다.

"이거…… 당한 건가?"

어제의 만남으로 살리나스는 지분 51%로는 얘기가 안 됨을 알고 있었다. 그럼에도 그는 컨설팅의 대가로 20%를 부른 거다. 어차피 그 정도는 생각하고 있었다는 소리 같았다.

"받을 것도 다 받고 외국계 투자회사의 컨설팅도 받는다라. 아무래도 나 당한 것 같은데. 그런 거야? 정말 그런 거야?"

이 와중에 라디오 모빌 딥사를 부르는 순발력을 발휘했으니 나도 못지않긴 했어도.

아무렴 어떤가. 멕시코의 정점이 귀여운 손을 내밀었고 나는 응하기만 하면 되는데.

호텔로 돌아갔다. 이 일로 멕시코행은 끝이었다.

대기하던 일행을 데리고 곧장 샌프란시스코로 향했다.

물론 어제오늘 벌벌 떠느라 정신없을 마르틴 가에도 소식을 전해 줬다. 카를로스 슬림이 함께하기로 했으니 더 이상 신변에 대한 걱정은 말라고. 대통령과의 만남을 주선한 공으로 5%의 참여를 허락하겠노라고.

샌프란시스코에서 눈물짓는 세 요정과 이별한 난 한결 개운해진 마음으로 한국행 비행기에 올랐다.

멕시코와의 일을 서둘러 상의해야 했다.

◇ ◆ ◇

내가 외국으로 나간 근 열흘 사이 한국은 너무나 많이 바뀌어 있었다.

대양, 선영으로 시작되자 그룹사는 웬만하면 반민특위에

재벌가 막내의
일대기 4

들러야 했고 천문학적인 추징금 문제도 문제였지만 국민의 손가락질을 정면으로 받아야 했다.

임직원 일동이 모두 사죄해도 소용없었다.

매출이 급감하고 본사와 지사마다 사람들이 몰려와 데모해 댔다. 너희들이 사람이냐고.

배반자에 대한 신고도 엄청나게 쏟아져 들어왔다.

죽은 사람도 상관없었다. 일본 순사와 정답게만 굴었어도 신고로 적발돼 반민특위에 끌려갔다. 하루에도 수십, 많게는 수백이 죄인처럼 끌려가는데 물론 그 와중에도 자기는 억울하다 외치는 자도 있었으나 던지는 밀가루와 달걀에 맞고 만신창이가 될 뿐이었다.

광풍이 불었다.

조금만 트집잡혀도 반민특위행.

학계, 문화계, 경제, 민·관 할 것 없이 죄다 끌려갔다. 교과서에 실린 인물이라도 예외는 없었다. 발가벗겨져 만인 앞에 서야 했고 지고의 심판을 받아야 했다.

그로써 광범위한 자료가 반민특위에 쌓이기 시작했다.

증언들과 증언들. 도움이 될까 싶어 가지고 있던 것들까지 기탁하는 국민으로 인해 반민특위는 점점 조직적으로 변했고 견고해져 갔다.

오늘 이때 대한민국이라는 나라의 최대 권력기관은 다른 곳이 아닌 반민특위였다.

"잘 돌아왔다. 고생했어."

"삼촌은요? 괜찮아요? 되게 시끄럽던데."

"싹 잊었다. 대양은 어디에도 나오지 않아. 네 말이 맞았어. 첫 매는 아픈 것도 아니었다. 도리어 대양의 이미지가 상승하는 계기를 맞았어."

"잘됐네요. 물론 이거로 끝날 리는 없겠지만, 대외적으로는 면죄부를 받았으니 한숨 돌렸겠어요."

"그래. 근데 너는 집에서 쉬지 않고 어인 일로 여기까지 찾아온 거야? 바로 도착한 것 같은데."

김포공항에 내리자마자 윤지연을 내려 주고 곧장 대양 회장실로 왔다.

"잠이야 비행기에서 많이 잤어요."

"그거로 되나? 제대로 된 잠을 자야지. 일도 좋지만 쉬지 않으면 나중에 고생한다."

"명심할게요."

"알았다. 말해라. 준비됐다."

"이번에 무슨 일이 있었냐면요……."

미국과 멕시코에 있었던 일을 가감 없이 말해 줬다.

오늘이야말로 삼촌의 도움이 아주 절실할 때였다.

사실 내가 가진 돈의 대부분도 삼촌 것이잖나.

"으음, 상당히 큰 사업권을 따냈구나. 정말 장하다. 넌 날이 갈수록 성장하는구나."

"아직은 아니에요. 다음 달에 가 봐야 정확해지겠죠."

"아니야. 멕시코 대통령이 이 정도까지 나왔다면 거의 국빈 초청감이야."

"아! 그럴 수도 있겠네요. 그거 좋은 생각 같은데요. 국빈 초청."

괜찮은 쇼였다.

어차피 SD 텔레콤도 참여해야 했으니 이참에 양국의 관계를 다시 쓰는 것도 좋았다.

"아무래도 대통령도 알아야 할 것 같구나. 네 생각도 그렇지?"

"돈은요?"

"내년 말까지의 이자는 잊어라. 사업권을 딴다면 그 돈이 무슨 대수겠냐. 넌 무조건 따내는 데만 집중해."

삼촌 말이 맞았다.

한 나라의 통신사업권에 비한다면 돈 3,000억 엔은 사실 돈도 아니었다.

말하면서도 이리 나올 걸 알고 있었다지만 실제로 이렇게 나와 주니 나도 마음이 편해졌고 고마웠다.

"감사해요. 지분 조정은 대통령과 얘기해 보고 정할게요. 다만 최대주주가 되게끔 잘 밀어 볼게요."

"그렇게 해 주면 고맙고."

대충 말을 마친 후 나는 바로 청와대로 달려갔다. 나라도 시끄럽고 괜히 구설수에 오를라 원래는 내년까지 안 들어갈 생각이었으나 사안이 사안인지라 어쩔 수가 없었다.

비서실장이 반갑게 나를 맞이했다.

"훤해졌구먼. 갈수록 빛이 나."

"감사합니다."

"어서 가세. 기다리시네."

그의 손길에 따라 영빈관이 아닌 이번엔 집무실로 향했다. 비서실장의 귀띔에 따라 난 오늘 SD 텔레콤의 대표 자격으로 방문한 거니까.

"어서 온나. 이야~ 얼굴 좋아졌네. 미국물이 그렇게 좋더나?"

정겨운 사투리로 반겨 주는 대통령이었다.

"네, 잘 다녀왔습니다."

"이리 온나. 한번 안아 보자."

"네."

남성미 넘치는 거친 허그를 해 준 대통령은 나를 자리에 앉히고 차부터 줬다.

"할 말이 많제? 어서 해 보니라."

"알겠습니다."

대통령한테도 삼촌에게 한 것과 같이 미국과 멕시코의 일을 알렸다.

대통령도 기가 막히다는 표정을 짓는다.

"미국서도 모자라 멕시코도 갔다꼬?"

"네."

"봐라, 비서실장. 야는 밀가루 주면 빵이든 케익이든 뭐든 만들어 올 놈이라 안 캤나."

"정말 놀랍습니다. AT&T만도 정신없을 시기에 언제 또 멕시코로 가서 이런 건을 만들어 왔을까요? 저의 상식으로는 도무지 감당이 안 됩니다."

"야가 내 친구다. 이제 알겠나?"

"부럽습니다, 대통령님."

"하하하하하, 친구야."

"네."

"니 내중에 비서실장도 친구해 주거라. 야도 니 마이 좋아한다 아이가."

"알겠습니다. 허락하시면 친구 먹죠."

"봤나?"

"네."

비서실장이 급히 고개를 숙인다.

대통령이 거드름 피운다.

"니 내 은혜 잊으면 안 된데이. 내가 니 대길이랑 친구 먹게 해 준 기다."

"물론입니다. 제가 매일 갈비찜을 대령하겠습니다."

"하하하하하."

"하하하하하."

둘이서 뭐가 그리 좋은지 웃기 바쁘다.

나도 장단에 맞춰 웃긴 했지만, 금방이라도 달려들 줄 알았던 일 얘기가 나오지 않으니 조금 어리둥절했다.

"괜찮다. 조바심내지 마라. 다 내려놓으니 이렇게 편할 수가 없다. 대길아."

"네."

"니 말이 다 맞다. 요즘처럼 살맛 나는 때가 없다. 하는 김에 요거 끝나믄 데모하는 아들도 한번 만나 볼라고 하는데, 어떻노?"

"지당하신 말씀이십니다."

"반대 안 하나?"

"그 자리에 저도 꼭 끼워 주셨으면 좋겠어요."

"와?"

"저도 대학생이잖아요."

"아하하하하, 맞다. 니 대학생이제. 내 정신 좀 봐라. 비서실장, 야가 엊그제 대학 들어간 것도 다 잊어 뿟다 아이가."

한참 웃던 대통령이 잠시 숨을 고르더니 뜻밖의 말을 던졌다.

"또 부끄럽네."

"예?"

"인제 대학교 들어간 놈도 이렇게 나라 발전하라고 먹을거리를 퍽퍽 던져 주는데 나이 무 가지고 부끄럽지 않겠나."

"왜요. 지금 나라를 통째로 변화시키는 분이 누구신데요. 이 일은요. 장담하는데 대통령님이 못하시면 20년 후에도 못 해요."

"20년 후에도?"

"지금도 끈끈한데 그때 가면 나라가 일본인지 한국인지도 헷갈릴 겁니다. 더 늦기 전에 끊은 것도 대대로 남을 업적이죠."

"그제? 내가 잘하는 기제?"

"네."

"됐다, 그럼."

손 털고 일어서는 모양이 그냥 끝낼 생각인지 분위기가 좀 그랬다.

서둘러 잡았다.

"사업은요? 말씀 안 하세요?"

"고마 니가 알아서 해라, 마."

다른 쪽으로 걸어가 버린다. 돌아보지도 않고.

"제가 다 알아서 해요?"

따라갔다.

"못할 기 뭐고? 공부 좀 했다고 대그빡 돌리는 놈들 앉혀 놔도 니맨큼 확실한 놈도 없다. 다 알아서 하기라. 내중에 통보만 해 도고."

분무기를 들고 화초에 물을 주기까지 한다. 진짜 관심 없는 모양이다.

이쯤 되니 나도 멕시코에 줄 수 있는 걸 얻어 가야겠다.

"그럼 하나만 해 주세요."

"뭐꼬?"

"계약 체결되면 국빈 초청 좀 해 주세요. 멕시코 대통령 어깨 좀 펴게요."

"해 주께."

해 준단다.

해 준다는데 무슨 말을 더 할까.

나도 빨리 돌아왔다. 오늘은 술판 벌이지 않고.

할 일이 많았다.

초청받아 학교에서 빠졌으니 그에 관한 보고서를 작성해 제출하는 건 의무다. 안 그럼 결석 처리되니까.

서둘러 다섯 장짜리 리포트를 만들어 다음 날 바로 학교 사무처에 제출했다.

그리고 사흘이 안 돼 난 총장실로 호출당했다.

Chapter 6. 뭐가 좀 삐걱대는 바쁜 날

'이것들이 뭘 잘못 먹었나?'

난 당연한 칭찬세례를 받으러 왔는데.

문제 제기만 하다 슬슬 시비조로 변한다.

아까부터 AT&T도 그렇고 멕시코도 그렇고 지금 리포트에 있는 이 내용이 사실이냐는 거다.

나이 지긋한 교수들 몇 명이 하나같이 의심의 눈초리를 보이다 못해 나중엔 초청장도 믿을 수 없다는 얘기까지 하는데 너무 이상했다. 상식적이지도 않고.

원래 나 정도 네임밸류라면 진위여부를 따지는 게 이미 모욕이었다. 보통은 어떤 식으로 해서 이런 업적을 남기게 됐냐가 질문의 포인트가 돼야 했었는데 이들은 전혀 다른 곳을 긁느라 바빴다.

점점 냄새도 구려지고.

참다못해 단도직입적으로 물었다.

"의도가 뭡니까? 설명했음에도 확인도 안 하고 대뜸 의심부터 하시는 이유 말입니다."

"의도라니? 가져온 리포트에 의문점이 있어 묻는데 의도가 필요한가? 그리고 자네, 말투부터 고치게. 여기가 어디라고 그렇게 고압적으로 나오는가?"

얼굴에 떡살이 잔뜩 붙은 교수였다. 갑질이 몸에 밴 분 같았다. 근데 갑질이라면 나도 일가견이 있긴 있는데.

"제가 고압적이라고요? 여태 공격만 당한 사람이 누군데? 근데 그러는 당신은 누구입니까?"

"당신이라니?!"

"그럼 소속도 이름도 밝히지 않고 끼어든 당신을 내가 뭐라 불러야 합니까? 어르신이라고 할까요?"

"이, 이런……."

"버르장머리가 없군."

"인성부터가 글러 먹었어."

인성 논란도 나온다.

봇물이 터졌는지 신나게 덤벼든다.

교수인 건지부터가 의심스러울 수준 낮은 질문만 줄곧 던지더니 이젠 욕지거리까지 서슴없이 던진다.

내가 이걸 언제까지 듣고만 있어야만 할까.

아니, 오늘 왜 이럴까?

이들은 내가 대양가임을 모르나?

되지도 않을 싸움인데 대체 뭘 믿고?

시끄럽게 짖는 이들을 제쳐 놓고 가운데 앉아 팔짱만 끼고 있는 양반을 아예 지목해 말했다.

"총장님, 내게 왜 이러시죠? 이런 식이면 정말 서로 곤란해질 겁니다. 무슨 이유인지 모르겠는데 신성한 교정에서 이상한 짓거리까지 꾸미시다니 정말 실망입니다."

"그러는 자네가 더 오만하다는 생각이 안 드나?"

"글쎄요. 누가 오만한 건지. 다들 칭찬하는 리포트를 들고 트집 잡는 것들이 오만한 건지. 이렇게 모아 놓고 갈구면 뭐가 달라질 거라 여긴 놈들이 오만한 건지. 아니, 살며 사선을 얼마나 넘어 보셨길래 내 앞에서 오만을 논하는지. 뭐 어쨌든 관계없습니다. 리포트의 진위여부는 잘난 너희들이 가려 보시고 더 할 말이 없다면 나가겠습니다. 오케이?"

"뭐, 뭣?!"

"아니, 저놈이!"

안에서 뭔 지랄을 하든 나가 버렸다.

그랬더니 바로 다음 날부터 스포츠신문에 이상한 기사가 나기 시작했다.

[SD 텔레콤 대표. 과연 인성이 어떻길래? 00대학교 000 교수가 그의 학교생활을 직접 밝힌다.]

[000 교수와의 커넥션? 과연 SD 텔레콤 대표는 무엇을 건넸길래 학점을 보장받았나? 돈? 지위?]

[만 20세의 어린 치기를 더 이상 두고 볼 순 없다. SD 텔레콤 대표의 의문스러운 학교생활을 파헤칩니다. 시사 수첩.]

처음엔 가십처럼 넘어갔다.

일간지 사회면도 아니고 스포츠신문 3, 4면에 나올 기사로 일일이 신경 쓸 필요는 없었으니까.

근데 점점 커진다.

일간지에도 넘어오기 시작한다.

희한하다. 언론은 이미 내가 어떤 성질머리인지 잘 알고 있는데.

아무래도 진짜 뒤에 누군가 있나 보다.

"서 실장, 냄새가 구리지?"

"그렇습니다. 누가 감히 우리 도련님을 건드리는 걸까요?"

"아직 멀었어?"

"하 비서는 조금만 더 기다리시면 될 겁니다. 근데 회장님과 그분께 말씀드리지 않아도 되겠습니까? 날이 갈수록 이상해지는데."

"놔둬. 이미 알고 계실 거야. 가만히 계시는 것도 내가 어떻게 하는지 보려는 거고."

"근데 도련님과 같은 과 학생은 왜 그런 인터뷰를 했을까 요?"

"아, 그 새끼?"

날 까는 기사 중엔 같은 학번인 놈의 증언도 하나 끼어 있었다.

그놈 말대로라면 난 학교생활을 더럽고 아주 개차반으로 한 게 된다.

왜 그런지 모르겠다. 그놈은 이게 어떤 판인지도 모르고 끼어들었을 확률이 높겠지만 어쨌든 괘씸죄다. 자기한테 어떤 피해도 주지 않았음에도 날 짓밟으려 노력한 걸 보면 목숨이 여벌로 있는 게 틀림없다.

"자격지심이 심한 놈인가 봐. 뛰어 봤자 고작 인턴이나 노가다일 놈이 날 물 줄은 몰랐는데."

"조치할까요?"

"놔둬. 두고두고 안 풀리는 일 때문에 인생을 원망하게 해 줄 테니까."

갈 길 바쁜데 별것들이 다 튀어나와 나를 건든다.

다음 날이 되자 하제필이 나타났는데, 기가 막힌 건 그 라인을 타고 올라가다 보니 글쎄 김영산이 나왔다는 거다.

결국 대통령이 너무 흠결이 없자 견제 차원에서 날 찍은 모양이었다. 내가 만만해 보였나 보다.

"근데 그가 진짜 그랬을까요? 도무지 믿어지지 않네요."

"나도 그렇긴 한데. 기분 더럽네. 또라이라도 이런 짓은 안 하는 양반이라 봤는데 말이야."

"가 볼까요?"

"그래, 가 보자."

바로 상도동으로 향했다.

만남을 요청하니 또 선선히 길을 열어 준다.

이것도 쉬운 게 없었다.

정문을 통과하고서도 두 단계를 더 거쳐서야 난 개량 한복을 입은 김영산을 맞이할 수 있었다.

"어서 오시오, 오 대표. 오오오, 확실히 젊군요. 젊어."

"안녕하십니까. 불쑥 찾아온 저를 맞아 주셔서 감사드립니다."

"아닙니다. 아닙니다. 나도 만나 보고 싶었어요. 마침 일이 없을 때라 잘됐고요."

일이 없긴 왜 없나.

반민특위 때문에 온 나라가 들끓는데.

"편하실 때 와서 다행입니다. 워낙에 공사다망하신 분이라 시간을 맞추는 게 어렵지 않습니까."

"한국이 낳은 천재가 보자는데 바쁜 일이 있어도 와야지요. 그래, 무슨 일입니까?"

"아, 그건……."

내가 너무 서양 놈들만 만났던가.

아이스브레이킹만 기본 30분을 떠들어 대는 그들 사이에서 너무 익숙해졌나 보다.

훅 들어오는 본론에 살짝 당황이 올라왔다.

할 수 없이 나도 쑥 내 목적을 그의 턱밑에 집어넣었다.

"다름이 아니라 저에 대한 공작을 멈춰 주십사 하여 부득불 찾아왔습니다."

"네? 공작이요?"

전혀 모르는 눈치다.

믿을까 말까?

둘 중 하나였다.

알고도 모른 체하거나 어떤 충성파가 보고하지 않고 자기 선에서 긋거나.

"며칠 전부터 되지도 않은 일로 누가 자꾸 건들길래 알아봤습니다. 그 끈이 결국 상도동으로 향하더군요. 왜 갑자기 저를 공격하시는 겁니까? 저는 정치와 멀찌감치 있는 사람인데."

"크음, 이게 무슨 말이오? 내가 오 대표를 공격하다니요?"

"서 실장."

"네."

준비된 스크랩을 좌악 펼쳐 그에게 보여 줬다.

가만히 지켜보던 김영산도 슬슬 표정이 굳어 갔다.

판을 대충 읽고 있는 것 같아 첨부해 줬다.

"한국대학교 총장마저 움직일 수 있는 사람이 몇이나 있겠습니까? 아주 대놓고 절 욕하더군요. 없는 얘기도 양산하고."

대통령께 제출한 리포트도 김영산에게 보여 줬다.

그것마저 읽어 본 김영산이 신음성을 토했다.

"이게…… 진실이오?"

"대통령께도 보고된 사안입니다."

"그래서 어떻게 됐다고요?"

"이것마저 말도 안 되는 논리로 의심하더군요. 여럿이 뭉쳐 공격하고요. 신성한 학교에서 그런 짓을 해도 되냐고 묻다가 말이 안 통해 자리를 나왔습니다. 다음 날부터 준비됐다는 듯 이런 게 나오더군요. 왜 그러신 겁니까?"

"그러니까 이게 우리 쪽에서 벌인 일이란 말입니까?"

"진짜 모르시는 겁니까?"

"알겠소. 이만 물러들 가시오. 이 일은 내가 직접 알아보리다."

"축객하시니 돌아가겠습니다만, 다시는 이런 일이 일어나지 않았으면 좋겠습니다. 사람이 좋은 것도 한두 번이니까요."

효과가 있었던지 다음 날부터 희한한 기사들이 싹 사라졌다.

대신 정정보도가 나오며 사과문이 실렸다. 오인한 기사였다고. 사흘 내내.

대외적으로는 이렇게 해프닝으로 끝나 버렸다.

하지만 난 뒤끝이 긴 사람이다.

"이 일과 조금이라도 관련된 놈들은 하나도 놓치지 말고 가지고 있어."

"이미 준비는 다 마쳐 놨습니다. 명령만 해 주십시오."

하제필이 몸이 근질근질한가 보다.

이쯤에서 목줄을 풀어 주는 것도 나쁘지 않겠다.

"그럼 그 새끼부터 차근차근 조져 놔. 같은 학번 새끼. 나한테 몇 번이나 술도 얻어먹고 배신한 새끼. 알지?"

"지금 당장 착수하겠습니다."

"나가 봐."

하제필이 나가고 다음 날 한국대학교 대자보에 수십 장의 사진이 붙었다.

그놈이 여학생 화장실을 기웃거리는 사진, 학생식당에서도 떨어진 숟가락을 줍는 척 여학생 속옷을 보는 사진, 비열하게 웃는 사진, 집안 벽면을 가득 메운 전라 여자들 사진, 지하철 타고 다니며 손거울로 아래를 보는 사진…… 더불어 마주칠 때마다, 시선이 지나갈 때마다, 우연인 듯 몸을 스칠 때마다, 벌레가 지나가는 듯한 모멸감을 느꼈다던 소속도 모를 어느 여학우의 고백담까지.

평범한 학생 하나가 대체 불가능한 변태 새끼가 되는 데까지 걸린 시간은 단지 이틀.

공개적으로 지탄받고 가는 곳마다 손가락질받았다. 때로는 정의감에 못 이긴 누군가의 태클도 받고 달걀도 맞았다.

결국 두 달도 못 버티고 자퇴했다.

사람 하나가 이렇게 끝장난다.

한 김에 총장도 교수들도 조졌다. 집안 사학비리, 사모님의 갑질, 허위학위, 성적위조까지 학생들의 공분을 살 민감한 것들로 정성스럽게 붙여 놓으니 자동으로 학생회가 나선다. 퇴진 운동이 벌어졌다.

스포츠신문 기자랑 그 위 편집자는 어딘가로 끌려가서 돼지게 처맞고 해고당하고. 그 시사 수첩인가 뭔가 하는 PD는 방송도 짤리고 같이 처맞고.

이 일을 겪으며 나도 깨달은 바가 하나 있었다.

국내 일이라고 만만히 보면 안 되겠다고. 예전엔 아까울 게 없었다지만 지금은 그때와는 전혀 다르다고. 가져야 할 게 많으니 지켜야 할 것도 많다고.

하제필이를 선두로 세웠다.

돈은 얼마가 들어도 좋다고. 이제부터라도 정치권, 학계, 재계 등 밖으로 나올 인물들의 데이터를 구성하라고. 넌 당분간은 아무것도 하지 말고 그것부터 만들라고 말이다.

이제야 좀 조용해지는가 싶었다.

모처럼 SD 텔레콤으로 출근해서 이것저것 챙기고 점심때가 지나 한창 식곤증이 몰려올 때쯤 또 손님이 찾아왔다.

무라타 부부였다. 무라타 유스케와 무라타 히로나.

"어! 어서 오세요. 어인 일로 여기까지 오셨어요? 제가 오늘 출근하는 건 어떻게 아시고요?"

의외성도 놀랍지만, 한국은 지금 일본이라면 치를 떨 때였다.

겁도 안 나나.

"조카 얼굴을 보고 상의할 일이 있어서 급하게 왔네."

"반가워요. 잘 지내셨죠?"

본론부터 꺼내는 무라나 유스케와는 달리 무라타 히로나는 살짝 고개 숙이며 인사했다.

"그럼요, 숙모. 숙모님은 여전히 아름다우시네요. 그래, 무슨 일이세요?"

반갑게 맞이했지만, 머릿속은 좀 복잡했다.

리조트도 잘 팔렸고 삼촌도 아무 말 없었으니 무라타 유스케가 사고 친 건 아니고.

사실 이 점만도 칭찬해 줄 일이긴 했다.

헌데 그가 꺼내 놓은 건 시티은행 예금통장이었다.

"자네가 이 돈을 좀 맡아 주게."

"네?"

"리조트가 정리되고 우리 가문은 대양으로부터 3,000억 엔을 보상받았네. 이중 절반은 고모가 가져가고 나머지 절반을 아버지가 내게 주셨지. 이게 마지막 자금이라네."

한탄에 가까운 말이지만 1,500억 엔은 가만히 묵혀 두기만 해도 대대손손 놀고먹을 엄청난 돈이었다.

일단 통장부터 들춰 봤다.

"1,000억 엔이네요."

먹고살 돈 외 거의 전 재산을 가져온 거나 다름없었다.

"그래."

"이만한 돈을 저에게 맡기시겠다고요?"

"대양 회장이 얼마 전에 30억 달러를 송금했더군. 내 알기로 그는 허튼 데 돈을 쓸 사람이 아니야. 분명 자네가 대단하다는 방증이겠지."

"그래도 그렇지 실패하면 어쩌시려고 이러십니까? 일삼촌, 이 돈은 앞으로 무라타 가문을 위해 쓸 돈이 아닙니까?"

"아니, 이대로는 안 되지. 돈은 반드시 투자되어야 하고 자네라면 성공할 거란 믿음이 있네. 그리고 얼마 전에 대출 금리가 3%나 상승했어. 결국 자네 예견대로 되더군. 아직 대다수는 모르지만."

"대출 이자가 그렇게나 상승했나요?"

"달을 경계로 갑자기 올랐어. 나도 깜짝 놀랐지. 물가도 갑자기 요동치네. 작년에 자네가 말하던 대로 일본이 흔들리고 있어."

"슬슬 일본 정부도 움직일 때군요."

"자네 말대로라면 그렇겠지. 그러니까 자네가 좀 맡아 주게.

난 도무지 판세가 읽히지 않아."

"좋습니다. 연이율은 어떻게 해 드리면 되나요?"

"아니, 좋은 투자처가 있다면 사 주시게. 경영권까진 바라지 않고 대접받을 정도라면 되네. 무라타 가문이 대대로 대접받았으면 좋겠어. 그렇게 할 수 있겠나?"

"어려운 걸 원하시네요."

"미안하네."

"근데 좀 변하신 것 같네요. 무슨 일 있나요?"

"히로나가 임신했네."

"네?!"

"이 나이에 늦둥이를 봐 버렸어. 안정을 찾아야겠지."

부끄러워하는 무라타 히로나와 그런 그녀를 사랑스럽게 쳐다보는 무라타 유스케였다.

확실히 수성으로 돌아섰나 보다.

무라타 유스케의 역량은 수성에는 넘칠 정도다. 공성이 안 되는 것뿐이지.

지금 당장 딱히 생각나는 부문은 없지만 좋은 곳이 나타난다면 줘도 나쁘지 않을 것 같았다.

"알겠습니다. 이 돈은 제가 맡아서 좋은 곳에 투자하겠습니다. 태어날 사촌을 위한 선물로요."

"이 아이를 사촌으로 인정하는가?"

눈빛에 기대가 찬다.

"그럼요. 일삼촌이 제 일삼촌인 이상 녀석은 제 사촌이죠."

"됐네, 됐어. 그렇게 생각해 준다면 나는 됐어. 자자, 일 보게. 나는 그만 물러가겠네."

"아니, 더 안 머무시고요?"

"하하하하, 조카도 알지 않나. 지금 한국엔 일본인이 돌아다녀선 안 돼. 사촌을 위험에 빠뜨릴 심산인가?"

"아이고, 설마요. 그럼 제가 공항까지 모셔다 드리겠습니다. 안전을 위해."

"그 정도야 받아 줄 만하지. 히로나도 그게 좋지?"

"네에."

두 사람을 공항까지 잘 모셔다 드리자 퇴근 때와 겹쳐 바로 집으로 돌아갔다.

갑작스러운 목돈이라 고민도 좀 됐지만 잘 풀렸으니 이제 좀 마음잡고 멕시코 컨설팅을 준비하나 싶었다.

근데 이번에는 또 어머니랑 여동생 오민선이 기다리고 있었다.

"왜……요?"

"얘기 좀 하자."

"알겠어요."

소파에 앉으니 맞은편의 오민선이 사탕 빨다가 비릿하게 웃는다.

앉은 꼴부터가 심히 비위 상하는 걸 애는 아는지 몰라? 이런 생각을 하는데 오민선이 썩은 미소를 동반하며 툭 던진다.

"너 여자 친구 사귄다며?"

"……!"

순간 심장이 덜컥 내려앉는 것 같았다.

그 난리를 쳤으니 윤지연의 존재를 모르는 게 이상하다지만 이 시점 갑자기 꺼내는 이유가 뭘까.

어머니를 쳐다보았다.

그녀는 우아한 자세로 커피를 한 모금 하고는 이런 말을 던졌다.

"조그만 기업을 운영하더구나. 명일정밀이라고."

"직원도 스무 명이 안 된다던데. 너는 만날 사람이 없어서 가난한 여자애나 만나고 다니냐. 걔도 노는 거야?"

오민선의 미친 소리는 일단 접어 두고.

"혹 만나셨어요?"

"만났다."

만났구나.

"누굴요?"

"누구겠니. 기름쟁이지."

아버지를 만났구나.

일단 최악은 면했다.

"무슨 말 하셨어요?"

"헤어지라고 했다."

예상대로 가 주니 오히려 더 마음이 진정된다.

"왜 그러신 거예요? 제가 원하지도 않은 일이잖아요."

"네가 어디가 모자라서 그런 집안과 혼약을 맺겠니. 적어도 금정 정도는 돼야 밸런스가 맞지 않겠어?"

결국 그거였구나.

정략…… 씨벌.

"어머니."

"말해라."

"어머니 수준으로는 금정이 최선이겠죠."

"뭐?!"

"언제부터 금정에 줄을 댔어요?"

"무슨 소리니?"

"아닌가요? 아니라면 지금 당장 금정 회장님을 찾아갈 겁니다. 제가 못 할 것 같나요? 그 양반이 날 안 만나 줄까요?"

두 가지였다.

어머니가 금정에 선을 댔거나 아님, 금정이 바람을 넣었거나.

어머니도 결국 속내를 털어놓았다.

"저번 바자회에서 금정 구 회장님을 만났다. 그분이 널 좋게 보시더구나. 어떠냐? 좋은 기회지 않니?"

"어머니."

"왜?"

"어머니는 꼭 그렇게 저까지 데릴사위로 만들고 싶으세요? 아버지 꼴을 보시고도?"

"아버지가 뭐 어때서? 대기업 사장이면 좋은 거 아냐?"

오민선이 또 끼어든다.

"넌 가만히 좀 있어라. 뭔지도 모르면."

"내가 뭘 몰라. 너나 똑바로 해. 금정 회장님이 관심 있다 하시면 얼싸 좋다고 달려가야 하는 거 아냐? 등신이 아주 자기 주제를 몰라요."

왜 이렇게들 나를 모를까.

남들은 다 아는 사실을 어떻게 가족이 더 모를까.

오민선은 여기에서 한발 더 나갔다.

"그 가난한 년보다는 백배 낫지. 어디 만나도 그런 걸 만나고. 하여튼 찌질이는 어딜 가도……."

"닥쳐! 세상이 뭔지도 모를 고삐리가 어디 어른들이 얘기하는 자리에 껴서 주둥이를 함부로 놀리고. 저리 안 꺼져!"

확 소리쳤더니 깜짝 놀라 어머니한테 붙는 오민선이었다.

"엄마, 이 새끼가 나한테 욕했어."

"이 새끼?! 넌 하나밖에 없는 오빠한테 새끼가 뭐야?! 엄마가 그렇게 가르쳤어?!"

"어, 엄마……."

"방으로 올라갓! 넌 앞으로 두 달간 외출 금지야! 어디 오빠한테 함부로 굴어."

이건 또 무슨 시추에이션?

모녀간의 막장 드라마가 열리려는 건가.

내 편을 다 든다.

살며 어머니가 내 편 드는 걸 목격할 줄은 몰랐다.

근데 웃긴 건 감동보다 역겨움이 더 크다는 거다.

역겨움.

어머니는 부모·자식 간의 관계도도 힘의 논리에 의해 철저히 구성시키고 있음을 스스로 증명해 냈다.

오민선은 울며 올라갔다.

판세를 읽지 못하는 철부지는 당연히 퇴장당하게 마련.

하지만 어머니 당신도 지금 그 선에 걸쳐 있는 걸 깨닫지 못하는 게 문제였다.

알려 드릴 때다.

"어머니."

"말해라."

"분명히 말씀드릴게요. 가서 사과드리세요. 제 결혼식에 초대도 받지 못할 생각이라면 계속하셔도 좋은데, 그랬다간 정말 저랑 척지시는 거예요. 그걸 원하세요?"

"나와 척진다고? 너 무슨 말을 그렇게 하니? 그깟 여자애 때문에 나랑 척지겠다고? 너 좀 이상해진 것 같지 않니. 왜 이렇게 엇나가니?"

"그럼 예전처럼 사람이나 때리고 여자 꽁무니나 쫓아다니는 게 좋다는 말씀이세요?"

"그건…… 아니지만."

"몇 마디 말로 절 휘두를 생각이랑 애초 접으세요. 당신 아들
은요, 윤지연 아니면 결혼하지 않습니다. 애도 보지 않을 거고요.
안 그래도 반대에 부딪혔는데 일이 더 힘들게 됐잖아요."

"그놈들이 반대했다고? 감히 내 아들을?!"

괜히 분격한다.

"진정하시고 입장 바꿔 생각해 보세요. 요즘이 어떤 세상
인데 시댁이 반대하는 곳에 딸내미를 주겠어요. 가서 사과하
세요. 오해가 있었다고. 다시 얘기 잘해 보자고."

"난 못 한다."

"왜요? 아들의 행복을 위해서인데."

"대길아, 다시 생각해 봐라. 금정가의 손녀가 아주 괜찮아.
여기 사진도 있다."

가방에서 웬 예쁘장한 여자애의 프로필 사진을 넘겨준다.

"진짜 이런 식으로 나오실 거예요?"

"그냥 가서 선만 한번 봐. 그거 보는 게 뭐가 그리 어렵니.
처가가 금정이면 두고두고 도움되는 거 모르니?"

"하아……."

"잘 좀 생각해 봐라. 네가 금정이랑 연결되면 모두가 좋아
져."

"제 말 좀 들으세요. 저 윤지연 아니면 결혼도 안 하……."

"그거 금세 바뀐다. 나도 그랬어. 네 아버지면 다 될 줄 알았다고. 헌데 지금 그러니? 금정으로 시집간 네 이모 봐라. 지금 어떠니? 얼마나 위세 좋아."

"어머니는 아들을 전혀 보지 않고 계시네요. 아들이 지금 어디에서 놀고 있는지 진짜 모르시는 거예요?"

"그까짓 SD 텔레콤? 특허? 그게 무슨 큰 힘이 된다고 그러니? SD 텔레콤은 네 지분도 없잖아. 특허? 그런 게 뭐? 금정의 지분보다 더 큰 게 어딨어?"

이걸 어디에서부터 설명해야 할지.

내가 가진 것들에 대한 개념조차 없을 줄은 정말 몰랐다.

"그러니까 사과 안 하실 거라고요? 금정과도 계속 밀어붙이시고?"

"난 내가 옳다고 믿는다."

"제가 그만하시라고 간구히 부탁드리는데도요?"

"너야말로 엄마 말 좀 들어라. 이번이 정말 좋은 기회야."

"알았어요. 끝내죠."

"그래? 선을 볼 거야?"

화색이 돈다.

그러나 전혀 잘못 짚었다.

"지금 경고해 드릴게요. 앞으로 제 인생에 끼어드는 순간 파멸을 각오하셔야 할 겁니다. 두 번 말 안 해요. 그냥 파멸이에요."

"파, 파멸? 지금 너 엄마를 협박하는 거냐?"

"앞으로 하시는 만큼 받게 될 거라는 거죠. 참고로 지금부터는 경고가 아니에요. 통보지. 아들한테 망한 어머니란 기사로 경제 1면에 실리고 싶지 않으시면 절대로 제 일에 끼어들지 마시고 얌전히 계세요. 그까짓 신우백화점 정도는 흔적도 없이 지워 드릴 수 있으니까."

밖으로 나왔다.

볼 것도 없이 윤지연의 집으로 향했는데 역시나 문도 열어 주지 않는다.

한숨이 나온다.

젠장, 요즘 따라 왜 이다지도 걸리적거리는 게 많은지 모르겠다.

삼재인가?

Chapter 7. Just do nothing

다음 날이 되자 바로 삼촌의 호출이 왔다.

가 봤더니 어젯밤에 어머니가 다녀갔단다.

에효~.

"이 녀석아, 뭐든 이성적으로 움직이는 녀석이 엄마한테는 대체 왜 그러냐. 나한테까지 찾아오게 만들고."

"뭐라고 하셨는데요?"

"네가 자길 협박했다고 얼마나 뭐라 하는지 모르겠다. 근데 엄마한테 협박까지 했다며?"

"네, 경고했죠. 이 이상 제 일에 끼어들면 가만히 안 두겠다고요."

"진짜였어? 네가 정희한테 그렇게까지 했어?"

"다른 얘기는 더 안 해요?"

"뭘?"

모르는 눈치를 보니 자기 유리한 것만 떠들고 간 모양이다.

"이건 들으셨어요? 금정이랑 짝짜꿍해서 절 데릴사위로 팔아먹으려는 건요? 모두가 좋아지는 길이라는데 삼촌도 제가 그쪽으로 가는 게 좋아 보여요?"

"……그런 말도 했어?"

당연히 싫을 거다.

이모가 금정으로 가서 발길을 끊은 건 대양에서 유명한 일이니.

더욱이 그 대상이 나라면?

파장이 얼만할까?

대양으로선 절대로 벌어져선 안 될 끔찍한 사건이 될 것이다.

이런 걸 둘째 치더라도 나는 누구의 도움 없이도 충분히 살아갈 놈이었다.

어설픈 호의는 그것이 비록 선의라도 방해이고.

"지연이 아버지한테 찾아가서 뭐라 했답니다. 가난뱅이라고. 제가 멕시코에 있는 동안 말이죠. 가서 무릎 꿇고 결혼할 거라고 말까지 했는데. 왜 이렇게 안 도와주는지 모르겠어요."

"으음, 같이 간 건 알았다. 근데 결혼까지 생각한 거냐?"

"그렇지 않은 여자를 왜 거기까지 데려갔을까요? 부시 대통령도 다 봤는데요."

"그것도 그렇군. 그래서 어쩔 셈이냐?"

"전부터 몇 번 경고했어요. 하지 말라고. 무엇이든 하지 마시라고요. 어제는 마지막이라고 통보한 거예요. 더 건들면 아들 손에 망할 거라고. 이제부턴 한 만큼 해 드려야죠. 정신 못 차리는데."

"오대길!"

목소리를 아주 지하 15층만큼 깊이 깐다.

꽤 오랜만에 들어 보는 준엄한 질책성 소리였다.

"왜요?"

"정희는 내 동생이다."

"네, 제 어머니이기도 하고요."

"정말 대양이랑 척지려고 하는 거냐?"

"어머니랑 싸우면 대양이랑 척지는 건가요?"

"……."

뭐 그렇다 해도 이젠 상관없다.

삼촌에게 휘둘리기엔 너무 멀리 가 버렸으니까.

근데 과연 삼촌은 어떤 선택을 할까?

나랑 싸울까? 하나밖에 없는 여동생을 위해서?

아니다.

삼촌은 나와 결별하는 게 어떤 의미인지 너무나 잘 알고 있는 사람이다.

"이 녀석아, 그게 그 얘기가 아니잖아. 네가 일가를 탐탁히 여기지 않는 걸 안다. 하지만 그 얘기를 입 밖에 내면 안 되지. 너도 대양가다."

"그럼 저만 망하면 되는 건가요? 대양가를 위해서? 삼촌. 진짜 그렇게 생각하세요?"

쳐다봤다.

삼촌도 난감한 표정으로 날 봤다.

우리 두 사람의 눈길이 중간에서 부딪쳤는데 삼촌이 기세를 일으켰음에도 이젠 살랑 바람처럼 느껴진다.

정말 내가 너무 멀리 가 버린 게 아닌지 걱정될 정도였다.

'나도 보통 내공이 아니네요. 이런 나를 언제까지 끼고돌 생각이십니까?'

이들도 깨달아야 했다.

나란 존재는 이미 대양가라는 무대에서 벗어난 지 오래라는 것을.

한참을 쳐다봐도 흔들림이 없자 결국 삼촌은 한숨을 내쉬었다.

"짐작은 하고 있었다만 품을 벗어난 지 오래구나."

"그걸 어머니도 아셔야겠죠."

"한 번만 봐주거라. 내 단단히 경고해 놓으마."

"모르겠어요. 지금 봐준다고 들을 사람도 아닌 것 같고."

"아니다. 혈육의 정을 생각해서 마지막으로 기회를 주거라."

"혈육이 때론 남보다 더 못하다는 걸 모르세요?"

"그 정도였냐?"

"전 쓰레기였어요. 하나밖에 없는 여동생도 저한테 서슴없이 욕할 만큼 집안 분위기가 개판이었죠. 이게 근래에 뒤바뀐 거예요. 근데 삼촌. 좀 못나면 가족이 아니랍니까?"

"그건…… 네가 이렇게까지 분기를 품고 있을 줄은 몰랐다. 계속 참아 온 거냐?"

"참고 자시고 할 게 뭐가 있나요. 생활이었는데. 전 못난 놈이었고."

"알았다. 다시는 네 일에 끼어들지 못하게 할 테니 이번만 딱 눈감아 주거라. 다음부턴 나도 편을 들지 않으마."

싫었지만.

"……알겠어요. 그렇게 할게요."

삼촌의 마지막이라는 당부를 믿고 자리를 끝냈다. 물론 얼마 안 가 또 무슨 일이 벌어질 건 알고 있었다. 사람은 변하지 않는 동물이니.

"그건 그때 가서 처리하면 될 것 같고. 아이고, 얘는 어떻게 안 되나?"

윤지연이 너무 기운을 잃었다. 샌프란시스코 이후로 한풀 꺾이더니 아무리 잘해 줘도 돌아갈 기미가 없다.

집안의 반대도 그렇고 내 삶에 다른 여자들이 있다는 것도 그렇고 또 뭔가 삶의 대부분에서 서로가 아주 큰 차이가 있다는 걸 깨달은 것 같은데 스스로도 정리가 안 되어 보였다.

애정 전선에 적신호가 켜졌다.

웃긴 건 대신 다른 일은 청신호로 술술 풀렸다.

학교도 총장이 사퇴하고 교수들이 물갈이됐다. 교내 평판도 전과 같이 돌아왔으며 오히려 많은 이들이 친하게 지내자는 신호를 보내왔다.

한동안 보이지 않던 최순명도 몽골에 TDX-10 수출 계약을 맺고 돌아왔다. 100대나 하기로 했는데 향후 숫자를 늘릴 계획이란다. 난 그에게 TDX-10의 생산을 늘리는 것과 TDX-100의 개발을 독려했다.

이렇게 바쁘게 오가는 와중에도 윤지연한테는 꼭 시간을 할애했다. 더 잘해 주면 상처가 아물겠지, 더 잘해 주면 조금 나아지겠지 하며 열심을 부렸는데도 윤지연은 회복되지 않았다.

어느새 가까이 가도 멀리 돌아가고 붙잡아도 시선을 돌리지 않는다.

답답했다.

전생에도 여자 운이 지지리도 없더니 이번 생마저 거기에서 벗어나지 못하는가 보다.

어떤 말로 설득해도, 그녀의 집에 몇 번을 찾아가도 문전박대.

어느 순간부터 내 마음에도 화가 들어차기 시작했다. 이러지 않으려고 애썼지만 억울함이 가슴을 짓누른다.

슬펐다.

내가 조금 더 성숙했다면 어땠을까.

후회가 사무친다.

샌프란시스코로 날아갔다.

멕시코 컨설팅 날짜가 임박해서이다. 그곳에 내려 하루간 DGO 시스템즈를 둘러보며 세 요정의 위로를 받은 나는 CEO인 제프 코트리와 함께 멕시코로 날아갔다.

SBC 출신에 지난 시간 동안 DGO 시스템즈의 모든 것을 익힌 그는 내가 봐도 통신 분야엔 없어서는 안 될 인재로 탈바꿈돼 있었다.

"어때요? 할 만해요?"

"특허 외 크게 익힐 부분은 없었습니다. 워낙에 단출하니까요."

"그랬나요? 부족한 건 없고요?"

"조금 더 전문적으로 가려면 지금 있는 곳으로는 한계가 있습니다. 인프라를 갖추기에도 많이 어렵고요."

"계획이 어떻게 될 것 같나요?"

"대략적인 건 보이지만 결국 모든 건 보스께서 선을 지정해 주셔야 하지 않겠습니까? 아직 지정해 주시지 않으셨으니 계획은 잡으나 마나고요."

적절한 지적이다.

"그렇겠네요. 그럼 어렵겠지만 30년을 내다보고 해 주세요. 고속 성장할 DGO 시스템즈의 성장 폭을 고려해서 잡아 주시면 제가 편할 것 같네요."

"완료 기한은 어느 정도로 잡으면 될까요?"

"내년 말에 실행할 생각이니 적어도 올해 말까진 가지고 있어야겠죠."

"그 정도라면 여러 버전으로 기획해 볼 수 있겠습니다. 맡겨 주십시오."

"믿겠습니다."

비행기는 순항 중이었다.

내 애정 전선도 이렇게 순항 중이라면 얼마나 좋을까 생각하며 투명창을 보고 있는데 별안간 아이폰이 떠오른다.

'아이폰?'

이게 선풍적으로 인기몰이를 할 때쯤 돌아왔는데. 왜 하필, 왜 이 시점, 눈에서 아른거릴까? 장난감 같은 게…….

버튼 자체를 없애고 대화면으로 간 그걸 나도 가져 봤다.

'아이폰이라. 스티브 잡스가 아이폰이야말로 휴대폰의 정점이라 그러긴 했는데.'

컴퓨터 화면처럼 아니, 컴퓨터를 휴대폰 속으로 집어넣은 듯한 그것이 정말 통신의 미래일까?

'잘 생각해라, 오대길. 어차피 너의 강점은 선점이잖아. 불명확함에 이정표를 찍어 주는 선점. 지금 이게 생각났다는 건 그 기술이 어딘가에서 꿈틀대고 있다는 게 아니겠어?'

아무래도 그쪽으로 갈 것 같다는 촉이 강하게 왔다. 실제로 잘 팔렸고.

계시 같았다. 휴대폰의 정점을 찍으라는.

이대로 있을 순 없었다.

잘 쉬고 있는 제프 코트리를 불러 물어봤다.

"혹시 터치…… 스크린 기술을 아세요?"

아이폰이 아이폰으로서 성공할 수 있었던 가장 큰 힘은 결국 대화면이었다. 자판을 없애고 그 자리까지 차지한 큰 화면은 당시 구매자의 욕구를 제대로 반영한 결과였다.

혹시나 하고 물어본 건데 제프 코트리는 네가 그걸 어떻게 아냐는 표정을 지었다.

"보스, 터치스크린 기술도 아십니까?"

"예?"

"벨코어에서 한때 그 기술을 연구했습니다."

"아! 그래요?"

"벨코어만입니까? CERN, 토론토대학, 카네기멜런대학도 엄청나게 연구했죠."

한둘이 아니네.

기억을 더듬는 모양새를 봐도 꽤 오래전부터 시작한 것 같왔다.

"언제부터 연구하기 시작했나요?"

"70년대부터 활발해졌다고 알고 있습니다. 연원 같은 건 정확히는 모르는데, 60년대 말에 영국의 과학자가 처음 아이디어를 냈고 70년대에 미국의 허스트 교수가 시제품을 냈죠."

진짜 깜짝 놀랐다.

터치스크린 기술이 이렇게 빨리 개발됐을 줄이야.

선점은 물 건너가는가 싶었다.

DGO 시스템즈의 비전은 CDMA 기술을 기반으로 하는 라이센스 사업이었다. 그 외 다른 것까지 거미줄처럼 엮어 휴대폰계에서는 DGO 시스템즈를 제외하고는 아무런 것도 못 하게끔 하는 게 내 원대한 계획이었는데 아이폰만큼은 정말 아깝게 된 것 같았다.

"많은 회사에서 이 기술을 접목하여 제품을 출시했습니다. HP에서도 HP-150이라는 기종을 냈고 86년엔 아타리에서 POS 장치를 낸 적 있고 87년엔 카시오에서 16 분할 포켓컴퓨터도 냈죠. 근데 다 망했습니다."

망해?

뭔가 한 줄기 빛과 같은 말이었다.

"왜요?"

"우선 소비자가 버튼에 익숙해서이기도 하지만 결국 기술 문제였죠. 오류가 너무 심했어요. 누르면 제대로 먹혀야 하는데 자꾸 엉뚱한 게 실행되고 단지 몇 번으로도 소비자는 괜히 샀다는 표정을 짓게 되니까요. 특히 GM에서 뷰익 모델에 터치스크린 기술을 시도했다가 원성을 사고부턴 누구도 그걸 들여다보지 않게 됐습니다. 벨코어에서도 단계적으로 접었고요."

"오오, 그렇군요."

아직 기회가 있었다.

심호흡하고.

"그럼 이 기술을 가진 회사도 잘 아시겠네요."

"엘로그래픽스입니다. 몇 번 교류해 봐서 잘 압니다."

"엘로그래픽스라……."

언제 한번 찾아가 봐야겠다. 존 와이어랑 같이.

"보스, 혹시 터치스크린에 관심 있으십니까?"

"아, 네."

"혹시 왜냐고 물어도 되겠습니까?"

"제 생각엔 휴대폰의 미래를 열어 줄 기술 같아서요. 지금 당장은 아니지만."

"그것에 대한 건 워낙에…… 조금 우려가 있긴 하나 보스라면 뭔가 생각해 두신 게 있겠죠."

"하나 부탁 좀 드릴게요."

"말씀하십시오."

"이번 멕시코행을 마치면 엘로그래픽스를 살펴봐 주세요.

상황이 어떤지 이런 것들 말이에요. 도움이 필요하면 밸리 법무법인의 존 와이어를 찾으면 되고요."

"아! 그 양반이요? 안 그래도 몇 번 찾아와서 술도 한잔하고 그랬습니다. 사람 화통하더군요."

"잘됐네요. 부탁 좀 드릴게요."

"그냥 명령하시면 됩니다. 전 어차피 보스로 인해 제2의 인생을 사는데요. 그냥 명령하시고 그냥 말씀만 해 주세요. 제모든 것은 보스로부터 재설계되었습니다."

충성 맹세를 참으로 감미롭게 하는 제프 코트리였다.

나도 기분이 좋았다.

믿고 싶은 부하에게서 나오는 충성 맹세 앞엔 아름다운 여인의 세레나데도 비할 길이 아니었으니까.

서로 미소를 한껏 지으며 우린 베니토후아레스 공항에 도착했는데 도착하자마자 입구에서부터 멕시칸 요원들이 진을 치고 있었다. 그들은 할리우드 영화처럼 공항 도로 내에 리무진까지 대동하였다.

제프 코트리는 이 정도까지 우리가 대접받을 줄은 몰랐던지 혀를 내둘렀고 친절한 안내를 받은 우리는 아직 조인식이 두 시간이 남았음에도 서두른 일정에 따라 곧바로 대통령궁으로 향했다.

살리나스 대통령은 나만 만났다. 제프 코트리와 김하서는 다른 방에서 대기하고.

"어서 오시오, 미스터 오. 참으로 고대하고 기다렸답니다.
이날을요."

그가 이토록 반기는 이유는 하나였다.

컨설팅.

나도 마음을 차분히 가라앉히고 담백하게 그를 맞았다.
결국 지금 이 자리가 이따가 있을 조인식의 분위기를 가늠할
테니까.

"반갑습니다. 대통령님. 부족한 저를 이토록 환대해 주시
니 무척 감격스럽습니다."

"어서요. 어서 와서 앉으세요. 어서 대화를 나눠보고 싶군요."

앉지도 않았는데 본론부터 들어가자고 보챈다.

컨설팅에 대한 그의 기대가 얼마나 큰지 보여 주는 대목이
었다.

사회자의 소개도 없었고 등장에 따른 분위기 조성도 없어
아쉬웠지만 뭐 어쩌랴. 바로 시작해야 했다. 너무 몸이 다는
것도 사람을 지치게 한다.

"바로 시작할까요?"

"그렇소. 그렇게 해 준다면 참으로 좋겠소."

"알겠습니다. DGO 인베스트의 첫 국가 컨설팅 대멕시코
를 시작하겠습니다."

"좋소."

살리나스가 고개를 끄덕이자마자 그에게 장장 스무 페이

지에 달하는 보고서를 제출하였다.

하지만 그는 그걸 보지 않고 나만 바라봤다. 말로 해 달라고.

"기점은 멀리 가지 않았습니다. 저는 카르데나스 대통령의 퇴임부터가 사실상 현대 멕시코의 시작이라 봤으니까요."

"그것은…… 옳게 봤소. 멕시코의 역사는 멕시코혁명당 이전과 이후로 나뉘지."

"현재 대통령님이 몸을 담고 있는 제도혁명당은 멕시코혁명당의 후신입니다. 독재를 이긴 멕시코 국민의 염원이 담긴 상징이라 할 수 있죠. 아직도 유지된다고 보십니까?"

"그렇소. 제도혁명당은 멕시코 국민을 위해 창당됐소. 당연히 멕시코 국민을 위한 활동을 해야지 않겠소?"

"맞습니다. 근데 아쉽게도 1968년에 엄청난 일을 저지르고 맙니다. 가진 존재 기치를 스스로 저버린 일이 발생하죠."

"으음……."

굳이 입으로 밝히진 않았지만 1968년 멕시코에서도 우리 5.18과도 비슷한 일이 벌어진다.

올림픽 개최를 반대하는 학생 데모대에 정부가 발포. 500명의 사망자가 발생하는 사건이 일어난다. 그들이 원했던 건 단지 표현의 자유, 자유로운 선거 같은 1917년의 헌법을 적용해 달라는 것이었는데 혁명 속에서 피어난 제도혁명당이 오히려 그들을 무참히 죽인다.

살리나스는 초반부터 너무 아픈지 미간을 찌푸렸다. 그러면서도 곧 수긍하였다.

"그런 일이 있긴 있었소. 당시 내가 생각해도 너무 강압적으로 폭력이 가해졌는데 지금은 그렇지 않소. 시대가 변했소."

"그렇다면 혁명헌법 제27조는 어떻게 하실 생각이십니까? 앞으로도 유지시킬 생각이십니까?"

혁명헌법 제27조는 정부가 대지주 소유의 토지를 몰수해 농민들에게 나눠 주고 석유 등 에너지 자원을 국유화하는 법제의 근거였다. 그리고 그에 비롯한 제123조는 하루 8시간 노동, 파업권, 여성에 대한 보수 차별 금지, 아동 노동 금지와 같은 노동 개혁을 명문화한 법이었고.

이런 개혁적 헌법 제정을 바탕으로 창당된 당이 바로 현재의 제도혁명당(Institutional Revolutionary Party)이었다.

"허어…… 그것도 아시오?"

"치아파스 주에서 사파티스타 민족해방전선이 사파타의 이름을 내걸고 봉기한 것도 알고 있습니다. 그들뿐만 아니라 이곳저곳에서 멕시코의 정국을 혼란으로 몰고 가는 이들이 많다는 것도요."

"……."

살리나스가 입을 다문다.

나는 대기했다.

상대가 듣고자 하지 않으면 컨설팅은 소귀에 경 읽기다. 아픈 곳을 건드린 것도 결국 그것을 위한 사전 준비 작업이었으니 반드시 기다려야 했다.

한참 후에야 살리나스의 입이 열렸다.

"흠…… 알겠소. 무슨 얘긴지 알겠으나 지금 그 얘기를 한다는 건 조인식을 부정하겠다고밖에 보이지 않소. 미스터 오, 진정 그런 거요?"

그의 말도 맞았다.

난 지금 국영기업을 사러 온 거고 나의 행위는 혁명헌법 제27조에 제대로 위반한다.

쿨하게 인정하고 들어갔다.

"두 관점이 애초 상충됨을 감안하고 가서야 하지 않겠습니까? 저는 사러 왔지만 컨설팅도 해야죠. 그리고 컨설팅은 고객의 최대 이익에만 집중해야 합니다. 비록 큰 사업이 눈앞에 있더라도 말이죠. 대통령님도 원하지 않으셨습니까? 소신 있게, 핵심을 찌르는 컨설팅."

"흐음…… 그러니까 이 자리가 컨설팅 자리니 거기에 집중하시겠다?"

나를 한참이고 쳐다보는 살리나스였다.

그러더니 또 피식 웃는다.

"내 살다 살다 미스터 오 같은 사람은 처음 보았소. 한 시간 뒤면 열릴 조인식이 얼마나 큰 사업인지 모르진 않을 테고 내 기분을 나쁘게 만들면 자칫 틀어질 수 있는 일이잖소. 그랬다간 손해가 막심할 텐데."

"물론이겠죠. 근데 저는 이 문제를 이렇게 봤습니다. 저는 이것 안 해도 먹고사는 데 문제없지만, 멕시코는 컨설팅을 안 받으면 문제가 되겠구나. 그리고 자리와 상황에 따른 유기적 태도 변화는 동양의 미덕이기도 합니다."

"결국 이 자리에서는 멕시코 편이라는 거구려."

나는 말없이 미소 지었다.

살리나스도 웃는다.

"그래서 어떻게 해야 멕시코에 도움이 되겠소? 어떻게 해야 멕시코가 잘살겠소? 자, 길게 끌 것 없이 간단하게 한마디로 요약해 보시오. 멕시코가 어떻게 하면 살겠는지."

어려운 주문이 왔다.

멕시코란 나라의 살길을 단 한마디로 표현한다라……

"정말 한마디로 해야 합니까?"

"한번 해 보시오. 들어나 봅시다. 당신의 핵심을."

"정 그렇게 원하신다면 적당한 문장이 하나 있긴 있군요."

"뭔가요?"

나도 모르겠다.

잔뜩 기대하는 살리나스 면전에다 툭 던져 주었다. 진짜 핵심을.

"Just do nothing."

Chapter 8. 누군간 타오르고 누군간 산화되고

제대로 발음했는지 살리나스의 미간이 있는 대로 찌푸려
진다.

와우, 살벌하다.

이게 권력자의 본질이던가.

'아씨, 괜히 말했나? 내가 무슨 영화를 보겠다고.'

바로 후회되었다.

지금 무슨 일이 벌어진 거냐면.

난 무조건 뭐라도 하려는 사람에게 아무것도 하지 말라고
한 거다.

조금 더 나쁘게 표현하자면.

너 좀 제발 가만히 있어라. 씨발아.

　오버한 건 아니다. 아쉽게도 이게 내 컨설팅의 핵심이다. 살리나스는 더럽게 싫겠지만.

　솔직히 말해 이런 유의 컨설팅은 동서고금을 통해서도 나만 한 건 아니었다.

　역사적 현인들은 특히 뭘 한다는 놈을 기본적으로 경계했다.

　직설적으로 말해 위험하다 판단했다.

　특히 그것이 개인이 아니라 정치인이라면 나라를 뒤흔드는 엄청난 결과를 초래할 수도 있는 게 아닌가.

　이 관점에 대해 2,500년 전의 누군가도 이렇게 말했다.

　노자 말이다. 노자.

　-뭘 하려는 놈한테는 절대로 나랏일 맡기지 마라.

　이 경우 나에게 살리나스도 그랬다.

　가만히 놔두면 멕시코를 나락으로 빠뜨리다 못해 개박살 낼 놈.

　멕시코 입장에선 그냥 악의 씨앗이라고 보면 간단하다.

　이런 건 오뉴월 아낙네들 김매는 것처럼 나타나자마자 뿌리부터 뽑는 게 가장 좋은 해법이겠지만 이놈이 벌써 대통령이었다.

처음엔 그냥 모른 척 내 잇속만 챙기는 게 어떨까 하였다.

헌데 그랬다간 주위에 포진한 경제 전문가들과 다를 바가 없어진다. 특색이 없는 거다. 그렇고 그런 놈은 되기 싫고······.

결국 아픈 곳을 찔러 달라 했으니 진짜 아프게 해 줘야겠다는 쪽으로 방향을 틀었다.

이게 바로 한 달 내내 날 괴롭힌 화두였다.

-어떻게 얼마나 아프게 해 줄까?

역시나 예상대로 살리나스는 얼굴이 뻘게질 만큼 화가 났다.

"이보시오, 미스터 오. 지금 나를 놀리는 거요? 아무것도 하지 말라니!"

"설마요. 대통령님을 놀리려고 한 달 내내 밤잠 못 자고 고심하여 열 몇 시간씩 태평양을 가로질러 왔겠습니까?"

"그럼 뭐요 이게? 아무것도 하지 말라니. 지금 멕시코가 아무것도 하지 않고 버틸 수 있다 보시오?"

"그것도 아니죠. 이대로 가다간 5년 안에 모라토리움을 선택하게 될 겁니다."

"거보시오. 알면서도 하지 말라니. 난 도대체 이해할 수가 없소."

느낌상 살짝 누그러지는 것처럼 보였다.

자기가 보는 멕시코와 내가 보는 멕시코가 일부 일치해서 일까?

하지만 안심하지 마라.

나는 더 나갈 생각이니.

"여기에서 하지 말라는 건 멕시코가 아니라 대통령님을 가리키는 겁니다."

"뭐요?! 이 사람이!"

벌떡 일어난다.

위험했다.

나는 지체 없이 떠들었다.

"전에도 미리 말씀드렸듯 대통령님이 원하시는 게 뭔지 잘 압니다. 방아쇠를 당기면 당장에라도 백악관에 날아갈 수도 있고요. 원하는 그림대로 그려 달라면 충분히 그려 드릴 수 있습니다. 근데 그걸 원하는 건 아니지 않습니까?"

"그래서 내가 문제라? 내 어디 무엇이 문제라는 거요?! 세상에…… 난 아직 아무것도 하지 않았잖소."

"그래서 다행이라는 거죠. 아무것도 안 해서 멕시코에 아직 희망이 있으니까요."

사실 말을 던지면서도 팬티 갈아입어야 할 것 같았다.

난 지금 멕시코 신임 대통령 앞에서 너 때문에 멕시코가 망할 뻔했다고 말한 거다. 대통령궁을 벗어나자마자 총질당

해도 할 말이 없는 그런 짓 말이다.

역시나 살리나스도 입을 딱 멈춘다.

뭐 이런 놈이 다 있냐는 눈빛이다.

머리끝까지 화가 났는데 다시 앉지도 않고 부들부들 떨고…… 그 와중에도 또 너무 황당한 맛이 그의 표정으로 지나갔다. 그러나 당장에라도 문을 박차고 나갈 기세는 여전했다.

한숨이 나왔다.

일이 틀어지려나?

보통 사람, 삼촌 등의 얼굴이 막 지나가는데 잔뜩 떠들어는 놨고 틀어지면 에휴~ 아무래도 컨셉을 잘못 잡았나 보다.

하지만 살리나스도 완전히 돌아 버린 게 아닌 모양이었다. 살짝 몸을 튼다.

"바른…… 대로 말해야 할 것이오. 이게 세계가 보는 나의 평가요?"

기회를 주는 건가?

뭔지 모르지만, 마지막 선까지 넘고 싶지 않은 제스처로 여겼다.

얼른 답했다.

"설마요. 세계인의 평가는 대통령님이 곁에 포진시킨 경제인들과 별반 다르지 않을 겁니다. 그건 제가 보증합니다."

세계는 너한테 그리 관심 없다.

"그렇다면 뭐요? 방금의 발언은."

"동양에서 온 천재의 평가를 부탁하셨길래 그대로 옮겨 온 것뿐입니다. 그가 멕시코를 보고 결론 내렸습니다. 대통령님이 품고 계신 비전이야말로 멕시코엔 위험하다고. 아직 10년은 이르다고."

내 3인칭 화법에 그가 다시 관심을 보였다.

"개방이 10년이나 빠르다는 거요? 내 비전이?"

"10년 후에도 다시 살펴볼 만큼 만만치 않다는 걸 경고해 드리기 위함입니다. 미국·캐나다·멕시코, 즉 북미자유무역협정은 멕시코에게 선진화란 화려함을 줄 것이고 또 나라의 국격을 그들과 비등한 수준으로 올릴 거라 보시는 거 알고 있습니다. 아닙니까?"

"맞…… 소. 당장은 힘들어도 반드시 그들과 비슷한 선상에 올라갈 것이오. 우리 멕시코는 그럴 역량이 있소."

"하지만 대통령님은 그걸 바탕으로 또 다른 걸 노리고 계시죠."

"……뭐……를요?"

뜨끔한지 말을 더듬는다.

더 추궁했다.

"대통령님은 멕시코의 대통령직을 수행하면서 어째서 멕시코만 보지 않으십니까? 여기 인구가 부족합니까? 어디 땅이 부족합니까? 자원이 부족합니까? 왜 멕시코에 만족하지 못하시는 거죠?"

"그게 무슨 말입니까?!"

"WTO. 이래도 발뺌하시겠습니까?"

"헙."

"멕시코를 살린 업적을 기반으로 WTO 사무총장 자리를 엿보고 계시죠. 아닙니까?"

"그걸…… 어떻게……."

기함하는 살리나스를 두고 나는 컨설팅의 요점을 읊었다.

"멕시코에 올인하시지 않는 분의 비전을 어찌 신뢰하겠습니까. 그것은 가짜죠. 아무리 공부해 봐도 멕시코는 누군가의 기반이나 될 만큼 작은 나라가 아닙니다. 거대한 나라죠. 한때 저 미국과도 자웅을 겨룬 나라. 60년대만 해도 제 모국인 한국 GDP의 3배가 됐던 나라. 자원도 넘치고 인구도 넘치고 수많은 국민이 대통령님만 보고 있습니다. 이 컨설팅의 핵심이 바로 대통령님에게 있다는 말입니다. 정확히 얘기드리죠. 대통령님의 그 꿈. 그 꿈만 버리십시오. 그것만 버린다면 멕시코의 진실이 눈앞에 나타날 겁니다. 전혀 관계없는 저도 보이는데 어찌 눈을 가리십니까. 반드시 보셔야 합니다."

"허어……."

살리나스의 계산은 이랬다.

북미자유무역협정으로 시장을 완전히 개방하면 멕시코는 미국과 캐나다와 동등한 입장이 될 거다. 값싼 노동력이라는 강점이 있으니 저들의 투자는 자연적으로 이뤄질 테고 그렇게 묶어 혼합해 놓으면 저들도 함부로 굴지 못할 거라는 얄팍하디얄팍한 계산.

그리고 미국과 캐나다와 유대를 갖춰 놓은 상태에서 WTO 사무총장에 출마하여 세계를 좌지우지하는 꿈을 키웠을 것이다. 자기 미래가 어떻게 될지도 모르면서.

개꿈이다.

북미자유무역협정이 실행되는 순간, 제일 먼저 화폐가 망가지고 달러가 그 자릴 대신하며 국가 신뢰도가 바닥을 친다.

두 번째로 인구의 삼분의 이가 비정규직 노동자로 전락하여 엄청난 실업 사태에 직면하게 된다. 싼값에 들어온 자본도 중국 등 아시아가 뜨면서 죄다 이동하여 한 번 더 개박살난다.

세 번째로 저임금, 실업, 비정규직 세 가지의 난항은 결국 국민을 범죄자의 길로 인도한다. 안 그래도 살벌한데 더더더 더더 살벌한 나라가 된다는 거다.

네 번째로 가장 중요한 건데 국가 자체가 미국에 종속되게 된다는 거다. 미국이 없으면 죽고 미국이 뭐라 하면 무조건 응해야 하는 나라. 거부하지도 못한다. 그랬다간 반정부 혁명 단체를 밀어줄 테니까.

물론 이 새끼는 축적해 놓은 돈으로 이민 가서 잘살 테지만 멕시코 국민은 지옥에서 살아야 했다. 한 달에 150달러도 안 되는 돈으로 생활을 영위해야 하고 그럴수록 신분 상승은 멀어지고 한탕을 얻으려면 시카리오 같은 암살자 조직에 들어가 총알받이로 이용당하다 평원에 버려지게 되는 거다.

그 분기점이 바로 나프타. 북미자유무역협정이었다.

이쯤 되자 살리나스의 기세도 조금 누그러졌다. 자리에도 다시 앉았고.

"……그럼 나보고 대체 뭘 하지 말라는 거요?"

"그것보다 먼저 멕시코를 품으십시오. 멕시코를 위주로, 멕시코의 이익을 위해서요. 양키들 좀 믿지 마시고요. 그놈들이라고 해 봤자 많이 겪어 봤을 거 아닙니까? 언제 그들이 멕시칸을 인간으로 인정한답니까? 자원은 자원대로 다 빼돌려 가면서."

"설마 미국을 터부시하란 건 아닐 테고, 그래서 대체 어떻게 하라는 거요?"

"북미자유무역협정만은 하지 마시라는 거죠. 자본이 미국에만 있는 건 아니지 않습니까?"

"나더러 어려운 길을 걸으라는 거요? 바로 옆에 큰 시장이 있는데?"

"그 시장은 때 되면 놔둬도 올 겁니다. 그놈들이 언제 이익을 마다한답니까? 그때까지 틈만 살짝 보이시고 대신 꿈은 포기하시라는 거죠. 대통령님의 것이 아니라 국민의 꿈을 지켜 주시라는 겁니다."

"국민의 꿈?"

지금까지 뻗대던 살리나스가 비로소 우뚝 멈춘다.

썰을 풀었다.

"꿈을 잃은 자들의 삶이 어떤지 아십니까? 대체로 인간은 꿈을 잃어버리는 순간 앞으로 나가질 못합니다. 도리어 부작용이 생기죠. 폭발하거나 죽어 버리거나 양단간에 수를 내게 됩니다. 멕시코도 익히 많이 겪어 봤지 않습니까. 멕시코 혁명당의 기치가 뭐였습니까? 그전엔 어땠습니까? 꿈을 잃어버린 국민이 어떤 행동을 보여 왔습니까? 부수고 찢고 때리고 죽이고 그것도 아니라면, 다 포기하고 무기력해지고 나태해지고 의욕을 잃습니다. 눈에서 생기를 잃게 됩니다. 그렇게 다 잃게 되는 거죠. 모든 것을요. 멕시코가 그런 나라가 되는 겁니다."

꿈에 대해선 내가 아주 잘 안다.

꿈을 잃은 인간이 어떻게 돼 가는지도 아주 잘 알고.

무리인 줄 알면서도 정면 돌파를 생각한 것도 어쩌면 다 이 때문일지도 모르겠다.

회귀까지 해서 겨우 꿈을 실현하는 내가 나 좀 더 잘나가자고 멕시코 사람들의 꿈을 짓밟는 게 맞는 건지…….

아니, 더 솔직해져서 끝까지 모른 체할 자신이 없다는 게 진실한 심정일 것이다.

이율배반일지라도 실제로 그랬다.

좀 아팠다.

결국 살리나스도 가슴을 내게로 향했다.

"정말 북미자유무역협정이 그렇게 멕시코에 해악이란 말이오?"

"가뜩이나 불타는 집에 가솔린을 들이붓는 형상입니다. 중상 입은 환자의 입에서 산소 호흡기를 떼는 형국입니다. 타코에 케찹을 뿌리는 것 같은……."

"타코에 케찹을 뿌려요? 하하하하하, 그럼 타코가 타코가 아니게 되지 않소."

이 상황에 웃음이 나오는지 되게 웃는다.

나도 웃으며 뼈를 때려 줬다.

"맞습니다. 완전히 개방되는 순간 멕시코가 재가 되고 멕시코가 죽을 테고 멕시코가 멕시코가 아니게 될 거란 말이죠."

"하하하하하, 미스터 오는 아주 잔인한 구석이 있소. 그렇게 끝까지 찔러야 속이 시원하겠소?"

"설마 제가 제 속 시원하자고 살얼음 위를 걷겠습니까. 지금의 전 오로지 멕시코 편일 뿐입니다."

"이것 참…… 타국 사람이 멕시코 편이라. 내가 희대의 악당이 될 판이로구만."

"죄송합니다."

"죄송할 게 뭐 있겠소. 근데 자신 있소?"

"네?"

"나더러 아무것도 하지 말라 하지 않았소? 그럼 멕시코는 어떻게 되오? 그냥 이대로 망해야 하오?"

"그게……."

서류철을 흔드는 살리나스였다.

"이 일은 지속적으로 도와줘야 가능한 일이오. 그건 아시겠소?"

"그렇다면……!"

"좋소. 여기에 있는 내용을 적극적으로 검토해 보리다. 도와주실 거요?"

살리나스가 마음을 돌린 것 같았다.

나도 얼른 허리를 바로 세웠다. 젠틀맨의 미소를 내보냈다.

"AS는 컨설팅의 기본입니다."

"하하하하하, 됐소. 그럼 됐소. 시간이 됐으니 어서 식장으로 갑시다. 근데 이거 정말 처음이로군. 나더러 뭘 하라는 사람은 봤어도 꿈을 포기하라는 사람은. 거참…… 근데 왜 이렇게 웃음이 나는지…… 하하하하하하."

뭔가 갑자기 진행되는 느낌이었다.

잘 모르겠다. 이것도 멕시칸 스타일인지.

살리나스의 표정을 봐도 한결 개운해진 게 나쁜 느낌은 아니었고 나의 감도 걸리는 게 없었다.

함께 이동한 식장엔 카를로스 슬림, 프란시스코 마르틴 외 제프 코트리와 정부 관계 인사들이 가득하였는데, 기자들 또한 앞에 마련된 자리에 꽉 차 있었다.

살리나스는 곧장 자리에 서서 텔레포노스 데 메히코에 대한 민간 매각과 더불어 앞으로 기회가 닿는 대로 부실 공기업을 민간에 매각하겠다는 선언을 했다.

미사여구도 없었다.

그냥 할 테니 너희들은 그렇게 알아라.

반대쪽 입장이라면 정말 황당한 쇼일 것이다.

하지만 추진력 하나는 타의 추종을 달리하였다.

기자회견을 연 지 단 10분 만에 쇼도 화끈하게 마무리되었다.

이후 비공개 자리에서 교통정리에 들어갔는데.

카를로스 슬림 15%, 프란시스코 마르틴 5%, 멕시코 25%, DGO 인베스트 20%, 대양 20%, SD 텔레콤 15%로 인수금액 총 20억 달러에 해당하는 숫자를 지분 구조만큼 부담하는 거로 합의. 회사명도 원 역사대로 텔멕스라 명명하고 카를로스 슬림을 초대 CEO로 앉히기로 약속했다.

대표 인선에도 이견이 하나 없었는데, 멕시코에선 카를로스 슬림이 앞장서야 일이 편해짐을 모두가 알았기 때문이었다. 프란시스코 마르틴은 그 와중에 적극 동조했고.

아주 껌딱지처럼 붙어 다닌다.

"두 분이 친해진 모양입니다."

"잘됐지요. 그만큼 멕시코에 이로울 테니까요."

"후원금은 스위스 쪽이 편하시겠죠?"

10% 리베이트 2억 달러에 관한 얘기를 슬그머니 꺼냈다.

그런데 이 살리나스가 나를 보고 피식 웃는다.

"미스터 오. 끝까지 나를 시험하시는 겁니까?"

"네?"

"망국의 악당이 될지도 모른다고 윽박질러 놓고 그 돈을 받으라고요? 미스터 오처럼 나도 그 돈 없이도 사는 데 문제 없습니다."

"아…… 죄송합니다."

"대신 고민해 주세요. 어차피 쓸 돈 아니었습니까? 이 시점 가장 필요한 곳에 써 주세요. 그러면 만족스러울 것 같습니다. 꿈. 국민의 꿈이 중요하지 않겠소?"

웬걸.

개과천선했나?

너무 착해져서 안아 주고 싶을 정도였다.

그렇다면 나도 이쯤에서 선물을 하나 푸는 게 마땅하였다. 어차피 줄 선물이었지만 말이다.

"머지않아 한국에서 초청이 들어올 겁니다. 괜찮으시죠?"

"한국에서 초청이오?"

"국빈으로 모실 겁니다."

"호오~ 그 정도로 봐주신답니까?"

"우리 대통령께서도 대통령님과의 만남을 고대하고 계십니다. 선진국을 바라보는 나라끼리 힘을 합치면 시너지가 일어나지 않을까요?"

"하하하하하하, 남은 2%의 아쉬움마저 지워 주시는구려. 이처럼 완벽한 컨설팅이 또 있을까요? 인정합니다. 이번 컨설팅은 엑설런트입니다."

엄지를 치켜세우는 그에게 정중한 인사를 건넸다.

"기뻐하시니 감사드립니다. 저도 이 만남이 모두 멕시코와 한국의 번영을 위해 기록되길 고대합니다."

"아무렴요. 아무렴요. 나도 한국을 통해 바라볼 아시아를 고대하겠습니다. 어디 한번 가 봅시다. 아시아란 큰 시장을 향해서요."

한번 일이 정해지자 멕시코는 일 빠르기로 자부하는 한국도 따라가지 못할 만큼 속도가 빨랐다.

텔멕스로 명명된 텔레포노스 데 메히코는 겉으론 카를로스 슬림의 지휘 아래, 실제론 나의 계획 아래 제대로 된 현황부터 파악하고 있었고 국가적으로는 곧장 유력 인사들로 구성된 경제발전회의가 조직되었는데 며칠 사이 난 거기 고문 자리에 앉아 멕시코 경제개발에 대한 의견을 논하고 있었다.

살리나스는 나를 완전히 끼고돌았다.

혹시라도 몰래 돌아갈까 봐 그런지 매일 나를 만나곤 했는데, 그때마다 난 메스칼을 질리도록 마셔야만 했다.

살리나스는 과감한 남자였다.

한번 믿고자 하면 끝까지 가는 사람이던지 같이 술을 마실 때마다 할 수 있다면 내부 장기까지 보여 주려 하였다. 왕년에 좀 놀아 본 나로서도 당황스러울 만큼 그는 정열이 넘쳤다.

그사이 TDX-10 전전자교환기 100대와 함께 SD 텔레콤의 관계자와 한국전기통신공사의 관계자들이 멕시코로 넘어왔다.

그들은 며칠의 적응기를 거쳐 능숙하게 멕시코의 전신을 파헤쳐 갔는데 결국 결론은 전전자교환기의 부족이었다.

다시 TDX-10 400대를 더 발주했다. 이 정도면 이론상 멕시코인 절반을 커버할 양이었다.

대금은 비자금으로 조성해 놓은 2억 달러에서 모두 썼는데, 그 끝물에 나는 2천만 달러가 든 스위스 계좌를 살리나스에게 선물했다.

본래의 10%로 줄어들긴 했지만 하지 말랬다고 인사 안 하는 것도 마땅치 않다. 섭섭해서라고 부득불 쥐여 줬더니 되게 좋아한다. 그리고 다음 날로 난 무선서비스 업체인 라디오 모빌 딥사를 단돈 500만 달러에 호로록 삼킬 수 있었다.

그즈음 지구 반대편에서는 세계를 떠들썩하게 한 사건이 터졌다.

중공 천안문에서 대규모 유혈 사태가 벌어졌다는 뉴스였다.

군과 탱크, 장갑차가 천안문 광장에 줄지어 들어오는 장면을 보는데 두 팔에 소름이 돋았다.

탱크에 짓밟히고 총에 맞고 수천 명이 죽고 수만 명이 피를 흘리며 강제 해산된다.

인세 지옥이었다.

지옥 앞에 자유를 꿈꾸던 중국의 마지막 민중항쟁도 그렇게 불꽃처럼 산화되어 사라져 갔다.

한국도 시끄럽긴 마찬가지였다.

통일을 꿈꾸는 순진한 학생들이 연일 북한을 빨아 대며 데모하기 바빴고, 결국 한국외대 다니던 임수경이 전대협 대표 자격으로 무단 방북을 하여 나라를 발칵 뒤집었을 때 일본에서 한 통의 전화가 날아왔다.

앨런이었다. 앨런 파크.

-보스, 일본 옵션 시장에 누가 끼어든 것 같습니다.

"요시."

Chapter 9. 여기도 바쁘고 저기도 바쁘고

-일본 옵션 시장에 누군가가 나타났다!

이 한 가지 사실을 알기 위해 난 작년부터 앨런을 일본에만 박아 둔 거였다.

너는…… 이 녀석 너는, 아무것도 하지 말고 옵션 시장만 봐라.

딴 건 네 맘대로 해도 좋다. 놀아도 좋고 진짜 아무것도 안 해도 좋다. 대신 옵션 시장만은 철저히 감시해라.

몇 번을 만나며 누군가 초거대 일본 시장을 노릴지도 모른다는 시나리오를 주입했고, 앨런은 오늘 비로소 나를 실망시키지 않았다.

나도 내 일생 최대의 기회가 될 시기가 무르익었음을 깨달았다.

필사적으로 살리나스를 설득하였다.

그는 나를 떠나보내는 걸 영 탐탁지 않아 했지만 한두 달 정도 비운다고 해서 크게 뒤틀릴 사업도 아니니 보내 주긴 했다. 그 시간부로 바로 샌프란시스코로 날아가 하루만 딱 묵고 도쿄로 쐈다.

"보스, 정말 오랜만입니다. 이 앨런을 잊고 계셨던 건 아니었습니까? 어떻게 한 번을 안 오십니까?"

"앨런이야?"

마중 나온 앨런은 예전의 그 버터 냄새 진하게 풍기는 뚱땡이가 아니었다.

날씬해졌으며 머리는 일본식으로 이대팔 가르마에 정장 차림으로…… 누가 봐도 증권회사쯤 다니는 그런 엘리트 같았다.

"잘 있었어? 신수가 훤하네."

"제가 일본물이 좀 맞는 것 같습니다. 하하하하하."

버터 냄새 대신 특유의 너털웃음이 더욱 진해진 것 같기도 하고.

"가자."

오가며 간혹 보았던 김하서랑도 반갑게 인사한 앨런은 작년 말에 구입해 뒀다던 2층짜리 주택으로 우릴 안내하였다.

도쿄 한복판의 2층 주택이라.

나쁘진 않긴 한데…… 앨런이 너무 잘 지냈다는 생각이 드니 왠지 괴롭혀 주고 싶다는 마음이 불쑥 들었다.

하지만 일에 들어오자 진지하게 돌변하는 놈을 보며 마음을 다잡았다.

뭐든, 일만 잘하면 된다.

너무 이 자식만 갈구지 말자.

얘도 자기 할 도리는 다하고 있지 않나.

"한 일주일 된 것 같습니다. 평이하게 움직이던 옵션 시장에 조금씩 변화가 생긴 건."

"그래서?"

"살펴봤습니다. 누구에게 판매되고 과연 누가 끼어들었는지."

앨런이 미소 짓는다.

자신 있다는 소리다.

"누구지?"

"범인은 타이거매니지먼트였습니다."

"줄리안 로버트슨?"

헤지펀드 중 손으로 꼽히는 게 타이거 펀드였다. 줄리안 로버트슨은 이 전체를 총괄하는 수장이었고.

"오오, 아시는군요."

"그 양반이 끼어들었다는 건 곧……."

"퀀텀도 들어온다는 거로 봐도 되겠죠."

"그렇군."

"보스의 예견이 맞았습니다. 얼마 있지 않아 공격이 시작될 것 같습니다."

"자금은 얼마나 있지?"

"어제 마감으로 500억 엔 조금 넘을 겁니다."

500억 엔.

어중간한 숫자였다.

제대로 붙을 수도 없고 그렇다고 깔짝대기엔 아까운 숫자이기도 하고.

"자금이 많이 부족하군."

"자금 부족이요? 혹 싸우실 생각이십니까?"

"모르지."

"보스. 작년엔 쥐도 새도 모르게 죽기 싫으면 조용히 빼먹는 수밖에 없다고 하셨지 않습니까? 갑자기 태도를 바꾸시면…… 저야 좋죠."

웃는다.

피가 끓는 모양이다.

하긴 증권맨의 피가 흐른다면 일생을 걸지 모를 거대한 전투에서 피하고 싶지 않을 거다.

손바닥을 비비는 행세도 이미 뭐든 시켜 달라는 자세였다.

"워워, 진정하라고. 아직 본격적으로 시작된 건 아니니까.

지금 들어가 봤자 경계심만 자극할 거니까."

"그러면요?"

"앨런은 투자에만 더 집중해. 전쟁은 물러설 수 없을 때 극적으로 참여한다."

"오케이, 적어도 일본에서는 보스께서 원하시는 대로 이뤄질 겁니다. 유후~."

다음 날로 난 무라타 유스케가 맡긴 1,000억 엔까지 모두 일본 주식에 몰빵했다. 애초 덤비려면 텔멕스 사고 남은 돈까지 몽땅 털어 넣어도 모자랄 판이긴 한데, 그건 최후의 보루 겸 나중에 총알이 딸린다 싶으면 투입할 생각이다. 내 돈도 아니고.

분위기를 봤고 가능성을 점쳤으니 이젠 휴가였다.

"온 김에 좀 놀다 가자고. 안 그래도 멕시코에서 피곤했잖아."

"보스, 제가 안내하겠습니다. 좋은 곳으로 많이 뚫어 놨습니다."

"그럴까? 일본통이 된 앨런에게 마이크를 넘겨볼까."

"저만 따르십시오. 후회하지 않으실 겁니다."

이날부터 놀자판이 시작됐다.

길만 걸어 다녀도 살벌한 멕시코를 벗어나서인지 김하서도 모처럼 여유를 만끽했다.

도쿄에서 유명하다고 하는 곳은 하나씩 하나씩 다 돌았다.

밤엔 나리코라고 작년 말부터 사귄 여자 친구를 소개해 주기도 했는데 조신하고 상냥하니 보기에 참 좋았다.

며칠 동안 도쿄에 머무른 우린 다시 앨런이 내민 깃발에 따라 오사카로 떠났다.

청수사도 보고 오사카성도 보고 구로몬 시장도 구경하고 밤엔 도톤보리에서 한잔하기도 했다. 다음 날엔 교토로 가 사원이란 사원은 다 돌아다녔는데, 확실히 한국의 절과는 분위기가 많이 달랐다. 뭔가 정돈된 느낌이 강하면서도 음산하고 깨끗하면서도 더 깨끗해져야 할 것 같고 좀 이상했다. 그러고 보니 낙엽 하나 떨어진 게 없다. 작은 연못에서도.

나랑 맞지 않았다.

절이라면 자연스러움이 최고인데.

역시나 이 지역에서 제일 마음에 든 건 도톤보리에서의 밤인 것 같았다.

교토에서 느꼈던 거부감을 돌아온 도톤보리에서 술로 깨끗이 씻어 내려 했는데 들어간 고급 술집 입구에서 또 어떤 이와 어깨가 부딪혔다.

"아, 미안합니다."

"아닙니다. 제가 더 미안합니다."

얄상하게 생긴 남자였다.

그냥 지나칠 남자를 굳이 눈여겨보게 된 건 하필 시선이 걸리는 맞은편에 앉아서였다. 술 먹다 눈 돌리면 보이는 곳에 앉아서 신경이 거슬렸다. 어여쁜 여인도 아닌 것이.

근데 좀 이상했다.

호리호리한 게 나쁘지 않은 외모.

그러나 주는 거 없이 괜히 얄밉다.

왜 그럴까..

난 사실 건들지만 않으면 주변에 무관심하고 얌전한 편이다. 개미굴도 다녀온 비위라 이렇게 첫인상부터 사람을 싫어하지 않는데.

'뭐 또 시비를 걸려고 시동 거냐. 그냥 술이나 마셔라. 오대길.'

요즘 피곤해서 예민해져 그런 거라 치부하며 다시 술잔을 들었다. 근데 또 앨런이 화장실을 다녀오다 그쪽 테이블에 멈춰, 엄청 아는 척을 하는 거였다.

그러더니 또 우르르 데리고 온다.

오지 마. 오지 마.

'아~씨!'

그중 가장 앞선 남자는 뿔테 안경에 키가 컸다. 그럼에도 얼굴에서 유독 힘이 많이 빠진 상태였는데 그런 그를 앨런은 이렇게 소개했다.

"보스, 이분은 전 자민당 간사장이십니다. 소개해 드리러 왔습니다."

애가 지금 뭐라는 거야?

간사장?!

자민당 간사장!

깜짝 놀라 일어서 맞이했다.

"아! 반갑습니다. 오대길입니다."

"하하하, 실례했습니다. 유명한 DGO 인베스트의 대표께서 여기 계신지도 모르고 있었군요. 뵙게 돼서 저도 반갑습니다. 아베 신타로입니다. 이 녀석은 제 아들인 아베 신조입니다."

"아, 안녕하십니까."

"안녕하십니까."

얄미운 놈의 이름을 이렇게 알게 됐다.

'근데 앨런이 언제 이런 인물과 연이 닿았지? 실컷 처논 줄 알았는데.'

나중에 앨런에게 들었는데 두어 번 자리를 같이한 적이 있었다. 그러다 작년에 터진 초대형 스캔들에 연루돼 사임했다고 한다. 리크루트 사건인가 뭔가라고 했는데 확실히 기억이 안 난다.

어쨌든 진짜 놀랐다.

아무런 의도도 없이 간 술집에서 일본 정계의 거물을 만날 줄이야.

멀뚱히 서 있는 그들에게 자리를 안내했다.

"다른 일행이 없으시면 합석하시는 게 어떻습니까? 술은 함께 마셔야 즐거운 법이니까요."

내 말에 김하서는 알아서 다른 테이블로 빠진다.

그걸 본 아베 신타로는 미소 짓고는 안내한 자리에 앉았다.

"신점에 오늘 귀인을 만난다더니 아무래도 거짓은 아닌 것 같습니다."

"그런가요? 제가 귀인이 될지는 잘 모르겠으나 이 만남이 귀한 건 알겠습니다."

"이번 미국에서의 활약도 잘 보았습니다. 동양에서 온 천재라 일컫지요? 참으로 대단하십니다. 그 오만한 부시를 다 상대하시고요."

"칭찬해 주시니 몸 둘 바를 모르겠습니다. 근데 제가 한 건 별로 없습니다."

"겸손해하지 않으셔도 됩니다. 세상 그 누가 오 대표님의 나이에 그만한 자리까지 올랐답니까. 이 아베 신타로, 처음 백악관으로 진격하시는 오 대표님을 보고 참으로 가슴이 떨렸습니다. 진실로 흠모했습니다."

"부끄럽습니다. 눈을 어디에다 둬야 할지 모르겠네요."

"공치사가 아닙니다. 끈 떨어진 정치인이 더 나서서 뭐하겠습니까. 그냥 있는 대로 받아 주시면 됩니다."

"그렇다면 감사드립니다."

이미 술이 된 건지 그는 공치사를 늘어놓았다.

이렇게까지 친절하게 나올 줄 꿈에도 생각 못 했건만 시간이 지날수록 아베 신타로는 마치 준비했던 것처럼 나에 대한 멘트를 쉬지 않고 쏟아 냈다. 중간에 멈추지 않았다. 몇 순배 오가지 않았음에도 그 수위가 계속 높아졌다.

"비록 작년에 제가 좋지 않은 일로 사임했다지만 사람 보는 눈은 아직 죽지 않았습니다. 오 대표님은 과거라면 도쿠가와 이에야스에 비견될 인물이신 것 같아요. 강하고 또 내부로는 포근하고. 음과 양이 참으로 적절히 섞였습니다. 오 대표님 같은 인물이 일본에 없다는 게 한탄스러울 정도로요."

"하하하하하하. 과찬이십니다."

"이 녀석이 제 아들 녀석입니다. 제 곁에서 차근차근 배우는 중입니다만 물론 아직 멀었지요. 안면 튼 김에 나이 차가 좀 있긴 하나 오 대표님 같은 분과 친구로 지냈으면 참 좋겠다는 생각을 해 봅니다."

"그렇습니까? 저와 친구를요?"

되물으며 아베 신조를 봤다.

멈칫하는 게 이 녀석은 아직 그럴 생각이 없나 보다.

싫음 시집가라. 자식아.

그러자 아베 신타로가 다그쳤다.

"신조, 무릇 나라를 품을 그릇이 될 생각이라면 친구 사귀기를 즐겨야 한다고 하지 않았더냐. 여기 오 대표님은 너에게 날개를 달아 줄 분이시다."

"하지만 아버지. 오늘 이분과는 초면입니다. 어떻게 친구를 초면에 사귑니까."

"근성이 없구나, 신조. 단 3분을 만나도 의를 통할 수 있다면 친구다. 네가 아니었다면 내가 친구로 삼고 싶을 정도다."

"……."

가만히 놔두면 이 술자리가 아들에 대한 훈계 자리 바뀔 것 같아 나도 끼어들었다. 끼어든 김에 아까부터 아베 신타로를 보며 이상하게 느낀 점을 말해 줬다.

"근데 초면에 실례가 안 된다면 여쭈고 싶은 게 있는데 괜찮을까요?"

"말씀하십시오."

"어디 아프십니까?"

"네?"

"건강이 안 좋아 보입니다."

"제가요?"

아베 신타로의 눈이 휘둥그레진다.

"병원부터 가 보시는 게 좋을 듯싶습니다. 얼굴에서 기운이 좍좍 빠지시는 것이 심상치 않아요. 아드님의 훈계는 다음에 하시고요."

"……."

잘 믿으려 하지 않고 자꾸 다른 쪽 의도가 있는지 의심하려 하기에 딱 한마디만 더 던졌다.

"저를 평가한 그 눈을 아직 믿으신다면 가 보십시오. 한 번 가 보는 데 천금이 든답니까?"

"……."

결국 술자리는 파장 났다.

근데 역시 뒷맛이 깔끔하지 못했다.

도움이 될 말을 해 주긴 했고 아쉬울 것도 없고 섭섭할 것
도 없는데 희한하게도 끝나지 않은 느낌을 받았다. 찜찜한 게
나의 감이 계속 아베 신조를 주목하였다.

하제필에게 시켰다. 아베 신조에 대해 알아 오라고.

그사이 도쿄로 돌아간 난 무라타 유스케를 만났다. 사촌을
위한 선물과 함께.

"조카, 날 보러 여기까지 왔는가?"

"겸사겸사요."

"하하하하하, 좀 솔직해지시게. 그냥 날 보러 왔다 말하면
되는 거라네."

여전히 직진인 양반이었다.

"아, 예."

"그렇군, 그렇군. 이렇게 기쁜 날이 있나. 아무래도 오늘
조카도 왔는데 그냥 보낼 순 없겠지? 한잔하러 갈까?"

낌새가 작년에 날 데리고 간 요정을 가리키는 것 같았다.

그땐 진짜 흥청망청 놀았는데…… 이 양반도 나 못지않은 말
술이라 진짜 새벽까지 퍼마셨다. 벌거벗은 여자들이랑 같이.

서둘러 말렸다.

"제발 참으세요, 일삼촌. 사촌이 태어날 때까진 조심 또 조
심하시는 겁니다. 건강하게 예쁜 아기를 봐야지 않겠어요?

오늘은 맛있는 밥으로 달래시고 들어가세요."

"하하하하하, 내가 좀 오버했나? 오케이. 알았네. 대신 녀석이 태어나고 나면 말리기 없기네."

그때가 되면 100일 동안은 손님도 들이지 말라고 할 참인데.

"알겠어요. 알겠으니까 오늘은 그마~안."

잘 먹고 호텔로 돌아갈 때쯤 하제필이 돌아왔다. 2층 주택은 앨런이 나리코란 여자랑 거의 동거 비슷하게 하는 판이라 눈치가 보여 호텔로 거처를 옮겼다.

"어때?"

"싹수가 노랬습니다."

"그게 무슨 소리야?"

"혼자 다닐 땐…… 특히 공공장소에서 조선인 비하 발언을 심심찮게 합니다. 재일 교포도 그렇고 조총련을 겨냥해서도 모욕적인 언사를 던지길 주저하지 않았고요. 아무래도 우익 쪽을 바라보는 인물 같습니다."

즉 아베 신타로가 친구 먹으라 종용했을 때 거절한 이유가 꼭 초면이고 내가 나이가 어려서만의 문제는 아니라는 거다.

"어쩐지 첫인상부터 열라 재수 없더라니. 그 아버지는 괜찮은 것 같은데 아들놈이 왜 지랄인 거야?"

"대신 아베 신타로는 중도에 가까운 인물입니다. 나카소네 이후 차기 수상 후보까지 올랐다가 스캔들에 연루돼 은퇴하고 말았죠."

"자민당 간사장까지 올랐다는 건 보통 인물이 아닌데……
아들은 망나니이고."

아버지의 얼굴을 봐서는 놔두는 게 옳겠지만.

"어떻게 할까요?"

"뭘 어떻게 해? 반쯤 죽여 놔야지. 감히 어디서 선동질을
하고 지랄이야?"

내가 망나니를 해 봐서 잘 안다.

망나니는 오로지 몽둥이가 답이다.

"실행합니까?"

바로 움직이려는 하제필을 말렸다.

"자, 잠깐만."

"……?"

좋은 생각이 들어서였다.

"그것보다 이러는 건 어때?"

앨런에게 몇 가지 당부와 함께 쑥덕쑥덕거린 후 우린 다음
날로 하제필만 남겨 두고 한국으로 돌아왔다. 하제필이는 나
름 할 일이 많았다.

"오랜만에 아버지랑 소주나 한잔할까?"

유통 사업의 진행 경과도 보고 앞으로 어떻게 할지 상의해
보는 것도 좋았다. 얼굴도 보고.

청와대 들어가는 것도 일주일 뒤로 미뤄 놨으니 따라다니
며 어떻게 해 놓았는지 살피는 것도 나쁘지 않겠다.

그렇게 스케줄을 잡고 있는데 어떻게 알았는지 선영 최 회
장에게서 다급한 연락이 왔다.

　전에 만났던 거기 삼청당에서 보잖다.

　갔더니 아들 최태훈도 앉아 있다.

　"어서 오게."

　"안녕하셨어요? 형님도 안녕하셨고요."

　"잘 지냈어?"

　"잘 지냈죠. 요즘은 몸이 두 개라도 됐으면 좋겠어요."

　"하하하하, 그럴 만도 하지. 여기 있다 싶으면 다른 데 있
고 다른 데 있다 싶으면 어느새 생판 모르는 데로 가 일을 벌
이니. 동생이야말로 홍길동이지."

　"그런가요? 근데 어쩔 수 없잖아요. 돈이 막 땅에 굴러다
니는데 놔둘 수가 있어야죠. 누가 주워 가면 아깝잖아요."

　"정말 대단해. 언제 그렇게 멕시코 대통령과도 친분을 쌓
았어?"

　"그야…… 어떻게 하다 보니 그렇게 됐죠."

　대충 넘기려는데 최태훈은 그러고 싶지 않은지 더 물어 왔
다. 최 회장은 우리 둘을 유심히 관찰하기만 하고.

　"그러지 말고 좀 알려 주라. 이제 SD 텔레콤도 멕시코까지
진출했는데 노하우 좀 공유하자. 뭐든 알아야 면장이라도 하
지 않겠나?"

　"넘어오려고요? 멕시코에요?"

"그래도 가 봐야 하지 않겠어? 주주로서."

"그렇긴 한데 거기 좀 위험해요."

"너도 다녀왔잖아. 당연히 나도 가야지. 거기 대통령이랑 관계자들 특징이랑 필요한 것들 좀 알려 주라."

"에엑! 이런 노하우를 그냥 달라고요? 맨입에요? 저 컨설턴트인 거 모르세요?"

가만히 보니 날로 먹으려는 것 같았다.

"너 설마 이것도 돈 받으려고?"

"형님, 멕시코 대통령도 돈 내고 컨설팅받았어요. SD 텔레콤의 지분이 15%나 된 게 누구 덕이라 생각하세요?"

"그래?"

이건 몰랐다는 표정이다. 최 회장도.

"이 건이 그냥 이뤄진 줄 아세요? 적재적소를 딱딱 짚어 준 것도 있지만, 그거로는 감당이 안 되죠. 아예 상대를 안 해 주는데요. 이걸 뚫으려면 결정적으로 큰 게 하나 필요한데 가능할까요?"

큰돈.

"그게 뭔데?"

"그게 그렇게 궁금해요?"

"궁금해. 말해 봐라."

"크게 어렵진 않아요. 그냥 목숨 걸면 되니까요. 총부리가 왔다 갔다 하는데 저도 어떻게든 버티니까 되더라고요. 하루

사이 딱 두 번만 요단강 앞에까지 갔다 오면 됩니다."

큰돈과 함께.

"……."

말이 없어졌다.

가만히 두면 왕처럼 살 인생이 굳이 목숨 걸 도박에 참여
할 필요가 있나?

조용해진 부자에게 단도직입적으로 물었다.

"그러니까 이리저리 돌리지 마시고, 저 왜 부른 거예요? 삼
촌도 없이 부른 건 저한테만 필요한 게 있다는 거 같은데."

"크음, 내가 얘기해도 되는가?"

이번엔 최태훈이 빠지고 최 회장이 나섰다.

"물론이죠."

"늘 하던 대로 쉽게 가려는데, 어떤가?"

"저야 좋죠."

"자네 말대로 별거 아니네. 여건이 된다면 자네가 유공 좀
사 주게."

Chapter 10. 쇼핑의 매력

"……."

갑작스레 유공이라니.

이 사람이 지금 무슨 소릴 하는가 싶어 쳐다봤다.

제법 쿨한 척하지만, 눈가가 파르르 떨리는 것이 보통 결심이 아닌 것 같긴 했다. 하긴 언제나 우위에서 적대적 M&A를 치러 온 선영이 무언가를 내놓을 때가 올 줄이야.

지금 선영에게 유공이란 거의 전부일 텐데.

이걸 지금 나보고 사라는 거다.

"이유가 뭡니까?"

"이유랄 게 뭐가 있겠나. 살 수 있는 사람에게 파는 거지."

"아직 제대로 된 이익조차 보지 못한 기업이 아닙니까? 하긴 그거야 실사해 보면 알겠지만."

"이거 왜 이러나? 난 오늘 중대한 제안을 한 걸세."

"왜 저입니까?"

현수도 있고 대양도 있고 금정도 있고 손 벌리면 하겠다는 그룹이 천지일 텐데.

"그냥 자네가 가장 알맞다 여겼다 생각하면 안 되겠나?"

이 '알맞다'에서 난 최 회장의 의중이 피부로 느껴졌다.

100%를 장악해 독보적 위치에 있다지만 여기에서 다른 그룹들이 끼어드는 건 선영으로선 전혀 달갑지 않은 일이다. 말만 많아지고 기회만 엿보다 유공을 먹으려 들 테니까.

결국 상대적으로 내가 제일 만만하다는 소리였다. 혹은 나와 깊숙이 손잡고 더 큰 걸 바라든가.

물론 현재의 가장 큰 이유는 자금 부족이겠고.

"얼마나 필요하십니까?"

"30%를 주겠네. 얼마나 줄 수 있나?"

작년부터 시작된 통신사업이 아직도 완료되지 못했다. 할 일이 태산같이 남았는데 홍콩 건이 또 겹쳤다. 더구나 이젠 멕시코까지 나와 자본을 갉아먹었다. 무엇보다 큰 타격은 반민특위에서의 추징금이겠고.

결국 머리를 굴리고 굴린 게 이왕이면 다홍치마라.

나와 손잡는 거였다.

"필요한 금액이나 말씀해 주세요. 그걸 사고 말고는 다음에 결정할 일이니까. 아시잖아요. 저도 AT&T와 멕시코에 지분이 있다는 거."

"그래도 대충 나오는 숫자가 있지 않나."

"100억 부르면 주실 거예요?"

"허어…… 이거 왜 이러나. 유공의 시장성을 안다면 30%에 100억은 좀 아니지 않나."

"그 시장성을 날로 드셨지 않습니까. 유공을 얼마에 인수한 건지 따져 볼까요?"

"지난날은 지난날이지 않은가. 현재 유공은 선영의 것이고, 그래도 근 10년간 운영한 값은 쳐주게. 자네도 유공에 관심이 많을 거 아닌가."

"그래서 얼마냐고요. 필요한 금액을 말씀하지 않으시면 이자리를 끝내겠습니다."

"돈이 좀 필요하네. 한국과 홍콩에 들어가는 것만도 보통일이 아니야. 앞으로를 생각하면 꽤 많은 돈을 축적해 놓아야하네."

"그 말씀대로 저는 그 큰돈을 미국에 넣어야 합니다. 제가얼마나 많은 돈을 움직여야 할지 상상이 가십니까?"

한국과 홍콩을 합쳐도 미국의 한 개 주였다.

그제야 최 회장도 내가 어떤 문제에 직면해 있는지 깨달은모양이었다.

"그렇군. AT&T에 포함됐다고 해서 마냥 좋아할 일은 아니었어. 허어, 이거 보통 문제가 아닌데."

"맞습니다. 제 상대가 인텔과 SBC입니다. 그 외 거대한 공룡들이 호시탐탐 두 눈 씨~뻘게서 쳐다보고 있고요. 약세를 보이는 순간 전 끝입니다. 그럼에도 지난날의 인연을 귀하게 여겨 최 회장님께 기회를 드리는 거고요. 얼마가 필요합니까?"

"알겠네. 알겠어. 미화 3억 달러가 필요하네. 그거면 넘기겠네."

"이 상황에서도 1원 한 푼도 손해 안 보려 하시네요. 지금 유공 1년 순이익을 제가 모를 거라 생각하십니까? 앞으로 10년간의 미래가치까지 셈하신 거예요? 대체 몇 배의 이익을 남겨야 속이 시원하실 겁니까?"

"그, 그럼 얼마에 가능한가?"

"근데 3억 달러면 한숨 돌릴 순 있는 겁니까? 나중에 돈 때문에 문제 되진 않고요?"

"그건 좀 그렇다네. 요즘 나라가 시끄러워 은행도 막혔고 달리 방법이 없었네. 이대로 가다간 SD 텔레콤의 지분을 팔아야 할 판이야."

"SD 텔레콤 지분이 대단한 건 아시나 보네요."

"깨달았지. 자네가 왜 그렇게 통신업에 매달렸는지도."

매달 얼마나 큰돈이 수중에 들어올지 이제야 와닿았나 보다.

아무래도 최 회장은 앞으로 통신업에 올인할 것 같았다.

'어떻게 할까?'

유공은 정말 달콤한 꿀이다.

석유산업이 발전할수록 브랜드가 커질수록 큰 수익을 안겨 줄 유망한 기업.

하지만 이걸 바로 삼키기엔 무리수가 있었다.

삼촌.

선영에 대한 내 생각을 아는 삼촌이 이 사실을 알면 어떻게 생각할까?

간단하게 생각해도 투입된 자금만 당장 회수하겠다고 난리 쳐도 난 끝이다.

물론 거기까진 가지 않을 테지만 이날로 신뢰 관계는 끝장인 거고.

방법이 없었다.

최 회장과의 독대를 원했다. 눈짓을 받은 최태훈이 밖으로 나가고.

"돈 문제가 아님을 먼저 밝힐게요."

"말씀하시게."

"전 유공이 원래 대양에 낙점되었던 사실을 알고 있었어요. 돌아가신 할아버지가 군부와 커넥션을 통해 거의 이뤄 놨다는 것도요. 그걸 현재 대통령이 틀어 버린 거죠."

"……크음, 그거까지 아는가?"

"이참에 성의껏 푸시는 게 어떻습니까?"

"성의껏?"

"삼촌이 이 사실을 알게 되는 순간 전쟁이 벌어지겠죠."

"그걸 왜 지금에야 말하는가? 언제든 할 수 있었을 텐데."

"상생을 원한 거죠. 어떻게 하시겠습니까? 그렇다면 이 일
은 죽을 때까지 묻어 둘게요."

"그게 되겠는가? 산 사람의 입이 그렇게 무겁지 않다는 걸
난 잘 안다네."

"어차피 관계없지 않습니까? 성의는 보였고 통신사업이
궤도에 오르면 전쟁을 벌여도 문제없을 텐데요."

"그건 또 그렇군."

"이 일과 관련된 군 관계자들이 있을 겁니다. 그들만 입 다
문다면 적어도 20년은 모를 일입니다."

근데 퇴역한 장성이 20년 후에 자서전까지 낸다. 이 일을
타이틀로.

나도 그래서 알게 됐다.

"그리고 이 성의껏이 어떻게 푸느냐에 따라 '아' 다르고 '어'
다르겠죠."

"좋네. 얼마나 내놓으면 되겠는가?"

"40%를 주세요. 삼촌과 상의해서 4억5천만에 해 드릴게
요. 그거면 자금 경색이 일시에 풀리고 든든해지지 않겠습니
까?"

"40%라……."

고심한다.

"더 계산하시면 안 됩니다. 태훈이 형이 저와 손잡는 것까지 생각하지 않으셨나요? 그게 어떤 일이 될 건지도요."

"……아까운 게 아니네. 하지만 40%는 공격당할 우려가 있네."

"좋아요. 삼촌의 지분은 몰라도 제 지분은 향후 10년간 의결권을 행사하지 않겠습니다. 조항에 넣으면 되겠죠?"

"그렇게 해 주겠나?"

화색이 돈다.

"물론이죠. 다 상생 아닙니까?"

나도 나 혼자 못 먹는 게 아깝다. 근데 당신이나 나나 지금으로선 대양에 역부족인 건 사실이잖나.

"나도 좋네. 그렇게 함세."

"날짜는 사흘 뒤로 하시지요. 저도 전까지 준비할 게 있으니까요."

"알겠네. 그럼 사흘 뒤에 보세."

몇 가지 말 맞출 것들을 합의하고 그길로 헤어져 삼촌에게로 달려갔다.

삼촌이야 웬 떡.

콜을 불렀고 나 20%, 삼촌 20% 사이좋게 나눠 갖기로 했다.

겁나 좋아한다. 너무 좋아하니 후폭풍이 예사롭지 않긴 한데…… 뭐 어쩌랴. 난 준 거고 나중엔 모른 척하면 된다. 어차피 최 회장은 10년을 더 못 산다.

집으로 돌아오자마자 나는 아버지부터 찾았다.

하지만 오늘따라 아버진 지방에 가셨단다. 내일 들어오신단다.

마음이 급했지만 어쩌랴.

이 얘긴 꼭 아버지와 처음 나누고 싶었으니 기다리는 수밖에.

다음 날이 되어 모처럼 학교로 갔다.

저번 미국 때처럼 이번도 멕시코 대통령 초청장을 받아 가긴 했다. 헌데 기간을 보름으로 잡아 놓은 바람에 한 달을 결석하게 돼 버렸다.

이 일이 바로잡힐 수 있는지 문의도 해야 하고 겸사겸사 윤지연도 보고 싶어 갔는데.

행정 처리가 안 된단다.

보름에 대한 것도 리포트를 제출해야 출석으로 인정해 준다는데…… 그거야 어려운 일이 아닌지라 고개만 끄덕이고 나왔다.

괜히 섭섭한 게 아깝긴 했다. 나는 나도 모르게 완전무결한 나를 원하고 있었나 보다. 망나니였던 주제에 용 돼 놓고.

너털너털 걸어 나오는데 누가 앞을 가로막는다.

윤지연이었다.

반가운 마음에 다가갔더니 무표정으로 할 얘기가 있단다.
내가 학교에 돌아오길 기다렸단다.

느낌이 싸했지만 따라갔다.

둘러말하지도 않고 헤어지자고 한다.

아무래도 더 이어지기 힘들 것 같다고.

자기로선 나를 감당할 수 없다고.

철철 눈물 흘리는데 아무 말도 나오지 않았다.

뒤돌아 가는 그녀를 붙잡지도 못했다.

나도 어쩌면 그녀와 같은 걸 느껴서일지도 모르겠다.

걸어가는 뒷모습을 보는데 죽을 것 같았다. 심장이 짓이겨
져 뜯겨 나가 너덜너덜해진 것 같다.

하늘이 노랬다.

도저히 아무것도 할 수 없어 집으로 돌아갔다.

누워 있다 잠들었다.

이대로 눈이 안 떠지는 것도 나쁘지 않겠지. 하며.

누가 깨우는 소리에 눈을 떴다.

아버지가 보인다.

같이 밥 먹잖다.

멍한 얼굴로 식탁에 앉아 있는데 아버지가 소주도 하나 까
고 라면도 달걀 두 개 넣어 파도 좀 송송 썰어 넣고 마지막엔

김칫국물도 다섯 스푼 넣어 국물 맛을 개운하게 만들어 상을 깔았다.

"무슨 일이냐? 어제 전화 받고 궁금해서 혼났다."

"아, 그거요? 아버지 얘기 듣고 싶어서였죠."

"그랬냐? 하하하하하."

되게 좋아하신다.

"그게 그렇게 좋으세요?"

"그럼 아들이 아버지를 궁금해하는데 안 좋을 아버지가 어디 있겠냐."

내 귀엔 '딸이 구박받는 걸 좋아할 아버지가 어디 있겠어?' 란 소리로 들렸다.

속에서 천불이 난다.

정말 어머니를 어떻게 해야 하는 걸까.

어머니가 집으로만 쳐들어가지 않았어도 윤지연은 인내했을 것이다. 굳게 참고 성장해 내 배필이 되었을 것이다.

생각이 도돌이표처럼 자꾸만 맴돈다.

"얘기 들었다. 참한 아가씨랑 만난다며?"

"네?"

"오가다 들었어. 우리 아들이 데이트도 한다고. 그래, 그 아가씨 예쁘냐?"

"예쁘죠. 온 세상을 다 가져다 바칠 만큼."

"오호호호호, 남자한텐 그 이상이 없지. 아버지는 언제 볼 수 있을까?"

"이젠 못 봐요."

"왜?"

"헤어지재요. 날 감당 못 하겠다고. 결혼할 생각으로 준비하고 있었는데."

"왜?!"

"안 그래도 일이 좀 많았어요."

자초지종을 설명해 줬다.

"저런…… 저런…… 미국에 그런 처자들이 있었어?"

설명을 지속할수록 아버지의 표정에도 분노가 깃들었다.

"이 여편네가 결국……."

"선을 넘어 버렸네요. 다시 간다고 해도 받아 줄 리 없겠지만, 더 가 보려고요. 시간이 허락될 때까지."

"휴우~ 부모가 돼서 자식의 발목이나 잡고 있으니 면목 없구나."

"아니에요. 우리 이제 이런 얘기 말고 사업 얘기나 해요. 안 그래도 아버지와 할 게 많아요."

"그럴 수 있겠냐? 지금 네 마음이 마음이 아닌 것 같은데."

"이러고 있다고 기한이 없어지는 게 아니잖아요. 벌써 이틀 뒤면 계약이에요."

"으응? 그게 무슨 소리니?"

"그런 게 있어요. 그 전에 회사 하나 세우죠."

"회사?"

"아버지가 CEO를 해 주세요. 아버지 투자를 받으…… 안 되겠네요. 스톡옵션으로 5% 드릴게요."

아버지 앞으로 된 순자산이 50억이 안 된다.

자본에 따른 지분율 조정은 아예 답이 없었다.

섭섭한 게 없는지 흔들림 하나 없는 아버지였다.

"5%나 주려고?"

"CEO인데 1% 받을 순 없겠죠. 근데 안 섭섭하세요?"

"설마…… 내가 이 업계가 어떤지 누구보다 잘 아는데, 내 돈으로 어디 명함이나 내밀겠어? 근데 너 돈이 정말 그만큼 있는 거냐?"

"차고 넘쳐요. 앞으로 더 많아질 거고요. 돈 문제에선 자유롭게 해 드릴게요."

"그렇다면 다행이고. 근데 나는 신경 쓰지 마라. 나야 아무래도 상관없다. 너 다 가져도 되고. 어차피 다 네 것 아니냐. 근데 대체 뭘 세울 생각이길래 이렇게 뜸들이냐?"

"다 해야죠. 원래는 내년부터 할 생각이었는데 굳이 미룰 필요가 없겠어요. 하실 수 있겠어요?"

"그건 걱정 마라. 인프라는 언제든지 갖출 수 있다. 역시 또 돈이 문제지."

갑갑했던 마음에 한 줄기 시원한 바람 같은 말이었다.

돈만 있으면 된단다.

"알겠어요. 근데 아버지 엔터테인먼트 쪽에도 아는 사람 있어요?"

"나는 없지. 내가 만날 사람이라 봤자 내 명함에 끔뻑 죽는 사람들밖에 더 있겠니? 미안하지만 아버지는 생각보다 힘이 없다."

"으음…… 죄송해요."

"서 실장한테 물어보거라. 그 양반이라면 충분히 케어 가능할 거다."

"아!"

가까이 두고서 헤맸다.

너무 가까워서 서 실장을 내 스스로 무시한 모양이다.

"근데 엔터테인먼트면 기획사를 말하는 거니?"

"이것저것 다 해 보려고요. 가능하면 방송국도 하나 세울 생각이고요."

"일을 너무 크게 벌이는 거 아니냐?"

"걱정 마세요. 일은 문제가 안 돼요. 돈이 항상 문제인 거지. 근데 그 돈이 걱정 없답니다."

"네가 그렇게까지 자신한다면 나도 말리진 않으마. 이거 왠지 설레는데? 내 회사를 차리다니. 마침내 꿈이 실현되는가."

꿈은 하고자 한다면 실현되기 마련이다.

다음 날로 우리 부자는 적당한 사무실 하나를 수배하고 그 자리에서 계약을 맺었다.

바로 또 세무서로 출발.

사업자 등록을 했다.

오필승, 오필승유통, 오필승테크, 오필승채널, 오필승쇼핑, 오필승엔터테인먼트.

영어로 OPS.

이거로 끝.

나오는 길에 아버지가 설렁탕을 먹으며 이런 질문을 던지긴 했다.

"왜 하필 상호가 '오필승'이니?"

"왠지 언젠가 온 국민이 우리 회사 이름을 불러 줄 것 같거든요."

2002년에요.

향후 대한민국을 떠들썩하게 할 OPS 그룹의 시작이 이렇게 단출했다.

그리고 단출했던 시절은 단 하루만이었다.

다음 날로 5억 달러가 OPS 계좌로 들어왔고 잘 차려입은 아버지와 난 함께 선영이 마련한 리셉션 장소로 이동.

계약을 맺었다.

얼떨떨한 아버지를 삼촌은 흐뭇하게 맞아 주었고, 선영 최 회장은 오랜 지기를 만난 것처럼 환영하며 포옹해 줬다.

그는 계속 아버지가 어색하지 않게 배려했고 깊게 친분을 맺으려는지 한시도 떠나지 않았다. 느낌상 최 회장은 아버지를 키맨으로 삼은 것 같았다. 최태훈을 위해서라도.

나도 괜찮았다.

앞으로 아버진 어디든 함께 초대될 것이고 단지 몇 번만으로도 더 이상 변방의 장수가 아닌 중앙 무대를 휘젓는 장수가 되어 내로라하는 이들과 어깨를 나란히 할 것이다.

그렇게 안 해 주면 내 손에 죽을 것이다.

변하지만 않는다면 나도 아버지를 끝까지 밀어줄 생각이었다.

최 회장의 환대 덕분인지 용기를 얻은 아버지는 곧장 유통 작업에 착수했다.

그 1차는 부지 확보였다.

전국 5대 광역시와 서울특별시를 기준으로 가장 목 좋은 땅을 보러 다니셨다. 나는 여기에 이런 주문을 넣었다.

최소 1만 평은 확보해 주세요.

돈은 얼마가 들어도 좋으니 교통이 좋고 향후 아파트 단지들이 잔뜩 들어올 가능성이 큰 곳으로 잡아 주세요.

어차피 자가용 몰고 올 테니까.

작은 용도로 쓸 것도 있으니 3천 평 내외로 있는 땅도 봐 두시고요.

그사이 나는 도곡동으로 가 빈 땅이란 땅은 죄다 매수했다.

그 땅 위에서 팡팡 뛰며 밟았다.

이게 내 땅이다.

근데 그거 아나?

내 땅을 밟으니 우울했던 기분이 싹 사라진다.

째지게 좋다.

너무 좋아 근래 들어 이렇게 좋았을 때가 있었나 싶을 정도였다.

막혀 있던 체증이 단번에 날아가는 것 같고 비로소 내가 성공한 것 같고 또 지금껏 고생한 걸 보상받는 느낌이다.

이왕 이렇게 된 것 남은 2억8천만 달러를 다 쓸 요량으로 달리고 있는데 청와대에서 전화가 왔다. 안 그래도 내일모레 들어갈 판이라 확인전화인 줄 알았다.

"예? 부시가 방한한다고요? 갑자기요? 네? 절 지정해서 통역으로 해 달라고 요청했다고요? 알았어요. 언제요? 다음 달 초이틀요? 그때 들어오라고요? 예예, 알겠습니다."

부시란다.

그리고 다음 달 초이틀이라면 닷새 후다.

근데 부시 대통령이 이맘때 왔던가?

Chapter 11. 한국은 너희 미국을 사랑한다

다음 날로부터 부시 대통령의 방한을 언론에서 마구 다뤄
댔다.

백악관 무슨 보좌관 말이 어쩌고저쩌고 워싱턴 통신이 어
쩌고저쩌고 말은 많았지만, 결론은 갑자기 아시아 순방길에
올랐단다.

그 와중에 고무적인 건 일본을 거치지 않고 한국 먼저 온다
는 것이고 이것만 봐도 미국이 이제 한국을 인정하는 거라고
난리를 쳐 댔다.

"뭐 대단한 사람이 온다고."

이런 말을 해도 대단한 사람이 오는 거긴 했다.

주위를 둘러봐도 미국 대통령이 오는 걸 좋아하는 사람이 아주 많았다.

특히나 전쟁을 겪은 세대들은 북한이라면 자다가도 이를 갈고 미국이라면 제사라도 모실 만큼 고마워한다.

주둔해 있으며 문제도 많고 탈도 많아도 살게 해 준 것만큼 큰 것은 없다 여겼다.

나도 인정은 한다.

다만 인정은 인정이고 비즈니스는 비즈니스일 뿐.

미국도 그러지 않나.

우방은 우방이고 비즈니스는 비즈니스라고.

부시 대통령과 대체 무엇을 주고받고 또 무엇을 어떻게 할까 고민하며 캠퍼스로 향했다.

휴학하러.

"어차피 좀 지겨웠어. 일할 시간도 부족했고."

좀 더 직접적인 이유는 윤지연이 편하게 학교 다니길 원해서였지만 어쩌랴. 겸사겸사지.

학과 사무실에 들러 인사 좀 하고 노교수가 너무 아쉬워하길래 의문점이 생길 때마다 SD 텔레콤으로 오라 했더니 나의 휴학에 상관없이 좋아해 대는 통에 바로 학생과에 들러 휴학계를 제출하고 기다렸다.

기다리는데 사무원들끼리 얘기하는 소리가 들렸다.

"들었어?"

"뭘?"

"우리 학생이 무슨 문서 프로그램인가 뭔가를 개발했다고 축하하고 그러던데."

"뭔 프로그램?"

"아래아한글이라는데 컴퓨터로 문서 작성하게 해 주는 프로그램이래."

'뭬야?!'

깜짝 놀랐다.

내가 아는 그 아래아한글이 맞나?

아니, 아래아한글이 이때 개발됐던가?

세계를 폭격한 MS워드로부터 한국을 지켜 낸 토종 프로그램이 정말 이 시기에?

불법 복제에 난도질당하다 못해 IMF 때 마이크로소프트에 팔리려는 걸 막으려고 국민 모금 운동까지 하여 지켜 낸 일을 난 기억하고 있었다.

홀린 듯이 찾아갔다.

마침 현수막도 걸려 있고 동아리방에 갔는데…….

자축하는 파티라도 열 것 같은 기대와는 달리 축하하는 인원도 하나 없이 네 명이 쿰쿰한 냄새나 풍기며 널브러져 있었다. 모양새가 딱! 반시체였다.

"저기……요."

"으응? 누구……?"

문이 열린 사이로 들어온 빛에 잔뜩 찡그린 한 사람이 기어 나온다.

다크서클이 인중까지 내려온 남자는 내 앞에 서서 부스스한 머릴 긁어 댔다.

"누구…… 세요?"

"저는…….."

"어! 쟤 걔 아냐?"

뒤에서 또 누군가가 나왔다.

내 얼굴을 확인하더니 맞다고 손뼉 쳤다.

"맞네. 동양의 천재. 한국대의 자랑. 학력고사 수석. SD 텔레콤 대표. 한국 경제의 기린아. 너 경영학부에 다니는 오대길 맞지?"

"그…… 렇습니다."

"나 김택준이야. 85학번이고."

"김택준이요?"

엠씨소프트를 만들고 한국의 게임시장을 장악할 양반이 이렇게 생겨 먹었던가.

아니, 근데 여길 왜?

설마 이 양반도 아래아한글을 만든 거야?

뭐가 어떻게 되는 건지.

"날 알아?"

"아…… 니요."

"근데 여긴 웬일이야? 요새 통신사업 때문에 바쁘다며?"

"안 그래도 휴학계 내고 나오다 현수막 보고 찾아온 거예요. 아래아한글이란 걸 만들었다고 해서. 뭔지 궁금해서요."

"오오, 우리 프로그램에 호기심이 있어? 야야, 일어나 봐. 지금 대단한 손님이 오셨는데 이래서야 되겠어?"

김택준이 난리 치자 나머지 두 명도 일어났는데 다크서클은 이놈이나 저놈이나 비슷비슷했다.

그래도 자기들 프로그램에 관심이 있다니까 신나서 컴퓨터를 틀어 주긴 했다.

근데 초기 아래아한글이 이랬던가.

인터페이스부터가 초기 롤플레잉 게임을 보는 것처럼 허접하기 이를 데가 없었다.

"어때? 어때?"

"괜찮지? 괜찮지?"

"당연히 괜찮지. 한국어 지원이 개판인 워드에 비할까."

가슴을 탕탕 치며 좋아들 하는데 좀 답답했다.

내가 지금 뭘 기대하며 여기까지 왔나 한심하기도 하고 고작 이런 프로그램 하나 보려고 이 쿰쿰한 냄새를 참고 있나 싶기도 하고 어차피 놔둬도 잘 굴러갈 회사, 굳이 대가리 들이밀지 않아도 어려움이 없을 건데 굳이 찾아와서 무슨 영화를 보겠다고 이러는지 짜증이 확 솟았다. 순간적으로나마 김택준이라는 사람이나 잘 알아 놨다가 나중에 게임회사나 하나 차려 볼까 마음먹는 내가 참 더러웠다.

'그냥 가자. 잘했다고 칭찬해 주고 나가면 되겠지.'

그때 이들의 배에서 꼬르륵 소리가 천둥처럼 울렸다.

서로들 어색하게 쳐다본다.

"밥이나 먹을까요?"

마지막이 될지도 모를 학교생활의 낭만을 이런 놈들과 함께할 줄은 몰랐지만, 이것도 다 내 복이라 생각하면 윤지연을 위해 떠나야 하는 내 신세도 어느 정도 수긍 가능했다.

우걱우걱 먹느라 바쁜 이들 앞에 수육도 한 접시 대령해 줬다.

"오오오, 수육이다!"

"후배, 설렁탕도 감지덕지인데 수육까지."

"후배는 정말 좋은 사람이구나. 내 이 은혜를 잊지 않을게."

너무 배고픈 눈빛만 보다 보니 나도 이젠 자포자기 상태가 됐다.

이왕 버린 몸.

"많이 드세요. 부족하면 더 시켜 드릴게요. 설렁탕 더 드시고 싶지 않아요?"

"정말?"

"나 실은 한 그릇 더 먹고 싶은데."

"시켜요. 나온 김에 소주도 한잔하죠. 그냥 밥만 먹으면 목

메잖아요."

소주까지 열어 준다.

"조오치! 이모, 여기 두꺼비 한 마리랑 설렁탕 특으로 하나요."

"아니요. 설렁탕 둘이요."

"아니요. 그냥 특으로 네 개 주세요."

이 순간이 지나면 사라질 호강처럼 네 놈은 경쟁적으로 먹어 댔다.

빈 병도 한 병 두 병 쌓여만 갔다.

그래 니들이 언제까지 먹나 나도 계속시켜 줬다.

빈 술병이 열을 넘어서야 다들 얼큰하게 취했는데 그제야 나도 계산하고 가려고 했다. 부시 대통령과의 일도 있고 아버지 일도 살펴봐야 하고 할 게 많았다.

하지만 그런 나의 손을 김택준이 잡았다.

"후배, 하나만 물어볼게. 가더라도 대답해 주고 가."

"네, 하세요."

"단도직입적으로 물을게. 우리 비전이 그렇게 별로야?"

"네?"

"왜 그냥 가려고 해? 아래아한글이 후배 성에 차지 않아?"

따지는 투가 아니었다. 자존감이 많이 낮아진 음성이었다.

"설마요. 아래아한글은 한국 시장 정도는 충분히 석권할 만한 가능성이 있어요."

"그래? 그 말이 정말이야?"

"그럼요. 제가 왜 선배님들 앞에서 거짓말을 할까요."

"근데 왜 그냥 가려 해? 밥은 왜 사 주고?"

"네?"

"투자하려고 그랬던 거 아니야? 우리 구슬려서 회사 차리자고 할 줄 알았는데 안 할 거야? 후배 눈에 들지 못할 정도라면 정말 과감히 접고."

"……."

가만히 보니 네 사람 눈빛이 다 그랬다.

벼랑 끝에 선 느낌.

개발은 해 놨는데 다음이 없다.

이들이 원하는 다음은 개발자로서는 가히 총칼이 난무하는 미개척지나 다름없었다.

동아리방에서 널브러진 것도 다 이 때문이었다.

한숨이 나왔다.

"솔직하게 말씀드릴게요. 오늘 동아리방으로 간 건 다른 뜻이 있어서 그런 게 아니었어요. 휴학계 내다가 거기 사무원들이 하는 소리를 듣고 그냥 찾아간 거죠. 좋은 프로그램을 개발했다고 해서요."

"정말 그뿐이야? 아래아한글이 그렇게 매력 없어?"

"매력 있죠. MS워드를 이길 유일한 프로그램 같은데요. 다만."

"다만?"

"한국의 인프라가 문제죠. 지적재산권에 대한 개념도 없고."

"지적재산권?"

"거봐요. 이거 특허는 냈어요?"

"아니."

너무 당당하니까 나도 할 말이 없었지만 지기 싫어 우기듯 말했다.

"기술은 발표만 한다고 끝이 아니에요. 특허부터 내야지. 그래야 다른 이들이 도용 못 하죠. 뭐 한국은 그래도 마구 복제해서 알아서 쓰긴 하더만."

"역시……."

"봤지?"

"확실히 우리랑 노는 물이 달라."

뭘 그렇게 쑥덕대는지. 그러더니 결국 한다는 소리가 이랬다.

"후배 부탁이 있다."

"뭔데요?"

"아래아한글 좀 사 주라."

"네?"

"세운상가 쪽은 죽어도 가기 싫다. 거기 가면 후배 말대로 우리 프로그램이 가치도 없이 뿌려질 거야. 그러니까 후배가 좀 사 주면 안 될까?"

"제가요? 전 이쪽에 관심이 없는데."

"……안 되는 거야? 우리 아래아한글이 그렇게 가치가 없어?"

또 기가 팍 죽는다.

나도 이쯤 되니 살짝 망설여지긴 했다.

이건 그리 돈 되는 사업이 아니다. 나로선 가지고 있어 봤자 명예에 가까울 정도?

물어봤다.

"그렇게 팔고 싶으세요?"

"파는 거야 지금 당장에라도 세운상가로 가면 살 사람은 넘쳐."

"근데요?"

"그냥 운명이랄까. 후배를 딱 보는 순간 알았어. 이 사람이 우릴 데려갈 거라고. 그냥 그랬어. 믿지 않아도 돼. 내가 그렇게 느낀 거니까."

운명론까지 얘기하니 회귀한 자로서 도저히 넘어갈 수가 없었다.

뭐든 전생과 다른 만남은 현재의 내겐 무척 귀한 인연이니까.

허락했다.

"알았어요. 좋아요. 살게요. 얼마면 돼요?"

"얼마 쳐줄 거야?"

네 명의 눈에 희망이 깃든다.

"1억이면 돼요?"

"1억이나?"

눈이 휘둥그레지는 것만 봐도 이들이 때 묻지 않은 순수한 기술자임을 알겠다.

그렇다면 나도 좀 자세가 달라져야 옳았다.

"근데 조건이 있어요."

"뭔데?"

"네 사람 다 제 회사로 와야 해요. 한 명도 빠짐없이 모두! 그렇지 않으면 계약은 없던 거로 할 겁니다."

"회사로 오라고?"

"어딘데?"

"맞아. 설마 SD 텔레콤은 아니지?"

제 딴엔 꼼꼼하게 따져 보려는 거로 보였다.

아서라. 그러다 다친다.

"연봉이 1억인데, 어딘지가 중요하세요?"

"1, 1억!"

"이, 일어억?!"

아주 뒤집힌다.

나는 기다려 주지 않았다.

"싫으시면 관두고요."

벌떡 일어나니 네 사람 모두 벌떡 일어나 허리를 굽힌다.

"사장님, 뵙게 되어 영광입니다!"

얘기는 바로 끝났다.

그길로 세무서로 달려간 나는 오필승컴퓨터 사업자를 등

록하고 아래아한글 일체와 네 사람의 신병을 향후 10년간 묶을 수 있는 계약을 맺었다.

계약 당일 날 인당 천만 원씩 땡겨 주어 사람 꼴로 다니게 해 주었고 특허와 관련해서도 법무법인을 통해 말끔하게 정리했다.

그렇게 한 이틀 바쁘게 뛰어다녔더니 하제필이 일본에서 날아왔다.

날 보자마자 엄지를 치켜든다.

"한 반년은 자리에 누워 있어야 할 겁니다."

"그 정도야?"

"양아치들한테 아베 신조 놈을 조선인이라고 했더니 크게 힘들이지 않고 가능했습니다. 정말 무지막지하게 패던데요. 마누케 조센징 그러면서요. 수고비는 백만 엔 들었습니다."

"잘했어. 들어가서 쉬어. 내일부터 바쁘게 돌아다녀야 하니까 무조건 쉬어. 알았지?"

"감사합니다. 준비해 놓겠습니다."

다음 날부터 서울시 근교에 있는 만만한 땅이란 땅은 다 긁어모으려 덤볐다.

헌데 아쉽게도 분당이랑 일산 땅은 간발의 차로 놓쳤다. 올 4월에 신도시 발표가 나는 바람에 5천 원이면 살 수 있던 땅이 20만 원을 줘도 나오지 않았다.

그래서 시선을 돌려 강남, 서초, 관악, 동작, 관악, 영등포,

용산…… 차례로 밟아 갔다. 특히 마포의 상암동을 집중적으로 훑었다. 난지도 곁이라 값도 싸고 나중에 어떻게 되는지 아는지라 땅 모양이 예쁘게 만들어질 때까지 파고 또 팠다. OPS 그룹 본사랑 계열사가 몽땅 들어갈 자리라 제일 많은 공을 들였다.

그러고 났더니 부시 대통령이 김포공항에 도착했다.

국빈 의전이 그렇게 시작되었다.

도로가 통제되고 풍악이 울리고 경찰 오토바이를 선두로 미국 국기와 한국 국기가 나란히 걸으며 울긋불긋 전통 복장을 한 이들이 도로를 메웠다.

길가는 온통 바리케이드 쳐져 있었고 얼마나 많은 시민이 동원됐는지 아님, 진짜 자발적인지 국민학생들까지 나와 양국 국기를 흔들어 댔다.

한복 곱게 차린 여자들이 춤을 추고 종이꽃을 휘날리며 카퍼레이드를 하고 꽃메달을 목에 건, 약속대로 한복을 입고 나타난 부시 대통령과 우리 대통령이 함께 손을 흔들고 또 그것이 전국적으로 생방송돼 나가고 온 나라가 부시를 연호하고 분위기가 각자 소주 한 병씩 깐 거처럼 1m는 붕 떠 있었다.

외쳤다.

우리는 피를 나눈 혈맹이다.

우리는 영원을 함께 갈 친구다.

민주주의의 수호자 미국을 환영한다.

온 천지에 부시 대통령을 기리는 현수막이 붙고 예정된 수순에 따라 꼬마 여자아이가 달려와 부시 대통령한테 꽃을 주고 비둘기가 머리 위로 푸드득 날아가고 부시 대통령이 그 아이를 안아 올리는 장면이 일파만파로 퍼져 나갔다.

축제였다. 명절 이상의 큰 축제.

이 순간만큼은 지구상에 온통 평화만 내리쬘 것처럼 굴었다.

확실하게 보여 줬다.

우리의 입장을 미국에게.

한국은 너희 미국을 사랑한다고.

"하하하하하, 아, 글쎄, 미스터 오 앞에서 가족 모두가 얼어 버렸지 않습니까."

"허허허, 무엇 때문입니까?"

"아니, 미스터 오가 갑자기 제 아들을 두고 남서쪽에서 일을 벌이니 텍사스에서 뭘 하는 게 아니냐는 겁니다. 얼마나 뜨끔했던지 그때 텍사스 레인저스를 인수하니 마니 할 때였으니까요."

"그렇습니까? 하하하하하, 우리 오 대표가 참으로 신통방통하지요."

"근데 그날 이후로 계속 머릿속에서 떠나질 않습니다. 미스터 오, 만나서 직접 물어보고 싶었어요."

"말씀하십시오."

"당신은 그때 둘째도 남쪽 플로리다로 가야 한다고 했어요. 맞나요?"

"네, 운이 그쪽에 있다고 했지요."

"가면 정말 됩니까?"

"기운이 형과 아버지만 못해 적어도 10년을 갈고닦아야 하겠죠."

"그렇다면 워커도 정말 그렇게 보는 겁니까?"

난 저녁 식사에 초대되었던 그날 분명 조지 워커 부시도 아버지의 뒤를 이어 대통령이 될 거다 말했었다.

부시가를 대를 이어 왕이 되는 집안이라고 추켜세웠다.

당시에는 웃으며 넘어갔다지만 지금은 정상회담 중이니 절대로 허튼소리 못 한다.

부시 대통령도 아버지였다.

이 중요한 순간에 던진 첫마디가 아들의 장래얘기였으니.

나도 며칠간 급히 정리했던 말을 꺼냈다.

"거래라 생각하지 말고 들어 주셨으면 좋겠습니다."

"말씀하시오."

"거두절미하고 부탁드리겠습니다. 한국을 좀 도와주십시오."

"갑자기 부탁이라…… 대체 무엇을요?"

"일본을 막아 주세요."

Chapter 12. 전화기가 완성됐다

순간 부시 대통령의 안색이 굳었다.

하지만 그는 노회한 자.

금세 회복하여 자기가 아는 바를 꺼냈다.

"으음…… 나도 두 나라가 지금 시끄러운 건 알고 있어요. 일본이 심상찮은 움직임을 보인다는 것도요."

"한국은 지금 아주 중요한 시기를 겪고 있습니다. 무엇보다 중요한 과거를 청산하는 중이죠. 아시겠지만 새로운 시대를 열기 위해선 몸에 묻은 찌꺼기부터 치우는 게 가장 첫 번째 일이지 않습니까. 상처도 사과로부터 용서가 나오게 되고요."

"동의합니다. '새 술은 새 부대에 담아라'라는 성경 말씀도 있으니."

"맞습니다. 헌데 이 일은 현재의 일본과 아무런 관련이 없는데도 지금 일본은 내정간섭에 가까울 만큼 지나치게 관여하고 있습니다. 경제제재는 물론 함대를 인근 해역까지 운용하며 저희를 긴장시키지요. 이대로 간다면 저희도 무슨 대책을 내릴 수밖에 없습니다. 즉 미국을 중심으로 하는 극동아시아 전선에 큰 문제가 생기겠죠."

"허어…… 갑자기 이런 얘기가 나오니 나도 좀 당황스럽소. 이 얘기는 국방부와 논의를 통하여……."

늘 쓰는 외교적 수사로 도망가려 하기에 서둘러 잡았다.

"제 신통함을 믿으신다면 이번 한 번만 도와주십시오."

"……."

"저는 분명 아드님의 관상을 보고 단언했습니다."

"……그래서 이 일의 대가가 내 아들의 대통령 취임이다?"

부시 대통령의 표정이 싸늘해져 갔다. 호의라도 가족이 관련되면 예민해지는 건 인지상정.

서둘러 부인했다.

"설마요. 아드님은 가만히 놔둬도 대통령이 될 겁니다. 적어도 다다음 대에선 적수가 없을 테니까요. 미스터 프레지던트도 다다음 대 정도면 해볼 만하다 보시지 않습니까?"

"미스터 오 말대로 그렇게 된다면 어차피 내가 얻는 게 없지 않겠소? 놔둬도 될 거라면."

"아니죠. 알고 가는 것과 모르고 가는 것은 하늘과 땅만큼 차이가 큽니다. 지금부터 준비한다면 그때는 얼마나 대단해져 있을까요. 좋습니다. 저도 패를 하나 던지겠습니다. 제가 틀리면 원하시는 걸 하나 들어 드리죠."

"내가 원하는 걸 주겠다? 미스터 오는 내가 누구인지 잊은 거요?"

자기가 미국 대통령이라는 얘기다.

짜식이 누가 모르나.

"내놓는 것이 AT&T 주식이라도 어렵습니까?"

"호오~ 그 정도입니까? 대체 그 패가 무엇이길래……"

구미가 당기나 보다.

"다음 대 텍사스 주지사로 그분이 선출될 거라 확신합니다. 이 정도면 되겠습니까?"

"4년 후로군요. 그 말은 적어도 4년을 확실히 막아 달라는 건데……"

"네."

나는 기다렸고 부시 대통령은 나와 우리 대통령을 번갈아 봤다. 보통 사람도 긴장의 빛을 흘렸다. 그가 도와주고 안 도와주고가 우리로선 생사의 기로와도 같았으니까. 참고로 우리 보통 사람도 영어를 아주 잘한다. 굳이 통역이 필요 없을 정도로.

부시 대통령이 피식 웃었다.

"이거 알고 봤더니 처음부터 내가 손해 보는 장사가 아니라 미스터 오가 퍼 주는 장사였구려."

"……?"

"하하하하하, 걱정 마시오. 우리 집안에 대통령이 하나 더 나온다는데 뭣이 더 문제겠소. 적어도 내 임기 동안에는 일본이 한국에 대해 어떤 도발적 행위도 못 하게 할 테니 안심하시오."

"감사합니다. 정말 감사합니다."

벌떡 일어나 허리 굽혀 인사했다. 보통 사람도 비로소 근심을 던 표정이 됐다.

하지만 부시 대통령은 끝나지 않았다.

"미스터 오, 그렇다 해도 오늘의 약속을 잊으면 안 될 것이오."

"물론입니다. 제가 비록 에밀 졸라 같은 지식인도 아니고 클레망소 같은 공화주의자도 아니지만, 로스차일드의 1/10은 따라갈 수 있습니다. 아드님의 행보에 작은 역할을 해 드리지요."

"허허허허허, 내 아들의 로스차일드가 돼 주겠다?"

"허락하신다면 지금부터라도 해 드리겠습니다."

"하하하하하. 됐소, 됐소. 괜히 지금부터 힘 뺄 필요는 없겠지. 다만 언제든 연락이 가면 도와준다는 것만 확실히 해 주면 나는 만족할 것이오."

"그 점에서는 부르지 않으셔도 때가 되면 제가 먼저 찾아 갈 겁니다. 그때 허락해 주시면 됩니다."

"좋소, 좋소. 내 오늘 일은 절대 잊지 않겠소. 하하하하하."

이후 경제인들과의 만찬이 시작됐다. 부시 대통령은 능숙하게 돌아다니며 무언가를 약속하고 그들의 자본을 끌어들였다.

삼촌을 포함한 경제인들은 사진 몇 장과 함께 대담을 나눴다는 것만으로도 영광스러운 표정을 지으며 좋아했고 부시 대통령은 이걸 바탕으로 미국에 이익이 될 만한 것들을 하나씩 짚어 나갔다.

대통령의 해외순방은 어찌 보면 영업이나 마찬가지였다. 자국에 이득이 될 것들을 추려 좋은 조건으로 들여오고 혹은 팔고…… 미국처럼 강력하면 갑의 위치에서 뛴다는 것이 다를 뿐 국가 차원에서는 대통령의 이런 일정이 많을수록 좋을 것 같았다.

그 후에도 부시 대통령의 일정은 바빴다.

여기저기 미국의 이미지를 위해 다시 한복을 입고 경복궁에 들르기도 하고 길거리 음식도 먹어 가며 털털한 모습도 보이고 잘 웃고 시민들도 그런 그의 모습에 폭 빠지고 평소 싫어하던 뉘앙스를 풍기던 이들도 막상 만나면 단숨에 마음을 빼앗기고…….

확실히 그는 정치인이었다. 세계의 정점에 이른 남자였고.

그즈음 보통 사람이 나를 은밀히 불렀다.

그리고 또 정말 은밀스러운 말을 나에게 던졌다.

"니 내 관상 봤더나?"

부시 대통령이 관상 애기를 꺼낸 이상 반드시 나올 거라 봤던 말이었다.

"봤죠."

"어땠더나?"

빤히 쳐다보는 그에게 무슨 말을 해 줘야 좋을까.

그냥 현재를 말해 줬다.

"지금은 존귀하시죠."

"지금은 존귀하다꼬?"

"네."

"쿠쿠쿡, 됐다. 됐다 마. 지금 괜찮으면 된 기다. 안 긋나? 하하하하하하하."

한참을 웃어 대던 대통령이 또 뭔가 떠올렸는지 다시 허리를 앞으로 당겼다.

"근데 일본도 관상 안 보나?"

"보죠."

"부시가 일본 가서 관상 봐 달라 안 카겠나?"

"하겠죠. 궁금하다는 의사만 넌지시 흘려도 일본은 최고의 관상가를 부를 겁니다."

"자신 있나?"

"저 오대길입니다. 누구도 저처럼 확언을 못 할 겁니다."

자신 있다는 대답에 대통령이 한숨을 푹 내쉰다.

"내사마 별생각이 다 들더라. 처음 내 얼굴이 어땠을까 하고. 어쨌든 부시가 약속은 지켜 주겠제?"

"공식적인 건 막아 주겠죠. 보이지 않는 손은 여전히 우리 몫이고요."

"……그렇겠제."

대통령의 안색이 자동으로 어두워질 만큼 일본의 보이지 않는 손은 무서웠다.

그걸 잘 인식하고 있는지 아님, 이미 당하고 있던지 그도 요즘 힘들어 보이긴 했다. 무소불위의 권력을 누리고 있어도 말이다.

이쯤에서 희망을 주는 것도 나쁘지 않겠다.

"걱정 마세요. 얼마 안 가 일본은 우리한테 신경도 못 쓸 거예요."

"뭐시기? 갸들이 신경 몬 쓴다고. 왜?"

"거대한 댐에서 여기저기 균열이 나타나고 있어요. 저들이 모르는 사이 균열이 구멍이 되었죠. 곧 큰일이 벌어질 거예요. 알아차렸을 땐 이미 늦은 거고요. 일본은 반드시 돌에 채여 넘어질 거예요."

"그게 무슨 소리고? 일본이 넘어지다니."

"참고 기다려 보세요. 하이에나 같은 헤지펀드가 벌써 냄새 맡고 오더라고요. 일본을 물어뜯으려요. 초반 몇 번만 버티면 우리의 승리예요."

"그 말 진짜제?"

"절 믿으세요. 지금까지 제가 틀린 적이 있나요?"

"없다. 없어서 미치겠다 아이가. 혼내 주고 싶어도 너무 잘하니까, 자쓱아. 하하하하하."

우려의 30% 정도는 사라진 표정이다.

이것만도 괜찮다.

이제 내가 원하는 걸 말할 차례다.

"멕시코 대통령 초청은 어떻게 하실 참이세요?"

"멕시코? 맞다. 내 정신 좀 봐라. 으음, 지금은 더워질 시기고 가을 될라 칼 때 부르면 안 좋겠나?"

"적당하겠네요. 우선 경제협력만 보세요. 멕시코는 인프라와 달러가 절실하고 우리 기업들은 덩치 키우는 게 절실하니까요."

"잘 준비하고 불러야겠네. 걱정 마라. 우리가 부족하믄 홍콩에도 손 벌리지 뭐."

"감사합니다. 멕시코 대통령도 아주 기뻐하겠네요."

"오야. 이제 들어갈라꼬?"

"네."

큰 건을 무사히 치렀으니 나머진 내 시간이다.

나는 이후부터 무조건 땅만 보러 다녔다.

서울에서 돌아다니다 어디든 오라고 하면 달려가 계약부터 했고 창고 부지부터 필요하다면 건물도 한꺼번에 사서 대지를 모양 좋게 마련했다.

그사이 영국 서리대학으로 50명에 달하는 인재를 유학 보냈다.

최순명을 선두로 날려 보냈는데 여러모로 뜻깊은 일이었으나 나라가 워낙에 시끄러운 탓에 단신으로만 알려졌다. 그리고 뚝섬에 있던 경마장이 과천시로 옮겨졌다.

그렇게 한 열흘이 더 지났던가.

미국에서 연락이 왔다. 제프 코트리로부터 말이다.

-보스, 성공했습니다.

"네? 뭐를요?"

-비동기식에 대한 모든 기술을 완료했습니다. 실험도 성공했고요.

내 정신 좀 봐.

까맣게 잊고 있었다.

"오오오, 정말입니까? 이거 넘어가야겠군요. 아! 특허는요?"

-안 그래도 존 와이어가 달려오는 중입니다.

"수고하셨어요. 마리아, 메리, 애니카에게도 수고했다고 전해 주시고요."

-무척 기뻐하고 있습니다. 해냈다고요. 보스가 오길 기대도 하는 중이죠.

"잘했어요. 잘했어요. 제가 뭘 해 드리면 될까요? 언뜻 생각나는 게 없네요."

-그것보단 다음 프로젝트를 고대하고 있습니다. 또 어떤 숙제를 던져 주실지를요. 지금 연구원들의 사기가 아주 충천해 있습니다. 저도 이 정도로 빠른 연구 속도는 처음 봅니다.

"그런가요. 그럼 가까운 시일 내로 넘어갈게요. 할 게 아직 남아 있긴 하거든요."

-역시 그렇군요. 마리아가 보스라면 다음 숙제를 준비해 놓고 있을 거라고 했거든요. 그건 미리 얘기해 놓겠습니다. 아! 그리고 엘로그래픽스에 대해 알아봤습니다.

터치스크린 기술이다.

"그래요? 어때요?"

-지금 사정이 좋지 못합니다. 연이은 실패로 후원사들이 많이 떨어져 나간 상태고요. 근근이 사는 것 같긴 한데…….

"지분 입수가 가능한가요?"

-허스트 대표의 지분이 그리 많은 편이 아니라 크게 얻긴 힘들 것 같습니다. 제가 알기로 50%를 조금 넘기는 것 같더라고요.

"그런가요?"

고민되는 부분이었다.

나중에 뜰 기술에 지금을 투자한다?

게다가 이미 갈래갈래 나뉜 회사다.

미래와 지금.

알겠지만 지금도 잘만 움직인다면 나중에 뜰 기술 정도는 충분히 커버할 만큼 뛰어난 먹거리가 많다. 그걸 포기하고 여기에 투자하는 게 진짜 옳은 건지…… 역시나 20년 후에나 뜰 기술에 허겁지겁 달려들 필요가 있을까란 의문이 계속 남는다.

일단은 그랬다.

"그렇다면 두고 보는 거로 가죠. 완전히 놓지는 말고 더듬이는 계속 두고 계셔야 해요. 나중에 여유가 생기면 다시 거론해 보죠."

-알겠습니다. 그럼 더 지시할 내용이 있으십니까?

"계속 수고해 주세요. 자세한 건 제가 넘어가서 얘기할게요. 몇몇 문제만 해결해 놓고요."

-대기하고 있겠습니다. 그럼 이만 끊겠습니다.

전화를 끊고 이후 나의 일정을 나름대로 살리나스가 왔다가 돌아가는 길에 맞춰 샌프란시스코로 날아가는 정도로 잡고 있는데.

서 실장이 급하게 뛰어 들어왔다.

"이번엔 뭘 시킬까? 3G로 곧장 가자고 할……."

"도련님!"

"왜?"

"TV부터 보십시오."

심상찮은 분위기에 얼른 TV를 틀었더니 롯사의 신 회장이 검찰에 출두하는 모습이 비쳤다. 그걸로 끝이 아니었다. 몇몇 사람들이 줄줄이 잡혀가는데 기자들이 이런 말을 하였다.

-6개월의 신고 기간이 지나고 정부는 전격적으로 체포영장을 발부. 일제 부역과 관련된 자들을 일일이 잡아들이고 있습…….

"아!"

"시기가 된 모양입니다."

"뭐야? 롯사는 왜 끌려가는데? 걔들 자수 안 했어?"

"가장 끝물에 했죠. 헌데 선고를 차일피일 미루더니 결국 오늘 끌려가는 겁니다."

"차일피일 미루다가? 설마……."

"저도 좀 의심스럽습니다."

롯사를 본보기로 삼으려는가.

그때 전화벨이 울렸다.

삼촌이었다.

급히 보자 하여 얼른 달려갔다.

"너도 봤지?"

"네."

"들은 거 없어?"

"저도 놀라는 중이에요."

"허어…… 여기저기에서 전화 오고 난리다. 이번엔 곱게 나올 수 없을 거란 분위기가 팽배해."

신고 기간이 끝남과 동시에 끌고 갔다는 건 곧 죽이겠다는 얘기나 마찬가지였으니까.

"이럴 때는 진짜 조용히 있어야겠죠?"

"그럴 테지. 잘못하다간 국제 그룹 꼴이 날지도 몰라. 내가 이런 일을 또 볼 줄은 정말 몰랐다."

"무섭네요."

"우리 쪽 분석으로도 그냥 넘어갈 기세가 아니던데, 너는 대통령이 어디까지 나갈 것처럼 보이냐?"

"그거야…… 대통령 마음이겠죠. 사실 이 정도만 해도 엄청 나간 거잖아요. 기업들이란 기업들은 죄다 훑었으니까요."

태생이 일제강점기부터인 기업은 말할 것도 없이 이후에 설립했다고 하더라도 그 자본이 야리꾸리한 것이라면 얄짤 없었다. 신고 기간 내내 신고는 매섭게 들어왔고 그렇게 털린 기업들 숫자만 수백이 넘어갔다.

"그치만 아직 숨은 놈들이 더 많지."

"아무래도 이번엔 법·정·관이 타겟이 되겠죠. 그쪽에서는 자수한 사람이 거의 없으니까요."

기업인만 조진다고 일제 부역자들에 대한 심판이 끝날까?

한국은 삼권분립의 나라였다.

행정, 사법, 입법.

이 세 조직에 숨은 줄기들을 뿌리째 뽑지 못하면 이 일은 하나 마나였으니.

　"너도 그렇게 보냐?"

　삼촌도 그리 보는 모양인가 보다.

　"근데 그거 때문에 저 부르신 거예요?"

　"아니지. 좋은 소식이 있다."

　"뭔데요?"

　"전화기가 완성됐다."

Chapter 13. 하이!

"오오, 그래요? 잘 터져요?"

"문제없이 통화된다. 통화품질도 유럽의 것보다 월등히 좋아. 곧장 홍콩으로 가져갈 생각이다."

"그 정도 성능이라면 총독 앞에서 시연회를 여는 것도 괜찮겠네요. 아주 뻑 가게요."

"그렇게도 해야지. 너도 올 거지?"

"그렇긴 한데……."

말을 끄니 삼촌이 눈을 치켜뜬다.

"또 뭐가 더 있냐?"

"멕시코 대통령이 곧 올 거거든요."

"멕시코 대통령이? 왜?"

갑자기 순진한 표정을 짓는 삼촌이었다.

"경제협력 해야죠. 멕시코에 진출 안 하실 거예요?"

"당연히 해야지. 그래, 그 양반이 물꼬를 틀어 줄 거란 거냐?"

당연한 얘기를 확인받으려 한다.

약간의 설명이 필요한 듯했다.

"삼촌, 거기 권력은요. 우리에 비할 데가 아니에요. 멕시칸 스타일 모르세요? 거긴 한번 간다고 하면 무조건 가는 데에요. 일방통행. 그러니 안 된다고 하는 순간 어떻게 되겠어요? 그냥 독재 국가라 생각하는 게 편하실 거예요."

"알았다. 알았다. 이것도 성실히 준비해야겠군. 안 그래도 은행에 숨겨 두기에 돈이 좀 아깝단 생각이 들었거든."

"얼마나 남았어요?"

"한 9천억 엔 정도 남았다."

대충 80억 달러 정도 되려나?

엄청난 자금이었다. 이만한 금액이라면 멕시코는 물론 온 나라가 두 손 들고 환영할 것이다.

하지만 어떻게 할까? 나라면 이 돈을 몇 배로 뻥튀기해 줄 수도 있는데.

"그 정도 자금이면 동남아 전체로 사업권을 넓혀도 되겠네요. 홍콩은 시작됐으니 대만, 싱가폴, 태국, 필리핀, 말레이시아,

인도네시아 아주 할 게 많겠어요. 이거 홍콩은 이제 찬밥 같은
데요."

"하지만 무엇이든 기본 바탕이 중요하겠지."

"알았어요. 시연회 때 홍콩으로 같이 갈게요."

"그래라. 나는 나대로 준비해 놓으마."

점점 정신이 없어졌다. 멍 때리다가는 자칫 돈에 휩쓸려
죽어 버릴 만큼.

하지만 나의 이런 상태와는 상관없이 세상은 아주 잘 돌아
갔다.

한국도 예외는 아니었는데 시종일관 시끄러웠다.

-사회 곳곳에 이토록 많은 반역자가 숨어 있었는지 몰랐
습니다. 우리는 그동안 무엇을 했던 걸까요? 이 사람들은 대
체 무슨 생각으로 살았던 걸까요? 정말 보잘것없는 일신의
영화 때문에 나라와 민족을 배반했던 걸까요?

기자들의 외침처럼 날이면 날마다 사람들이 끌려갔다.

구청에 있다가도 판사석에 앉아 있다가도 의원실에 있다
가도 반민특위에 양팔 붙들려 질질질 공개적으로 끌려갔다.

근데 웃긴 건 일제강점기 때부터 이어져 온 대표적인 신문
두 개의 사주가 동시에 연행되었다는 점이었다. 기자들이 난
리가 났다. 일제 청산을 핑계로 언론을 탄압한다고.

그러나 마구 떠들던 기자들의 입이 다물어진 건 순식간이었다. 독립을 도왔다고 공공연하게 떠들던 신문사 두 개가 오히려 독립군의 밀고자로 밝혀진 거다.

이젠 기자들이 국민의 달걀과 밀가루 세례를 받는다.

밀고자의 똥구멍을 핥아 주는 놈들이라며 식당에서도 욕을 바가지로 먹으며 내쫓기기 바빴다.

게다가 저번에 끌려간 롯사 일가도 난리가 났다.

비리는 비리고 롯사가 한국에서 돈 벌어 일본으로 퍼 날라 주는 기업이라는 발표에 국민이 또 발칵 뒤집혔다. 상점들은 서둘러 롯사 물건을 치워야 했고 롯사 간판만 보여도 똥물 세례가 줄을 이었다.

살벌했다.

어째서 이렇게 된 거냐는 질문은 중요치도 않았다. 국민은 분노했고 그 분노를 풀길 원했다.

이럴 때는 정말 얌전히 있는 게 최선이리라.

쥐 죽은 듯 조용히 있는데 또 일본에서 연락이 왔다.

앨런이란다. 아주 중요한 일이라고.

얼른 날아갔다.

"보스, 노무라 증권에서 100억 엔대의 지수 관련 옵션상품을 출시한다고 은밀히 알려 왔습니다."

"100억대나? 걔들 미친 거 아냐?"

"그래서 일단 저한테 다 팔라고 하긴 했는데, 어떻게 할까요?"

"이걸 앨런한테만 알렸다고?"

"네."

이게 무슨 일일까.

앨런을 다시 보았다. 처놀기나 했을 줄 알았는데 언제 이렇게 핵심에 근접하는 정보를 물어 올 만큼 발을 넓혔던가.

진짜 그런 거라면 시장은 아직 이 사실을 모른다는 건데…….

"근데 신뢰도 높은 정보야?"

"안 그래도 몇 달 전부터 옵션 판매가 조금씩 트이기 시작하면서 특집 편성을 했다던데요. 돼도 좋고 안 돼도 좋고 하는 식으로요. 술자리에서 안면 튼 놈이 옆구리를 찌르길래 냅다 물어 버렸죠."

"놈이 좋아해?"

"어찌나 비밀을 지키라고 신신당부하던지……."

앨런은 이제 실실 쪼개는 것도 일본식이다.

"그러니까 어차피 오를 거니까 이벤트 삼아 한다는 거지? 팔리면 좋고 안 팔려도 노무라 증권 홍보가 되니까? 앨런은 미끼를 물어 준 거고?"

"네."

간단한 문제였다. 고민할 것도 없는 1+1이 뭐냐는 가장 기본적인 문제.

마다할 이유가 있을까.

"그럼 다 사. 뭘 고민해. 준다고 할 때 다 사 버려."

"오케이. 당장 실행에 옮기겠습니다."

앨런이 나가려는 그때 번뜩 뭔가가 떠올랐다.

"자, 잠깐만! 잠시 대기."

"에?"

어떤 감이었다. 그게 탁 찾아와 나를 감싸는데 소름이 막 돋는다.

"앨런, 혹시 좀 더 오버할 수 있어?"

"예?"

"노무라에서도 돈 때문에 내놓은 게 아니라며?"

"그렇죠."

"그럼 아주 큰 건을 사 주는 거잖아. 자그마치 100억 엔어치나."

앨런 말을 종합해 본다면 노무라 증권에서도 설마 팔릴까 하여 시작했다는 거다.

모두 다 상승장인 걸 상태에서 빤히 보이는 이벤트로 호기심이나 끌어 볼까로 움직인 것 같은데 그게 덜컥 다 팔려 버린다면?

그들은 과연 이 사태를 어떻게 볼까?

위험신호?

주가가 떨어진다는 세기말적 위험신호?

근데 산 사람이 하필 증권시장에서 유명한 미친놈이라면?

계산은 빤히 나왔다.

당연히 호구 중의 호구. 대왕 호구로 보겠지.

"생각해 봐. 그들이 과연 돈 쓴다는 앨런을 바보 취급하며 꺼지라고 할까? 아님, 더 사라고 살살 구슬릴까?"

"구슬리겠죠. 말도 안 되는 상품에 100억 엔이나 지른 놈인데 다른 건 못 살까요? 아마도 노무라 증권 VIP룸으로 안내하고는 제 앞에 가진 상품 목록을 쫘악 깔 겁니다."

"옳지. 노무라로서도 대박 난 거지. 100억 엔어치가 하루 만에 품절됐으니까. 이 정도라면 리베이트를 요구해도 줄지 몰라."

"그렇긴 한데 뭘 오버하라는 거죠?"

"보험."

"보험요?"

무슨 소린지 영 못 알아먹는다.

친절하게 설명해 준다.

지금은 앨런이 우리 선봉장이다.

"반드시 보험회사를 껴서 계약하자고 해. 뻔뻔하게 지급불능일 때를 대비해 달라고 요구해 봐. 나가는 김에 더 막 나가는 거지."

"에엑! 그러면 진짜 놀림당할 텐데요? 아무리 저라도 그건 좀……."

안 그래도 호구로 볼 텐데 지급불능일 때를 대비해 달라면 얘를 어떻게 보겠나.

저능아 그 이상 그 이하도 안 되는 것으로 볼 것이다.

그런 자기 모습이 떠올랐는지 무던한 앨런도 못 참고 진저리를 친다.

그래도 우겼다.

"그냥 그렇게 해~이씨. 그렇게 해 주면 더 사 주겠다고 해. 이날만을 위해 개판 쳐도 괜찮다고 한 거 아니냐. 당당하게 얘기해. 미국에선 끝도 없이 잘나가는데 일본에 와서 자기 때문에 재미 못 봤다고. 내가 운용하는 돈이 500억 엔이 넘는데 이번에 도박 한번 해야겠다고. 요새 눈치도 보이고 목이 간당간당해서 못 살겠다고. 그러면 다른 증권사도 앨런한테 연락 올 거야. 자기 상품도 사 달라고."

"정말 그러면 될까요? 전 도통 모르겠는데. 쪽팔려서 어떻게 다니지?"

"그건 앨런 네가 여기에서 얼마나 개판 쳤는지에 따라 달라지겠지."

모두가 말리는데도 멋대로 투자하여 몇천만 엔씩 날리고 한 게 수십 번이다. 난 이번 일도 그 악명이 널리 알려져 기회가 찾아왔다고 봤다.

앨런을 만만히 보고.

그리고 내가 지시한 것까지 하게 된다면 일본 투자 시장은 앨런이 드디어 미쳤다고 생각할 것이다.

미친놈의 돈은 먼저 가져가는 게 임자고.

"얼른 나가서 다 사 버려. 눈 딱 감고 질러. 그냥 질러 버리라고."

"진짜요?"

"그래."

"이건 진짜 보스가 시킨 겁니다. 나중에 딴말하기 없기에요."

"내가 언제 앨런한테 딴말한 적 있어? 그냥 가서 사 와 이~씨."

"알았어요. 아주 창의적인 접근으로 싹쓸이해 오죠."

앨런은 이날 바로 노무라 증권으로 달려가 100억 엔에 달하는 옵션을 모두 사 버리는 저력을 발휘했다. 보험도 한 발더 나가 1엔이라도 덜 지급하게 하면 받은 금액과 관계없이 명시된 권리 전부를 100% 보험회사에서 책임지는 계약으로 하였고 옵션 만기도 자기 마음대로 1년이나 잡았다. 그렇게 안 해 주면 안 산다고 버티니까 해 주더라 이거다.

계약 후 입금까지 일사천리. VIP 대접을 받으며 보무도 당당히 노무라 증권을 걸어 나왔고 이 소식이 전역으로 알려지기까지 일주일도 채 걸리지 않았다.

그때부터 투자종금부터 중소 증권사까지 모두 달려와 자기 상품을 사 달라고 조르는데 우와~ 미치겠다. 보험 계약서까지 들고 와서 사정사정한다.

10억 엔짜리, 20억 엔짜리, 50억 엔짜리, 굵은 건 100억 엔짜리 계약 수십 장이 마구 날아다닌다.

호구적 붐이 일었다. 호구의 계절이 왔다.

순식간에 업계 초대형 갑이 된 앨런은 내 언질에 맞게 계약들의 시점을 모두 89년 12월 1일로 잡았다. 만기야 무조건 1년이고.

나중에 정산을 해 보니 더 팔러 달려온 노무라 증권까지 총합 1100억 엔에 달하는 계약을 체결해 버렸다.

지금에서 돌이켜 봐도 이때는 정말 세상이 미쳐 돌아갔다.

"후아~ 돈 한번 신나게 써 봤습니다. 살면서 이렇게 많은 돈을 써 보기는 처음입니다. 보스, 저 이제 예전으로 못 돌아가는 건가요?"

"쓸데없는 소릴랑 말고. 이제 좀 쉬어. 다 끝났어."

"근데 정말 이대로 될까요? 내년까지 상승해 버리면 돈을 그냥 날리는 거 아닙니까? 자그마치 1100억 엔이에요. 달러로 치면 10억 달러에 육박하고요."

"걱정 마. 적어도 우리가 투자한 것보단 더 벌 테니까."

헤지펀드들의 틈바구니에서 한 200, 300억 엔 정도 살 수 있을까 걱정했던 일이 이상하게 풀려 버렸다. 시중에 돌았어야 할 규모를 아득히 초월해 버린 숫자가 우리 DGO 인베스트로 왔고 난 그걸 다 먹어 버렸다.

"정말 자신하십니까?"

"뭔 말이 많아. 시키면 시키는 대로 하지. 잊었어? 이번 고용 계약에 앨런한테 순수익의 0.1%를 주기로 한 거."

"그렇긴 한데…… 전 그것보다 보스 밑에서 오래 일하고 싶습니다. 다신 예전처럼 돌아가고 싶지 않아요."

"그럼 됐어. 내 밑에서 열심히 일만 해. 이번에 번 것만도 앨런은 억만장자 대열에 낄 테니까."

"정말 그렇게 되는 겁니까?"

"시끄럽고. 앨런은 어서 가서 저들이랑 흥청망청 놀기나 해. 세상이 끝난 것처럼 돈도 싸지르고. 그래야 저들도 안심하지."

노무라에서 특급 접대가 들어왔다. 아니, 증권사마다 날짜를 잡아 특급 접대해 주기로 했다.

나도 한 보름은 앨런을 보기 힘들다.

"알겠습니다. 그럼 보스는 아베 신타로한테 가는 겁니까?"

며칠 전에 아베 신타로에게서 사람이 왔다.

내가 일본에 있는 줄도 모르고. 나를 좀 보고 싶다고. 가능하면 빨리.

"내 일정은 머리에서 지우고. 잊었어? 몰라? 일이 마무리될 때까지 나와의 만남은 비밀이란 거."

"앗! 명심, 또 명심하겠습니다. 그럼 저는 술 퍼마시러 가겠습니다."

"잘 놀아. 너무 취해서 비밀 나불대지 말고. 억만장자야. 자그마치 억만장자라고. 그것만 생각해도 몸이 알아서 조심할 거야."

"크흡, 명심하겠습니다."

못 이기는 척 나가는 앨런을 바라보다 순간 뒤통수로 손이 올라갔지만 난 필사적인 인내심을 발휘하여 김하서와 함께 바로 오사카로 넘어갔다.

여기 오사카대학병원에 아베 신타로가 있었다.

뭐라도 잔뜩 사 들고 병문안 가자 입원복을 입은 아베 신타로가 벌떡 일어나 우릴 맞았다.

"오오, 오 대표. 잘 왔소. 정말 잘 왔소."

그는 내 손을 붙들며 반가워했는데 병명이 위암 1기란다.

병원부터 가 보라는 내 말이 자꾸 거슬려 진료를 받았는데 진짜 암이라니 그로서도 얼마나 놀랐을까.

지금은 수술도 딱 끝내고 회복기였다.

"오 대표 덕분에 살았소. 이대로 모르고 살았다면 얼마 안 가 죽었을지도 모른다고 의사가 그랬소. 역시나 그때 귀인은 오 대표였소. 정말 감사하오. 정말 감사하오."

"아이고, 너무 추켜세우지 마십시오. 어쩌다 맞은 것뿐이니."

"남의 몸에 병까지 있는 걸 알아채는 사람이 세상 어디에 있답니까. 오 대표는 정말 신인이시오. 신께서 보내 주신 사람. 난 정말 감복받았소. 오 대표는 내 생명의 은인이오. 감사합니다. 여기 내 절을 받으시오."

거동도 불편한 몸으로 그 자리에서 절까지 한다.

나도 서둘러 맞절을 했는데 기분이 좀 묘했다.

아들에겐 린치를 가하고 아비는 살리고.

이후 아베 신타로는 사람들을 밖으로 물렸다. 나랑 단둘이 대화하기를 원했는데 조용히 대기하던 난 그가 꺼내는 말을 듣고 정신이 번쩍 들었다.

"실은 나도 조선 사람이오."

"네?!"

"정확히는 조선반도에서 건너온 사람이지. 이쪽 토박이는 아니오."

"그런 말씀은……."

"하면 안 되겠지만, 생명의 은인에게 내 목을 건다는 의미로 알려 주는 거요. 솔직히 말해 나는 이후 인생은 잘 모르겠소. 어차피 놔뒀으면 죽었을 인생. 허락해 준다면 할 수 있는 선에서 앞으로 오 대표를 위해 살아 볼 작정이란 말을 하고 싶었소. 아니, 더 솔직히 말하리다. 날 좀 받아 주시오. 비록 끈 떨어진 연 신세라지만 아직 살아 있고 움직일 수 있소. 부디 내가 그대의 쓰임새에 부합했으면 좋겠소. 오 대표."

"갑자기 왜 저에게……."

"이것 참…… 아직도 스스로를 못 놓다니. 제가 아직 이럽니다. 많이 부족합니다."

"……."

"병원에 누워 있는 동안 생각이 참 많았습니다. 재기하긴 글렀고 이대로 멈춰 있기엔 열정이 아직 살아 숨 쉬지요. 차라리 죽을까도 생각했었지만, 막상 죽을 뻔했다 여기니 그것도 제 맘대로 되지 않습니다. 길을 잃었죠. 당신이 앞에 나타나지 않았다면 필시 그랬을 겁니다. 그날도 모자란 아들놈이라도 어떻게 발을 넓혀 볼까만 생각했습니다. 헌데 당신의 재주는 저로선 도저히 알지 못할 수준이라는 것만 알았습니다. 제가 잘못했습니다. 저를 받아 주십시오. 쓰임새를 생각하시고 걸맞게 해 주시면 나름 도움이 될 거란 자신은 있습니다. 이 아베 신타로가 당신을 주군으로 맞이하고 싶습니다. 부탁드립니다."

자세를 갖추고 고개를 숙이는 아베 신타로를 보는데 내가 더 기가 막혔다.

주군이란다.

이게 언제 적 표현일까.

그냥 고맙다 인사만 해도 될 걸 이 자식은 대체 나의 무엇을 보고 신세를 의탁하려는 건지.

세상이 미쳐 돌아간다고 얘도 이러는 걸까.

일본의 요직을 두루 거친 데다 자민당 간사장에 올라 차기 수상으로까지 지목된 인물이 나의 무엇을 보고 이토록 자세를 낮출까.

갑갑했다.

살리나스도 나를 두고 이런 고민이었나?

이 남자를 어찌해야 할까?

'이것 참…….'

와도 문제고 없어도 문제니 인재(人才)는 정말 인재(人災)인가 보다.

나도 달리 방법이 없었다.

거절하면 끝이다.

하지만 나는 아직 배고팠고 아베 신타로는 나의 배고픔을 어느 정도는 해소시켜 줄 위인인 건 맞았다.

도와준다면야 거절할 이유도 없고 안 받아들일 이유도 없다. 문제가 생기면 그때 해결하면 되고. 다만 몇 가지 소소한 조건이 있긴 한데…….

나도 자세를 바로 세웠다. 전국시대의 무장처럼.

"네가 그렇게 원한다면 아베 신타로, 너의 뜨거운 충성을 기꺼이 받겠다."

"감사합니다. 주군."

더욱 숙인다.

"하지만 넌 지금부터 나와 단둘이 있을 때를 제외하곤 나를 오 대표로만 대해라. 즉 나와 관계없는 사람처럼 행동하라는 거다. 무슨 뜻인지 알겠지?"

"저는 주군의 손발입니다. 손발은 의문을 품지 않습니다. 어떤 일이든 시켜 주십시오. 그것이 비록 죽음에 이르는 길이라도 저는 기꺼이 들어가겠습니다."

지극한 공경의 뜻을 담는다.

소설 같은 일이다.

아무래도 단순한 심경변화라 보기엔 뭔가 더 훨씬 깊고 근본적인 문제 같았다.

첫 명령을 내렸다.

"지금부터 네가 할 일은 건강 회복이다. 무슨 일이 있어도 전성기의 체력을 확보하라. 추후 너의 쓰임새를 고민하겠다."

"하이!"

연락 사무실은 따로 마련하기로 했다.

우리는 고마운 사람과 반가운 사람 역할을 충실히 하였고 좋은 얼굴로 헤어졌다.

그럼에도 뒤가 찜찜한 게 계속 의문이 남았다.

'정말 그가 내 사람이 된 걸까?'

아닐 거다.

나에게 원하는 게 분명히 있다.

'정계 복귀?'

아마도 이게 합리적인 의심이겠지.

또 한편으로는 기분이 좋았다. 좋은 쪽으로는 한도 없이 좋은 방향성이 아니겠나.

'아베 신타로가 정말 나의 장기짝이 돼 준다면 나도 일본에서 할 일이 많아지는데…… 서로 이용하는 사이만 돼도 참 괜찮은 건데…….'

그는 대체 나의 무엇을 원하는 걸까?

자기 목줄이나 다름없는 조선인 출신이란 것까지 밝히고.

모를 일이었다.

나는 그길로 한국으로 돌아갔다.

그리고 또 기가 막힌 장면과 마주치게 되었다.

Chapter 14. 내일 조국으로 돌아갈 것이오

"뭐가 이렇게 정신없이 돌아가냐."

일본엘 몇 달씩 다녀온 것도 아니고.

열흘도 안 되는 잠깐 사이 국면이 이토록 급박하게 변했을 줄은 꿈에도 몰랐다.

세상에…… 껌으로 차근차근 기반을 다져 최고의 부동산 그룹으로 통하는 롯사 그룹이 강제해산 수순을 밟는단다.

그 와중에 또! 다시없을 악수가 하나 나왔는데, 롯사 그룹 가문 모두가 한국 국적을 포기하고 일본으로 망명 신청을 했다는 거였다.

"기가 막혀서…… 이것들이 미쳤구만."

평소 자기들끼리 일본 이름을 부르고 어쩌고저쩌고 하드만은 궁지에 몰리니 결국 선택이 그리로 가는 모양이었다.

입바른 소리로 국가와 민족을 위한다며 줄창 하던 말과 전혀 다른 행동을 납득할 국민은 당연히 없었다. 다시 분노했고 그동안 롯사 그룹이 보유했던 자산들은 정부의 처분을 겪기 전에 급락부터 먼저 겪었다. 누구라도 근처에 왔다간 국민의 몰매를 맞았고 쪼개 먹으려 덤비던 다른 그룹들도 감히 달려들지 못해 더더욱 값어치가 떨어졌다.

이럴 때 또 두 언론사 사주도 똑같이 망명을 선택했다.

"아주 쌍으로 미쳐 돌아가는구먼."

국민도 비로소 깨달았다.

이 나라가 한국인지 일본인지…… 신고기간 내 자수한 기업은 그나마 깨끗한 기업이었구나…… 이놈들은 인간적으로 대하면 안 되겠구나.

정부도 단호하게 대처했다.

떨어질 대로 떨어진 현 시가대로 공개 입찰을 정했고 기업들이 우르르 모여들어 완전히 쪼개 버렸다.

롯사 그룹과 신문사 두 개가 하루아침에 사라져 버린 것이다. 지분에 따른 분배도 일사천리였다. 해외지분은 거의 일본 쪽 자금이었는데 나중에 딴소리 못 하게 모두 지급해 줬다고 한다.

물론 이게 끝이 아니었다.

버티던 을사오적, 정미칠적, 경술국적, 을사삼흉과 관련된 직계존속부터 비속, 사돈의 팔촌까지 죄다 끌려가 탈탈 털렸다. 흐름을 탔던지 대머리 본인 아저씨가 은닉한 재산이 드러났고 박 공주와 그녀의 재산을 관리하던 최 모 여인 일당까지 덩달아 잡혀 와 가진 걸 토해 내야 했다.

군부의 총칼 앞에 버틸 용자는 없었다.

죽느냐 사느냐.

자식은 물론 일가친척에 조금이라도 관련된 사람은 한 명예외 없이 끌려와 조사받는다. 이들도 자기 자식을 살리려면 방법이 없었다.

잔챙이들은 보이지도 않았다.

사법계, 언론계, 정계, 민·관을 망라하여 잡아들였고 이번 조치에 따라 수천 명과 그 수천 명과 이어진 가족들이 모두 형벌을 받았는데 내용은 둘 중 하나였다. 이때 태형을 부활하자는 의견이 엄청나게 쏟아졌다.

때리는 사람은 무슨 잘못이냐고 몇몇이 반대했는데 국민이 서로 자기가 때리겠다고 나서는 바람에 또 분위기가 이상하게 흐르자 정부가 얼른 선을 그었다. 없는 얘기로.

결국 추방이냐 위리안치냐로 결론 났는데 웃긴 건 의외로 대부분이 위리안치를 선택했다는 거다.

하여튼 머리 하나는 잘 돌아가는 놈들이다.

사실 국가적 배신자 집단을 흔쾌히 받아 줄 나라도 없거니

와 나가서 살 돈도 이들은 없었기 때문에 짐이었다. 망명도 세력이 있고 돈이 있어야 가능했으니 몇몇 인원만 일본이 받아 주고 나머진 주민을 소개한 백령도, 대청도, 소청도로 북녘 삼도로 분산하여 들어갔다.

북녘 삼도는 이제 정부의 허락이 없는 한 누구도 들어갈 수 없는 험지가 된 거다. 한 달에 두 번 부식 판매 배가 들어간다고 하던데 나도 이 이상은 관심을 끊었다.

[친일 부역 = 패가망신]

결국 공식을 성립시키고 나서야 나라는 조금 진정국면에 들어가는 듯했다.

물론 큰 건만 지나간 거다. 자잘한 건은 아직도 넘쳐났다.

"탄광도 아니고 캐도 캐도 계속 나와. 한 10년은 더 캐야 할지도 몰라."

"말도 마십시오. 얼마나 알뜰하게 긁어 댔는지 추징한 돈만 20조 원이 넘는대요."

"뭐라고?! 20조?!"

"지금도 집계 중인데 굵직굵직한 것만 그 정도래요. 반민특위도 잘 계산이 안 된다고 하더라고요."

기가 막혔다.

내 알기로 89년도 정부예산이 19조인가 그랬다. 부채가

21조이고.

"이야~ 이거 씨불, 몇천 명 때려잡을 만하네. 겨우 그놈들 긁어모은 게 20조가 넘어? 이야~ 그 돈이면 뭘 해야 하나? 부채를 싹 갚아도 되고 아니, 가만히 놔둬도 정부에 돈이 넘쳐나겠어."

"하여튼 대단합니다. 저도 이 정도일 줄은 몰랐는데. 도련님, 청와대로 들어가 봐야 하는 거 아니에요?"

"내가 왜?"

"겸사겸사죠."

눈빛을 보니 무슨 소린지 알겠다.

큰일 날 소리다.

"안 돼. 요즘은 민감한 시기라 눈에 안 띄는 게 제일 좋아. 괜히 구설수라도 올랐다간 큰일 난다고. 서 실장도 괜한 마음 먹지 마. 그거 아니라도 돈 벌 방법은 수도 없이 많아."

"아! 그렇군요. 괜히 제가 마음이 급해서. 죄송합니다."

"……!"

서둘러 자세를 추스르는 서 실장을 보고 나도 순간 아차 싶었다.

꽤 단단한 서 실장도 흔들릴 정도라면?

돈이 돌아다니는 곳에 똥파리가 들끓는 건 역사적으로도 증명된 사실이고 이 일이 괜히 잘 가던 나라에 독이 되진 않을지 걱정스러웠다.

로또로 일확천금의 맛을 본 이들치고 생활이 온전한 이를 봤던가.

잘못하다간 대한민국이 그 꼴 나게 생긴 걸 수도 있었다.

'이거 들어가야 하나?'

모르겠다.

괜히 말했다가 오해 살 수도 있고 생각하면 생각할수록 내 본능적 신호는 이 돈에서 멀어지는 것이 옳다는 느낌만 강해졌다.

그것이 내 살길이라고.

10월이 되자 홍콩에서 초호화 시연회를 연 대양은 중국식 어감이 강한 웨이폰(Wayphone)이라는 브랜드로 본격적인 사업에 들어갔고 태생 자체가 금융 도시라 그런지 휴대폰이라는 편리성에 상당한 반향이 일었다.

그리고 며칠 후 멕시코에서 살리나스가 날아왔다.

살리나스도 역시 나를 통역으로 지정했는데 부시 대통령과는 달리 우리 대통령도 아주 편하게 그를 맞이했고 또 둘이서 많은 약속을 하였다.

이후 경제인들과의 대담에서도 살리나스는 세금 감면부터 많은 부분에서 한국의 기업이 진출할 여건을 만들어 놓았다는 설명을 하였는데, 특히 건설 분야에 대해 특혜를 많이 주었다. 규모도 거의 중동과 버금갔다. 그렇지 않아도 SD 텔레콤의 약진에 자극받았던 기업들이 적극적인 관심을 보이며 호응했다.

살리나스는 타국의 국가수반으로는 이례적으로 휴전선까지 시찰하였고 부시처럼 시민을 만나는 행동은 하지 않았지만, 현충원도 가고 한국인이 좋아할 일만 하다가 바로 일본으로 넘어갔다.

살리나스가 일본으로 가자마자 나는 오필승컴퓨터로 달려가 전에 지시 내렸던 항목을 체크하였다.

"잘하고들 있어요?"

넷이 동시에 고개를 빼꼼 내민다.

동아리 골방에서 거무튀튀한 열정을 펼치다 하얗고 좋은 환경에서 사람 꼴로 작업하는 이들을 보니 내가 다 뿌듯했다.

"여기 간식 좀 사 왔으니까 드시고들 하세요."

두 손 가득 들고 온 분식을 내려놓았다.

"여~ 왔어?"

"넌 대표님한테 '여~ 왔어?'가 뭐냐? 싸가지 없게."

"맞아. 아무리 후배지만 지킬 건 지켜야지. 우리 대표가 우리보다 늦게 태어난 건 본인이 선택할 수 있는 일이 아니었잖아."

"맞아. 대표님으로 모시기로 한 건 우리 선택이고."

말 한 번 잘못 꺼냈다가 구박받는 하나가 쭈그러지자 얼른 끼어들어 무마시켰다.

"그만하시고 한 두어 달 자리를 비워야 하는데 뭐 불편한 거 없어요? 처리해 주고 갈게요."

"불편한 게 어디 있겠습니까? 때 되면 따박따박 월급 나오지. 장비 사 달라는 건 다 사 주지. 부모님 좋아하지. 이렇게 호강해도 되는지 모르겠습니다, 대표님."

"만족하십니까?"

"이 이상 바란다면 사람 새끼도 아닐 겁니다. 너희들도 그렇지?"

"물론이지. 난 사람 새끼라고."

"me too다 인마."

"난 me too too다 자식아."

또 자기들끼리 낑낑댄다.

"하하하하, 만족하시면야 저도 좋죠. 다만 올 말까진 버전 2.0이 완성됐으면 좋겠어요. 그래도 시장에 내놓으려면 그 정도는 되지 않아야 할까요?"

"물론이죠. 대표님 아이디어가 어디 보통 아이디어야지 거부합니까. 도형도 넣고 글꼴도 늘이고 문자표도 만들고 그림에 여러 가지로 편집할 수 있게 툴도 만들고 최대한 진척시키고 있습니다."

"타자연습은요?"

"그건 정말 획기적이더라고요. 어떻게 그런 생각을 하셨어요? 우리도 처음 배울 때 그런 게 있었으면 고생하지 않아도 됐을 텐데요."

"아이디어가 마음에 드십니까?"

"이를 말입니까. 국어와 영어 두 개 버전으로 개발 중입니다. 이것만 해 줘도 컴퓨터에 대한 거부감이 엄청 줄어들 겁니다."

오케이.

잘되는 것 같았다.

표정에도 사기가 넘치고 풍기는 기운도 아주 맑았다.

살짝 술김에 사 버린 터라 오버한 느낌이 없잖아 있었는데 이런 기분이라면 돈이 하나도 안 아깝다.

"기한은 연말까지라고 정해 놨긴 했는데 무조건 품질이 우선입니다. 품질이 맞지 않으면 뒤로 밀 수도 있으니까 너무 시간에 얽매이지 마시고요."

"우와~ 이젠 마감까지 연장해 주시겠다는 말씀이세요? 원래 연구원은 이렇게 편하게 하는 건가요? 대표님은 천당에서 내려오셨어요?"

"그거야 제 복이 아니고 형님들 복이 아니겠습니까?"

이들도 주변에서 보고 들은 게 있으니 자신이 얼마나 좋은 대우를 받고 있는지 알고 있었다.

나한테 굽신대고 자꾸 날 띄우려는 것도 다 미안한 마음이 커서였다. 그깟 프로그램 하나 개발해 놓고 이렇게 받아도 되는 건지 말이다.

하지만 연구원은 이런 자책에 시간을 낭비해선 안 된다.

연구원은 연구만 열심히 하면 되고 모든 책임은 주인이 지면 된다.

주인이 괜찮으면 괜찮은 거고 주인이 싫으면 싫은 거니 우리 사이에 이 정도 금액이란 겨우 이 정도라는 것만 인지해 준다면 나도 더 바랄 게 없었다.

여유다.

내가 이 정도라는 자부심.

이것이 바로 워낙에 괴물들 사이에서만 돌아다닌 내가 이들에게서 얻은 아주 기분 좋은 수확이었다.

"난 돌아갈게요. 돌아올 때쯤 좋은 소식이 있었으면 좋겠네요."

"녜이~ 충성을 다해 만들겠습니다."

"다녀오십시오. 오필승컴퓨터는 이 김택준이 지키겠습니다."

"시끄러. 오필승컴퓨터는 내가 지킬 거야."

또 싸우는 이들을 두고 나는 그길로 집으로 돌아가 샌프란시스코행에 필요한 물품을 정리하였다.

이번엔 두 달 정도를 보고 가는 터라 짐이 좀 많았다.

일도 일이지만 돈 좀 벌면 이참에 샌프란시스코에다 별장을 하나 구입해 둘까 진지하게 고민할 만큼 서 실장이 싸는 짐은 몇 번을 봐도 적응이 되지 않는다.

그때 전화기가 울렸는데 하제필이가 받더니 급히 내게로 가져왔다.

살리나스란다.

웬일이야.

"아! 대통령님."

-미스터 오. 나요.

"일본엔 잘 도착하셨습니까? 너무 빨리 가셔서 경황이 없었습니다."

-내가 너무 일만 하고 갔다고 섭섭한 거 아니오?

"무슨 말씀이십니까. 먼 길 오셨는데 제대로 쉬지도 못하신 게 마음에 걸릴 뿐입니다. 한식도 좋은 게 많았는데 말이죠."

-하하하하하, 역시 날 생각해 주는 사람은 미스터 오밖에 없소. 내가 왜 미스터 오의 마음을 모르겠소.

살리나스가 조금 이상했다.

기분 탓인가?

아니다.

겉으론 웃고 있지만 느껴졌다. 말투부터가 침잔스러운 것이 뭔가가 틀어진 게 틀림없었다.

서둘러 물었다.

"대통령님. 혹 저희 준비에 부족한 게 있었습니까? 섭섭한 게 있으시다면 기탄없이 말씀해 주십시오. 필히 정정하겠습니다."

-허어…… 내 마음을 그새 알아챈 것이오? 내가 참…… 미스터 오 앞에서는 말투 하나도 조심해야겠다니까.

확실히 뭐가 있긴 있었나 보다.

-헌데 잘못 짚었소. 한국이 이례적으로 미국에 준하게 날 대접한 걸 잘 알고 있소. 물론 준한다는 건 마음에 들지 않지만 어쩔 수 없는 일이지 않겠소. 국격에 따른 문제니까. 그래도 한국이 우리 멕시코에게 할 수 있는 최선을 다한 건 느낄 수가 있었소.

"그렇다면 다행입니다. 전 저희가 실수한 줄 알고 깜짝 놀랐습니다."

-부시 대통령 때도 같이 있었다는 걸 아는데 뭘 그리 걱정하셨소. 한국의 대통령님이 무척 친절하게 대해 주신 점에 깊이 감사하고 있으니 이 점은 걱정 마시오.

"감사합니다. 우리 대통령님도 대통령님의 방한에 아주 기뻐하셨습니다. 나중에라도 기회가 된다면 멕시코에 가 보고 싶다고까지 하셨으니까요."

-그랬소? 그렇다면 나도 가만히 있을 순 없겠지.

"두 분이 우정을 나누신다면 저로서도 만족스럽습니다."

우리와 관련된 문제가 아님을 알았어도 난 긴장을 풀지 않았다.

이 정도까지 얘기한 걸 보면 분명 어딘가가 심각하게 틀어진 거다.

'설마 일본인가?'

혹 그들이 살리나스를 얕잡아 보고 성의 없게 움직였다면?

멕시코가 미국처럼 한국부터 들른 게 마음에 들지 않음을 어필했다면?

꾹 참은 미국과의 정상회담과는 달리 어떤 방향성을 탔다면?

'대체 뭔 짓을 한 거야? 미친 새끼들이.'

태어날 때부터 금수저에 초엘리트 코스를 거쳐 제왕의 자리까지 올라온 살리나스가 섭섭함을 이기지 못하고 나에게까지 토로할 정도라면 작은 일은 분명 아니었다.

그러나 살리나스는 내가 무슨 말을 하기도 전에 자신이 생각하는 바를 말했다.

-내일 조국으로 돌아갈 것이오.

"네?!"

-오늘 전화한 이유는 미스터 오가 언제쯤 멕시코로 올 건지 궁금해서였소. 언제 오는 거요?

"아…… 그게 지금 짐 싸는 중입니다."

-짐을 싸다니?

"대통령님이 일본순방 중인 틈을 타 샌프란시스코로 가 밀린 업무 좀 보고 바로 멕시코로 넘어갈 생각이었거든요. 제가 먼저 도착해서 대통령님을 맞이할 생각이었습니다."

-하하하하하하, 그랬소? 이거 듣기만 해도 기분이 좋군요.

의례 하는 소리로 안다.

"아닙니다. 확인해 보시면 아시겠지만, 이틀 전에 티켓팅을 끝낸 상태입니다. 내일 아침 출국이고요."

-허어, 진짜요? 이거 내가 또 미스터 오를 재단했는가 보오. 미안하오. 진심을 의심해서.

"대통령님과의 우정을 하찮은 말로 훼손할 생각은 일절 없습니다. 행동하고 실천하고 약속을 지키는 것으로 저는 저를 계속 보일 테니까요."

-이거 내가 일본에 오는 바람에 생각이 많아진 것 같소. 미안하오. 대신 이번엔 내가 먼저 가서 타코와 메르칼을 준비해 놓겠소. 마리아치도 근사한 이들로 꾸려 놓고. 이거로 용서해 주시겠소?

"용서는 사과하셨을 때 이미 했습니다. 저도 대통령님과의 재회를 고대하겠습니다. 키스 오브 메르칼과의 뜨거운 만남도요."

전화를 끊고 나서도 황당했다.

대체 일본은 무슨 생각으로 살리나스를 홀대했을까.

사실 일본 일정까지 잡아 놨다고 하길래 제일 긴장한 건 나였다.

괜히 죽 쒀서 남 주는 게 아닌가 싶기도 하고.

현재 일본의 자금력은 기축통화인 달러를 넘볼 만큼 강력했으니 멕시코에서 경제전쟁이 붙으면 돈으로는 우리가 배겨 낼 도리가 없었다.

"이 무슨 조화인지. 하늘이 한국을 돕나?"

"무슨 일인데요?"

"일본이 살리나스를 아프리카의 작은 나라 대통령처럼 대했나 봐."

"네?!"

"내일 출국한대. 모든 일정을 취소하고."

"무슨 일인지는 몰라도 단단히 화난 모양인데요. 외교적 결례를 감수하고 움직일 정도라면."

"왜 그랬지? 멕시코에도 일본인이 많이 살지 않나? 서로 힘 합치면 시너지가 많이 날 텐데."

사실 멕시코는 내가 등장하기 전까지만 하더라도 일본과 훨씬 가까운 나라였다. 돌아다니는 차도 일제가 많았고 전자제품도 일제를 많이 선호했다. 교민도 일본 출신이 훨씬 많았고 그들이 쌓은 부는 한국의 교민과 비교해서도 압도적이었다.

즉 일본행은 살리나스가 계획한 아시아순방의 핵심이라 할 수 있었다.

모든 게 다 우월했고 기술부터 받을 것도 많았으니 잔뜩 기대하고 갔는데…….

난 돌아간 이유를 나중에 그와의 술자리에서 들었다.

처음 그를 마중 나온 사람이 외무상이었다고. 예의를 갖췄지만, 총리는 총리관에서 나오지도 않고 그가 올 때까지 코빼기도 보이지 않았고 총리관에 들어서고 나서도 30분이나 기다려서야 겨우 기어 나와 손이나 내밀었다고. 순간 구걸하러 온 거지 느낌을 받았다고. 대통령이 공항까지 직접 나온 우리가 생각났다고. 규모는 좀 줄이긴 했지만, 형식은 미국과 엇비슷하게 맞춘 우리의 대접이 너무 생각났다고. 비로소 일본이 인식하는 멕시코가 어떤지 실감해 버렸다고.

이 소식이 곧장 멕시코 공영방송 전파를 타고 전국적으로 흘러나갔다.

다음 날로부터 일본에 대한 멕시코의 인식이 바닥을 찍은 건 어쩔 수 없는 일이었다.

무시당한 멕시칸 스타일의 분노는 행동력으로 드러났고 거리가 얼마나 살벌해졌는지 한국 교민들까지 태극기를 몸 어딘가에다가 붙이고 다녀야 할 정도라고 했다. 재밌는 건 일본 교민들도 태극기를 가슴에 붙이고 다녔다는데…….

어쨌든 전화위복이 되었다.

나도 한결 가벼운 마음이 되어 샌프란시스코행 비행기에 몸을 실었다.

Chapter 15. IMT-2000?

　여전히 날 환대하는 세 요정 사이에서 오도 가도 못하고 한참을 부대끼고 즐거워했다.

　이럴 때 보면 얘들은 꼭 강아지 같았다.

　주인만 보면 달려와 예뻐해 달라고 꼬리 치는 강아지.

　언제 와도 나만 보고 내가 어딜 가든 따라와 곁에 있는 나의 강아지.

　내 곁에서 포근한 안정감을 찾는 강아지.

　아닌 말로 깨물어 주고 싶을 만큼 예쁘다.

　나도 호응해 보듬어 주고 안아 주고 저들의 반가움이 완전히 가실 때까지 몸을 맡겼다.

30분이 지났나?

조금은 진정된 느낌이 든다.

"근데 우리 여왕님은 안 왔어요?"

이제 돌아보고 이제 찾는다.

"응."

"왜요? 여왕님도 올 줄 알고 준비해 놨는데."

"이제 못 와."

"네?"

"당분간 헤어졌어. 힘들대."

"왜요? 우리 때문이에요?"

눈이 또 슬퍼지려 한다.

"아니야. 집안 문제부터 여러 가지가 겹쳤어. 하지만 괜찮아. 어차피 다시 만날 테니까."

"그렇죠?"

"그래."

연구소로 들어가 라파엘, 제프 등과 다시 인사했는데 얼핏 봐도 벌써 인원이 두 배가량 늘었다.

마음에 들었다.

북적북적. 이제야 회사 같은 느낌이 든다.

본격적인 회의는 잠시 후에 하기로 한 나는 마련된 의자에 앉아 창밖을 보며 차를 마셨다. 한두 모금인가 마셨던가. 제프가 서류철을 하나 들고 왔다.

"쉬시는데 심심하지 않게 읽을거리 좀 가져왔습니다. 보스라면 재미있어 하실 것 같아서요."

"뭔가요?"

묻는 말에도 대답 없이 넘겨주기만 한다.

거기엔 DGO 시스템즈의 30년에 대한 이야기가 들어 있었다.

저번에 부탁한 기획안.

"재밌었습니다. 회사의 비전을 이렇게 제가 만든다는 것도 신났고 그게 이뤄질 거라 생각하니 뿌듯했습니다. 그리고 알았습니다. DGO 시스템즈의 비전을요. 아마도 역사에 길이 남을 것 같습니다. 세계 통신업의 아버지로서요."

"세계 통신업의 아버지요?"

"마음에 드십니까?"

"이루 말할 게 있나요. 우리가 세계 통신업의 아버지라는데."

뒷장을 계속 넘겼다.

이번엔 규모에 관한 얘기였다.

역시나 더 넓은 땅과 더 강력한 인프라를 요구한다. 최첨단 설비도 세상에 없다면 만들어서라도 하겠다는 열의도 있다.

한마디로 돈 얘기다.

그러나 이것이야말로 통신업에서 뼈가 굵은 제프가 그리는 비전이랄 수 있었다.

규모와 내실.

이 두 가지를 융합한 방향성.

다만 결정적인 한 가지가 부족했다.

"좋은 기획안입니다. 이대로 가도 부족함이 없을 것 같고 요."

"그렇습니까? 하하하하, 저의 꿈을 담은 거라 많이 부족할 텐데도 칭찬해 주시네요."

"글쎄요. 지금 세계에서 이 정도 기획안을 작성해 낼 수 있는 사람이 얼마나 있을지 의문이네요. 내가 제프를 선택한 게 잘한 일이었다는 확신이 듭니다."

"과찬이십니다. 그동안 생각하고 있던 걸 꺼낸 거라 아직 여기저기 구멍이 많습니다."

"그거야 있죠. 물론 있습니다. 허나 그건 가면서 충분히 메울 만한 것들이죠. 잘하셨습니다. 이 정도면 A+ 엑설런트입니다."

"감사합니다. 아니, 진실로 감사드립니다. 보스라면 좋아해 주실 줄 믿었지만 이렇게까지 흡족해하실 줄은 몰랐습니다. 감사드립니다. 이제야 비로소 인정받은 느낌이 듭니다."

기쁘다는 표현을 확실히 해 주는 제프였다.

나도 말을 받아 그대로 읊어 줬다.

"누가 뭐라든 내가 인정합니다. 제프는 DGO 시스템즈의 CEO로 완벽한 남자라고."

"완벽한 CEO요? 살며 이런 찬사는 처음입니다."

괜히 눈시울을 적시던 제프가 무엇이 떠올랐는지 화들짝 자세를 추슬렀다. 다시 정중하게 물어 왔다. 눈이 아주 초롱초롱 빛난다.

세상에…… 저 눈이 어딜 봐서 50살 먹은 눈일까.

지금 제프는 우리 세 강아지와 비교해서도 절대 떨어지지 않는 눈을 가졌다.

"부디 부족한 부분을 말씀해 주십시오. 제 몸을 불살라서라도 해내겠습니다. 더욱 완벽한 비전을 만들겠습니다."

"하하하하, 그 부분은 걱정 마십시오. 이따 회의하다 보면 보이실 겁니다. 우리 DGO 시스템즈가 걸어갈 길. 그 우월한 길에 대한 이해도가 훨씬 넓어지겠죠. 시야도 그렇고요. 현재 제프한테 부족한 건 기술력에 대한 이해뿐입니다. 방향성은 충분합니다."

그리고 잠시 후 열린 DGO 시스템즈의 기밀 회의가 열렸다.

이곳에 참석할 권한을 받은 자는 문이 활짝 열린 DGO 시스템즈에서도 단 다섯뿐이다.

제프, 세 요정, 라파엘. 난 번외고.

나는 제프에게 CEO 자리를 맡기고 제일 먼저 주문한 것이 바로 보안이었다.

CDMA 기술이 미국 통신표준이 되고 한국과 홍콩에서 상용화의 길을 걷는 이때 가장 중점적으로 봐야 할 게 바로 요인 경호와 기술의 유출과 산업 스파이라는 것들에 대한 경계였으니까.

제프는 곧장 일반 회의실과 기밀 회의실을 분리하여 도청이나 여러 장난 거리에 대한 배제를 시작했고 실리콘 밸리에서도 유명한 보안업체를 불러 계약을 체결했다.

제프 말로는 펜타곤보다는 못하지만, 실리콘밸리에서 이정도 보안을 갖춘 회사는 없을 거라고 장담했다.

나는 믿었고.

"자자, 먼저 비동기식 기술 개발에 대한 축하를 시작할까요?"

"와아~."

"보스, 케이크부터 잘라요."

"맞아요. 너무 먹음직스러워."

이렇게 돈으로 처바른 기밀 회의실이 나와 윤지연에 대한 환영으로 꽉 차 있다.

테이블 가운데엔 커다란 케이크가 자리하였고 각종 음료와 가벼운 먹거리로 가득하다. 윤지연이 못 온 게 안타까웠지만 뭐 어쩌랴. 아직 어린걸.

일단 먹었다.

먹고 마시고 기분부터 풀고 너저분한 자리이나 서서히 일을 진행하였다.

우선 박수부터.

자자, 박수치세요.

"오늘 비로소 1차 계획에 대한 완료를 선언합니다."

"네?"

"1차요?"

"그럼 2차도 있다는 거 아니에요?"

모두가 먹는 걸 멈추고 날 쳐다보았다.

눈에 의문이 가득하다.

진한 우월감이 차오른다.

이런 맛에 사업하나 보다.

"당연하지. 이거로 통신업이 끝날 줄 알았어?"

"그런 생각은 없었지만……."

"자자, 들어 봐. 이제 언제 어디서든 전화는 가능하게 됐
어. 비록 미흡하기는 하나 문자 메시지도 보낼 수 있게 됐지.
근데 이게 사람들이 원하는 전부일까?"

"또 무엇을 원한다는……?"

"뭐가 문제인……?"

감이 안 잡히나 보다.

힌트를 던졌다.

"생각해 봐. 예를 들어 치즈를 먹다 보면 뭐가 생각나지?"

"좋은 치즈가 있으면…… 와인이요!"

애니카가 소리쳤다.

이쁜 것.

"그렇지. 애니카가 운전한다고 치자고. 차로 시속 10km로 달리다 보면 가슴이 답답해지겠지. 액셀을 밟고 싶지 않아질까? 그런 사람이 안 생길까?"

"그렇긴 한데…… 설마……!"

"애니카, 너도 그 생각이야?"

"마리아 너도?"

"그렇다면!!"

얘들도 드디어 눈치 챘나 보다.

"옳지. 지금은 너무 느려. 전화는 어떻게 돼도 다른 건 너무 느려서 아무것도 안 돼. 그리고 나라를 벗어나면 무용지물이야. 생각해 봐. 너희들이 봐도 내가 참 많이 돌아다니지?"

"네."

"그럼 일본에 가면 일본 휴대폰을 사고 미국에 오면 미국 거를 또 사야 해? 나라마다 전용 휴대폰이 다 있어야 하냐고?"

그제야 마리아가 눈을 크게 떴다.

"유니온을 형성하라는 거죠? 통신망의 유니온!"

"그렇취! 휴대폰 하나로 세계 어디든 다닐 수 있는 통신망. 끊기지 않고 서비스되는 아주 빠른 통신 환경. 그렇게 되려면 뭐가 필요할까?"

"우선 칩셋의 호환성이죠. CDMA 환경에서도 GSM 환경에서도 쓸 수 있든가. 아님, 그에 걸맞은 칩셋을 따로 판매하는⋯⋯."

말을 딱 멈추는 것이 어떤 아이디어가 떠오른 게 분명했다.

하지만 이쯤에서 브레이크를 살짝 걸어 준다.

"옳지. 근데 만능 휴대폰과 칩셋의 이중 생산이란 문제 중 어느 게 쉬울까?"

"그야 당연히 칩셋을 따로 판매하는⋯⋯ 보스! 보스는 정말 천재인가요? 이번에 완성한 비동기식 개발도 다 이때를 위한 거죠?! 맞죠?"

이야~.

하나를 가르치면 열을 안다고.

마리아. 마리아. 마리아.

내가 너를 어떻게 해 줘야겠니.

나는 자리에 앉은 다섯을 보았다.

"동기식, 비동기식을 함께 사용하는 유니온을 만드는 거야. 둘의 장점을 합치는 거지. 그렇게 된다면 통신 속도가 어떻게 되겠어, 라파엘?"

"그, 그건⋯⋯ 그러니까⋯⋯ 그게⋯⋯."

갑작스러운 질문에 허둥대나 기다려 줬다.

그랬더니 아주 알찬 대답을 내준다.

"그렇게 된다면 무선인 걸 감안하더라도 최대 2Mbps는 나올 것 같습니다!"

"옳지. DSL 기술이 유선으로 적용됐다면 8Mbps까지 나오고?"

"맞습니다."

라파엘의 단언에 다시 넷을 둘러보았다.

"생각해 봐. 지금 나오는 것들은 기껏해야 14.4Kbps나 빨라도 64Kbps의 속도야. 상대가 되겠어? 아니, 2Mbps라면 대체 어떤 걸 할 수 있을까? VOD도 휴대폰으로 볼 수 있을까? 이미지도 보낼 수 있을까? 이런 세상에 14.4Kbps 속도로 달리는 GSM 따위가 감히 우리 DGO 시스템즈를 따라올 수 있겠어?"

"보스는! 유럽도 가져오실 생각이십니까?!"

제프가 벌떡 일어났다.

"왜 못 가져옵니까? 우리의 환경은 수천억을 들여 만든 그들의 것보다 훨씬 우월합니다. 신나게 캐논포나 만들라고들 하시죠. DGO 시스템즈는 미사일을 만들 겁니다. 그것도 미국이나 소련처럼 ICBM 같은 걸 만들어 전 세계를 초토화시킬 겁니다. 이게 불가능하다고 보이십니까?"

3G 얘기였다. 본래는 IMT-2000이라 불릴 기술.

2000년도에나 나올 기술이다.

태생은 GPS 위성에 대한 로열티 문제가 거론되면서 유럽과 일본이 개발한 기술이고.

이름하여 W-CDMA.

GSM 기반의 업그레이드 기술이며 동시에 가입자 수용 능력 측면에서 CDMA 기술의 일부도 인용한 기술이기도 하여 통신 기술의 짬뽕탕이라 보면 쉽다.

하지만 영향력은 결코 간단하지 않았다.

통신부터 데이터 이동 속도마저 비약적으로 상승, 휴대폰 하나로 온갖 작당을 할 수 있는 시대로 갈 마지막 단추가 될 기술이었으니 고로 이게 기반이 되지 않는다면 통신의 세계망 실현은 아예 불가능하였다.

동시에 충분한 커버리지 실현도 중요한데 이 시점엔 소프트웨어와 하드웨어의 균형적 발전이라는 숙제가 있었으나 우리 DGO 시스템즈는 그런 생각까지 할 필요는 없었다.

무조건 새 시대를 열 구상만 하면 끝.

나머진 자기네들이 알아서 따라오면 된다.

"자, 우리에게 남은 건 동기식과 비동기식의 효율적 호환이겠죠. 어! 진짜 몰랐어요? 내가 설마 이 둘을 따로 놀게 할 줄 알았어요? 경영자는 가진 자원의 최대한을 뽑아내야 할 줄 알아야 합니다. 자자, 잡생각은 금물이에요. 이게 어떻게 휴대폰에 적용될지는 나중에 생각합니다. 현재 기술력으로는 당연히 실현 안 되죠. 근데 말이죠. 그렇다고 기술을 멈춰야 합니까?"

"……."

"……."

고개를 도리도리 젓는다.

아니라는 거다.

말은 안 하지만 절대로 아니라고 이들이 눈으로 몸으로 말하고 있었다.

"맞아요. 기술은 기술이고 현실은 현실이죠. DGO 시스템즈의 비전은 곧 세계인의 비전이 될 겁니다. 그렇다면 우리의 역할은 뭘까요? 당연히 우린 세계인의 기대에 마땅히 호응해 줘야 할 의무가 있겠죠. 자, 여기에 반대하시는 분?"

"……."

"……."

아무도 손드는 사람이 없다.

오히려 너무 벅차 두 손으로 자기 입을 가린다.

연구자로서 기술자로서 자기의 기술이 세계인의 비전이 된다는데 목숨 안 걸 놈이 있을까. 그것도 핵폭탄 같은 게 아닌 모두가 좋은 쪽으로 간다는데.

탕!

테이블을 쳤다.

"나가세요. 이럴 시간 있습니까? 어서 가셔서 수정하시고 달려드세요. 여러분이 갈 길이 험난한 걸 알아요. 근데 가라고요. 명령입니다. 가서 길을 만드세요. 세계인이 따라올 길 말이에요. 사명감을 가지세요. 이름을 남길 일입니다. 뭐 합니까? 그 이름을 남에게 넘겨줄 겁니까?"

후다닥.

후다닥.

꽁지에 불붙은 것처럼 뛰쳐나간다. 제프는 엄지를 추켜세
우고.

만족한 나는 곧바로 멕시코로 날아갔다.

그리고 공항에서부터 날 기다린 살리나스와 함께 대통령
궁으로 이동해 또 밤을 새워 술을 퍼마셨다. 일본 뒷담화나
하며.

Chapter 16. 버블버블

멕시코에서의 생활은 너무나 바빴다.

아침이면 멕시코 경제발전회의에 참가해 멕시코의 현황을 뿌리부터 외울 만큼 반복적으로 들어야 했고, 점심이면 텔멕스로 출근해 카를로스 슬림과 방향성을 논하고 파견 나온 한국 근로자들을 위무해야 했다. 또 저녁엔 살리나스의 복심으로서 긴밀한 의견을 개진해야 했고.

어찌나 바쁘고 만날 사람이 많은지 열라 기름진 음식과 술을 퍼붓는대도 몸이 마른다.

잠깐 사이 살이 3kg이나 빠졌다.

좋지 않은 현상이라 몸을 추스르기 위해 한 사흘 휴가 냈던가.

근데 또 갑자기 한국에서 한·멕 공동경제개발단이 도착해 가이드가 됐다. 그들과 함께 멕시코 사업 현황과 현실적 시장성을 설파해야 했다.

공사다망한 생활이 계속 이어졌다.

그만큼 여기저기에서 발전이 이뤄져서인지 한국인에 대한 이미지가 아주 좋아졌다. 가는 곳마다 친절하게 인사하고 가진 게 있으면 나누고 나는 이참에 가는 마을마다 애들 놀이터를 하나씩 지어 줬다. 이젠 한국인이라 하면 엄지부터 추켜세운다.

그러나 아직 멀었다.

난 멕시코에서 학교도 세우고 병원도 세우고 많은 것을 할 생각이었다. 한글이, 한국인이 자연스럽게 녹아 들어갈 수 있도록 여러 환경을 조성할 계획이다. 앞으로도 쭈욱.

반면 일본에 대한 이미지는 최악으로 치달았다.

멕시칸 스타일은 한번 꽂히면 끝을 봐야 한다.

살리나스 건을 기점으로 그동안 숨겨졌던 불만이 튀어나오기 시작했다. 멕시코 등에 붙어 피나 빨아먹는 모기처럼 형상화됐는데, 어느 순간 일반상점이라도 입구에 'NO JAPAN'이라는 팻말이 걸려야 손님이 들어왔고 일본인이 운영하는 상점은 파리 날리는 건 양호, 밤만 되면 부서지고 도난당하고 난리였다.

더 이상 친구가 아니었다. 착한 일본인이 훨씬 많았음에
도 일본인은 그들에게 악독한 종족이 돼 버렸다.

그즈음 제프에게서 전화가 왔다.

"네, 제프."

-AT&T에서 자본금 증설을 위한 회의를 개최한다고 합니
다. 참석하셔야 되지 않겠습니까?

자본금 증설이라.

때가 온 모양이다.

나에겐 아직 삼촌이 준 30억 달러 중 15억 달러가 남아 있
었다.

"그 건은 제프가 알아서 하세요."

-제가요?

"제프가 DGO 시스템즈의 CEO잖아요. 자신 있게 밀어붙
여도 됩니다."

-아아…… 여기까지 생각은 안 해 봤는데 보스께서 그리
하라면 그렇게 하겠습니다. 그럼 저번에 말씀하신 대로 2억
달러까진 움직여도 되는 겁니까?

"5억 달러까진 무난하게 쏘겠습니다. 모자라면 10억 달러
까지 리미트를 드릴게요. 나간 김에 이번엔 제프가 한번 상
황을 주도해 봐요."

돈 싸움은…… 아니, 어떤 싸움이라도 기선 제압이 중요하다.

-10억 달러요? 제가 10억 달러를 불러도 된다는 말씀이십

니까?

"당신의 보스를 믿으세요. 이참에 헨리 버크만에게 경고하는 의미도 있으니까요. 감히 나의 제프를 홀대하다니. 비록 지난 일이라도 참을 수가 없네요. 난 제프를 위해서라면 10억 달러도 감수할 수 있는 사람입니다. 잘할 수 있죠?"

-보스…… 맡겨 주십시오. 보스의 기대에 걸맞은 행동을 하고 오겠습니다.

"제프라면 잘할 수 있을 거예요. SBC나 인텔 따위에 밀리지 마세요. 돈도 기술도 우리가 갑입니다."

-보스, 믿어 주셔서 감사합니다. 기필코 우위를 선점하고 오겠습니다.

그래야 할 거다.

반드시 그래야 한다.

약자는 이제 그만.

그렇지 않아도 저번에 그 일을 겪은 뒤 난 씨티은행 CEO부터 만났다.

만나자마자 다짜고짜 이런 말부터 던졌다.

한 번만 더 내 계좌 내역이 다른 이들의 입에 오르내린다면 주 거래 은행을 옮기겠다고. 내가 씨티를 선택한 건 오로지 사업할 시점에 가장 가까이 있었던 것뿐이라고. 긴말 안 하겠다고.

씨티은행은 부인했지만, 또 그리 아쉬운 눈빛은 아니었다.

확실히 DGO 인베스트의 100배도 넘는 자금운용사에 대한 경고로는 너무 시답지 않은 것 같긴 했다.

그래서 한 번 더 날려 줬다.

내가 주 거래 은행을 옮기는 날 씨티은행은 이 일을 대외적으로 설명해야 할 거라고.

그제야 움찔거린다.

난 가진 돈보다 명성이 높은 자였다. 내 말은 어떤 식으로든 이슈가 될 테고 고객의 정보를 제 마음대로 흘리고도 무사할 은행은 어디에도 없었다.

최소한 CEO의 목은 자를 수 있었다.

"두고 보면 되겠지. 현장의 얘기를 듣다 보면 이들이 내 정보를 알고 있는지 없는지 알 수 있을 테니. 근데 옮긴다면 어디로 가야 하나? 웬만하면 거래 수수료를 면제해 주는 데가 좋겠는데."

생각난 김에 협상해 보는 것도 좋겠다.

지금은 돈이 없으니까 더 좋으려나?

아니구나. 돈이 더 있어야 씨티은행에 위협이 되겠구나.

"빨리 일본이 개박살 나야 할 텐데."

그래야 내 수중에 돈이 생긴다.

하나가 망해야 하나가 뜨는 상황이 아이러니했지만, 인류사가 원체 이런 일의 반복이었으니 딱히 자책감 같은 건 들지 않았다.

우월한 위치에서 마음껏 갑질이 가능하게 할 원동력은 역시 돈이었다.

"그때 보자고. 씨티은행. 아주 탈탈 털어 주지."

다시 한 달 정도가 흘렀다.

멕시코도 중요했지만 일본 시장도 이제 승부처라 난 하루 단위로 앨런과 통화하였다.

일본은 아직도 제 죽을 줄 모르고 난리란다.

한 달 사이 1200P가 상승하고 세계 최초로 40000P을 찍을 거라고 온 나라가 축제다. 투자종금의 잔액이 어느새 40조 엔을 넘어가고 민영화를 시작한 NTT 주가가 한 주에 400만 엔을 찍어 버렸다.

돈을 아주 삽으로 퍼붓는 중이었다.

"미친 것들."

다들 미쳤다.

현금 흐름은 신경 쓰지 않고 자산 불어나는 것만 줄기차게 쫓아가는 기업도 그렇고 가계는 저축 없이 오늘 하루를 즐기기에만 바쁘다. 대출금이 줄창 늘어 가도 위기의식조차 없다.

이런 게 바로 흑자도산의 지름길이었다.

난 즉시 앨런에게 보유 주식을 몽땅 처분하고 시장에 남은 옵션이란 옵션을 모두 긁으라 지시했다. 공매도도 있는 대로 다 끌어모으고.

500억 엔 정도 남은 터라 자금은 충분하였다.

충분한데…….

신나게 긁어모았는데…….

그렇게 또 난 그 일로 인해 며칠이 지나지 않아 어떤 중년 남자의 방문을 받아야 했다.

이름이 조지 소로스란다.

씨벌, 조지 소로스가 날 찾아왔다.

"반갑습니다. 퀀텀의 조지 소로스입니다."

"저도 반갑습니다. DGO의 오대길입니다."

얘가 드디어 날 찾아왔구나.

"동양에 승천하는 용이 있다더니 바로 미스터 오를 뜻하는 바였더군요."

"그렇습니까? 과찬이십니다."

"아니에요. 누구보다도 뛰어나신 분이시더군요. 살며 많은 인재를 봐 왔지만, 미스터 오만 한 사람은 처음입니다."

"칭찬 감사히 받겠습니다. 여기 메스칼이 맛이 좋습니다. 잠시 목부터 축이시지요."

사실 이 사람과는 별로 얘기하고 싶지 않았다.

언젠간 만날 거라 생각했지만, 굳이 신경 써서 만나고 싶지는 않은 사람.

내 기억 속 조지 소로스는 천상계의 인물이나 마찬가지였다. 투자업계의 신화적인 인물. 일화로 IMF를 유발했으면서도 뻔뻔하게 찾아와 당시 대성그룹에 이런 제안을 넣었다고 들었다. 주택은행을 인수하라고.

그 외엔 딱히 접점이 없었다. 영화나 그림 속 인물로만 생각될 정도로…… 이번 건만 지나면 관계없겠지 했는데…….

아니었다.

말을 여러 번 돌려도 그는 굳건히 자기 얘기를 하였다.

"훌륭하더군요. 시점을 짚으신 건가요?"

"무슨 말씀을……."

"88년부터 배우 하나를 박아 두셨더군요. 그 배우가 어찌나 잘해 왔던지 우리가 가져갈 몫까지 싹 쓸어 가 버렸지요. 덕분에 퀀텀은 DGO가 흘린 걸 찾기에도 버겁게 됐답니다."

"……무슨 말씀이 하고 싶으신 건가요?"

"그냥 뵙고 싶었습니다. 우리의 계획이 완벽했다고 봤는데…… 사실 너무 충격적이라 내사를 좀 진행했지요. 근데 어디에도 내통한 흔적이 없었습니다. 참으로 통쾌하게 진 거죠. 이렇게 허무하게 무너질지는 정말 몰랐습니다."

"……."

확실히 내가 아니었다면 천문학적인 금액을 벌었을 그들이었다.

하지만 앨런으로 인해 시장에 옵션이 더 풀린 건 사실이었다.

그 정도라면 이들도 자기 몫은 충분히 가져갔으리라 봤는데, 아니었나? 그렇지 않아도 85년 플라자합의로 일본에서 벌 만큼 벌었던 이들인데…….

결국 내가 가져간 것이 너무 커 보인다는 소리 같았다.

"세상이 천재라고 불러도 사실 인정하지 않았습니다. 제 주위엔 워낙에 그런 부류들이 많으니까요. 헌데 그 천재에게 이렇게 당할 줄 몰랐습니다. 알았다면 미리 손 좀 써 놓을 걸 그랬어요. 하하하하하."

농담도 참 살벌하다.

앞으로 주시하겠다는 말이 왜 이렇게 기분 더러운지 모르겠다.

단도직입적으로 물었다.

"절 거기까지 판단하셨다면 앞으로 자주 마주치겠네요."

"그런 느낌이 강하게 듭니다."

"저와 적이 되자고 여기까지 오신 건 아닌 것 같은데, 원하시는 게 뭡니까?"

"워워, 나쁜 목적으로 온 건 아닙니다. 말 그대로 한번 뵙고 싶었죠. 일생을 두고 계속 부딪힐 것 같은 라이벌의 탄생을 두 눈으로 목격하고 싶었으니까요."

"저를 인정하시겠다는 말씀으로 알아들어도 되겠습니까?"

"앞으로 1년이 되지 않아 업계에 우뚝 설 별이시니 그에 해당하는 권리도 받으셔야겠죠."

"좋게 봐주시니 감사합니다."

"언제 한번 초대하고 싶습니다. 시간이 되시면 꼭 와 주시길 부탁드립니다."

"물론이죠. 세계적인 투자가와의 만남은 언제나 즐거운 법이니까요."

나가는 그의 등을 보는데 용인에 있는 에버월드 사파리가 떠올랐다.

잘 살다 어느 날 갑자기 합사된 호랑이들은 그곳에서 이미 터를 잡은 사자를 보고 어떤 기분이 들었을까.

산 몇 개를 영역으로 두며 객체 생활을 하는 호랑이와 평원을 무리 지으며 군림하는 사자의 만남.

느낌상으로 호랑이가 살짝 밀린다.

호랑이는 기습이 특기고 독고인 반면 사자는 초원에서 살아온 만큼 정면 대결이 익숙하다. 무리로 덤빌 줄도 알고.

조지 소로스는 평원의 지배자였다. 주위에 친구도 많고 명성으로는 나로선 따를 수 없을 만큼 높았다. 한두 번의 기습이라면 모를까 정면 대결로는 역시 방법이 없었다.

하지만 역시 웃음이 났다.

재밌었다.

근데 이걸 아는가?

나는 그저 그런 호랑이가 아니다. 나를 동남아의 주먹만한 뱅골 호랑이로 본다면 큰코다칠 것이다.

난 북녘의 광활한 대지의 지배자 시베리아 호랑이니까.

사자 녀석 따위 한 번의 후려침으로 해치울 수 있으리라 믿는다.

때가 되었다.

12월 1일이 지나고 다음 개장일인 12월 4일 월요일이 되자 일본의 주식시장에 묘한 기운이 감돌기 시작했다.

희한했다. 무슨 사고가 터진 것도 아닌데 서서히 가라앉는다.

잘 떠다니던 풍선에서 바람이 빠지는 것처럼, 오뉴월 가랑비에 옷 젖는 것처럼, 조용히 꾸준하게 떨어지기 시작하는데 글쎄 보름도 안 돼 500P나 빠진다.

그즈음 사람들의 뇌리에도 적신호가 켜졌다.

조금만 참으면 올라갈 것 같은데……가 아닐 수도 있다!

역시나 아무리 기다려도 올라가지 않는다. 도리어 폭폭 빠지고 자산이 깎이는 소리가 천둥처럼 들린다.

이러다 무슨 일이 일어나는 게 아닌지.

이러다 쪽박 차는 게 아닌지.

겁을 먹기 시작했다.

일부 인사들이 이 현상을 외국인 투자가들이 옵션을 행사하기 시작해서 그렇다고 막아 보려 열불을 토하지만 말 몇 마디로 지금껏 까먹은 돈이 돌아오는 건 아니었다.

그리고 진실도 그것이 아니었다.

앨런이 전한 바로는 일본중앙은행이 금리를 대폭 상승, 강력한 통화환수 조치를 시행했단다. 오우야~ 시중에 돈줄이 말라 버린 거다.

화무십일홍이라.

10년에 달하던 일본 경제의 득세가 비로소 막을 내리고 있었다. 그리고 한도 끝도 없는 침몰이 시작되려 하였다.

사람들도 그제야 깨달았다.

per 67에 달하는…… GNP 40000달러에 달하는 성숙으로 가는 나라에 주가수익비율 67배가 가당키나 한 숫자인가. 석유가 터진 신흥 국가도 아니고.

'버블'이라고 밖에 표현할 길이 없었다.

앨런에게 서둘러 미국으로 피신하라고 전했다. 직원들에게도 반년간 유급휴가를 준다고 고향으로 돌아가라 했다.

지금은 괜찮지만 90년이 오고 하락이 본격화되면 DGO 인베스트는 차라리 눈에 안 띄는 게 좋았다. 잘못 돌아다니다 걸리는 순간 폭파될지도 모른다.

눈이 뒤집힌 그들…… 증권사와 투자종금을 혼자 힘으로 어떻게 막을까.

무슨 애긴지 알아들은 앨런은 사흘이 안 돼 회사의 문을 걸어 잠그고 미국으로 튀었다. 어차피 같이 일하는 직원들도 미국 출신이라 상관없었다. 여친 나리코도 앨런을 따라 미국 으로 갔다.

준비는 끝났다.

이제 기다리기만 하면 되리라.

이 오대길이가 오랜 침묵을 깨고 본격적으로 세계 무대에 뛰어들 시간이 다가오고 있는 거다.

그때가 되면 사자고 뭐고 내 앞을 막는 건 다 때려잡을 수 있다.

난 이미 그럴 자격이 있고 내 명성도 거기에 부족하지 않 으니까.

"후후후후……."

흐뭇하게 웃고 있는데 한국에서 또 전화가 왔다.

보통 사람이다.

그가 이렇게 말했다.

까불지 말고 얼른 들어오라고.

니가 할 게 있다고.

"아, 넵. 금방 들어갈게요. 충성!"

아직 으르렁거리긴 이른 시간가 보다. 젠장.

Chapter 17. 섬이나 하나 만듭시다

청와대에 들어가기에 앞서 제프에게서 연락이 왔다.

AT&T 지분 조율 협상이 너무 오래 걸렸다고.

자초지종을 들어 보니 제프가 좀 심하게 들이대긴 했다.

내 계좌에 돈이 많은 걸 몰랐던지 자본금 증액으로 10배를 부르며 깔보던 그들 앞에 제프는 그거로 되겠냐고 아예 처음부터 50배를 불러 버렸다는 거다.

50억 달러로 가자고.

그때부터 온갖 공격이 날아왔다고 했다.

장난하냐고. 돈이 있냐는 것부터 돈이 있다면 그 돈이 어디에서 났냐는 것까지 무례도 이런 무례가 없었다고 제프가 분통을 터트렸다. 보스께서 이런 대접을 받았냐는 거다.

그래서 더 우겼다고 했다. 헨리 버크만이 무슨 말을 하든 하나하나 족족 논리로 깨부수고 어차피 100억 달러로 갈 회사라면 지금부터 50억 달러 수준으로는 가야 추후 시장의 변화에 적응할 수 있다고. 따라오지 못할 거면 빠지라고. 대차게 싸웠 댔다.

의외로 미 행정부가 관망하는 태세라 헨리 버크만과 앤디 그로브도 크게 힘쓰지 못해 협상의 주도권을 쥘 수 있었다고 자랑하는데 나도 기뻤다.

제프가 일을 제대로 해 줬으니까. 이로써 헨리 버크만의 그늘에서 완전히 벗어났으니까.

결국 자본금 30억 달러 수준으로 조정했다고 한다.

이 와중에 갑자기 자금을 쥐어짜 내야 했을 SBC와 인텔이 얼마나 힘들었을지는 두말하면 입만 아프고.

통쾌한 마음으로 청와대로 들어갔다.

비서실장이 입구에서부터 나를 맞이했고 간단한 인사와 함께 대통령 집무실로 이동했다.

대통령은 날이 갈수록 신수가 훤해졌다.

얼굴에서 아주 빛이 난다.

상법에 양덕(陽德)이라는 구절이 있는데 널리 인간을 이롭게 하는 것과 일맥상통한 얘기다. 아마도 그 덕이, 그 칭송이 모여 대통령의 관상을 변화시키는 것 같았다.

그러니까 나는 그렇게 믿었다.

"야가 와 이리 말랐노? 반쪽이 됐네. 살리나스 새뀌가 밥도 안 챙겨 주드나?"

첫마디부터 시골 할머니가 손주 걱정하는 투의 대통령이었다.

이렇게 표현력도 많이 발전했다.

그리고 보니 잠시 안 본 사이 불쑥불쑥 튀어나오던 날카로움도 거의 사라졌고 온화만이 가득하다.

"잘 계셨어요? 아주 좋으신데요. 엄청 잘생겨지셨어요."

"잘생겨졌다꼬?"

"네."

"긋나? 노주현이처럼 괜찮나?"

싱긋 웃는다.

"어떻게 탤런트랑 비교하세요. 더 잘생겨지셨어요."

"하하하하하, 좋다. 좋아. 가자. 내 니한테 할 말이 좀 있다."

나를 끌어 테이블에 앉히는 대통령이었다.

다과도 기다렸다는 듯 세팅되고 창밖으로 차갑지만 환한 햇살이 비추고 참으로 보기 좋고 한가한 풍경이었다.

"그거 들었나?"

"뭘요?"

"아직도 모르나? 살리나스가 엄청 부려먹었나 보네. 짜슥

이 우리 보물 데려갔으면 밥이나 잘 멕이지. 그 쉐끼 못 쓰겠네."

"하하하하, 매일 찾아오셔서 멕시코 산해진미를 챙겨 주시는데요. 저 어디 가지 말라고 원한다면 멕시코 국적도 주겠다고 하시던데요."

"뭐라꼬?! 이게 어디서 우리 대길이를 날로 물라 카노. 그 따구로 나오면 전쟁이라 캐라. 알긋나?!"

"넵."

"단디 말하래이. 니는 어디에도 안 된데이."

"그럼요. 제가 어딜 가겠어요."

"좋다. 이제 말해 줄꾸마. 이번에 반민특위 하믄서 니도 들었겠지만 돈 좀 긁어모았지 않겠나? 아새끼들 뒤로 꿍쳐 놓은 거 있는 대로 박박 긁었는데…… 내 생각엔 더 있을 것 같긴 한데도 일단은 정산부터 해 봤다 아이가."

두서없이 얘기하는데 반민특위로 추징한 재산을 말하는 것 같았다.

"아아, 네."

"근데 얼마나 나온 지 아나?"

씨익 웃는다.

저 웃음이 왠지 모르게 불안하다.

"으음, 멕시코로 가기 전에 한 20조는 된다고 하던데요."

"30조다. 다 못 팔아먹었는데도 돈만 30조다."

"네?!"

"니도 놀랐제? 나는 어떻겠노. 고작 수천 명 때려잡았는데 돈이 30조 나온다 아이가. 니는 이게 말이 된다고 생각하나?"

"허어……."

"나도 이해가 안 가서 하나씩 살펴봤다. 이놈들이 아주 고리대부터 돈 도는 데는 안 낀 데가 없는 기다. 뒤 봐주는 공무원부터 경찰, 검찰. 아주 거미줄처럼 얽혀서 권리 찾으며 도망 다니는데 다 잡아 쥑일라다 말았다. 개쉐끼들이."

그중 가장 큰 건은 두 언론사와 롯사 그룹일 것이다.

하지만 대통령의 근심은 이게 아니었다.

다음이 본론이었다.

"근데 말이다. 큰돈이 생겨서 좋긴 한데 내 가만히 생각해 보니까 이걸 우리가 건드려선 안 될 것 같단 말이지. 니도 함 생각해 봐라. 이 돈이 어떻게 모인 돈이고. 일제 36년 동안 흘린 피 때문에 얻은 돈이 아니겠나? 잘못 건드렸다간 죽어서도 편히 못 있을 것 같고. 또 어설픈 놈한테 맡겼다간 어디로 줄줄 샐지도 모르겠고……."

역시 말하는 폼새가 이상했다.

위험신호가 마구 찌른다.

도망가고 싶은데…… 도망가야 하는데…….

"그래서…… 니가 함 맡아 봐라."

"네?!"

"아무리 돌려봐도 니만 한 놈이 없다 아이가. 사실 어떤 놈도 믿을 수 없다는 게 서글프다. 고양이한테 생선을 맡기는 것도 아니고 이 큰돈을 만져 본 놈도 없고. 니처럼 확실한 놈도 없고."

"아, 아니, 그게……."

"대길아. 니 바쁜 거 알고 있는데 이번 한 번만 도와도고. 내 이렇게 부탁한다."

"근데 저는 SD 텔레콤도 맡고 있고……."

"그거 관둬라. 지금 그기 중요하나? 대충 길이 올랐으니까, 거 뭐시냐? 최순명이 있다 아이가. 가가 알아서 잘하대. 가한테 맡기고 니는 일로 와서 이 돈을 어떻게 할까 궁리나 해도고."

"대통령님……."

"자쓱아, 대통령님이 뭐고. 우리 친구 아이가."

다짜고짜 어깨동무하는데…….

씨벌.

하늘이 노래진다.

잘해도 본전이고 뭘 해도 시궁창인 일을 나보고 하라니. 이제 막 날개를 달아 하늘로 날아오르려는 나에게…….

내가 이래서 이 근처로는 고개도 돌리지 않았는데. 저 먼 멕시코에 있는 놈을 기어코 불러다 하는 소리가 결국 이거라니.

아무것도 손에 잡히지 않았다.

막 세계로 내달릴 준비를 끝냈는데…… 발목을 사정없이 잡아 버린다.

"하아~ 씨벌. 죽을 때까지 말썽만 일으킬 똥통을 나보고 말으라니. 대통령이 날 버리려는 건가. 죽겠네."

혼자 있고 싶었다.

아니, 당분간 아무도 만나고 싶지 않았다.

크리스마스가 지나고 연말의 흥청거림이 한국의 밤거리를 흔드는데도 아무것도 보이지 않았다.

난 혼자였고 계속 혼자였다.

그 와중에 새해는 잘도 밝았다.

희망찬 새해라고 어제나 다름없을 오늘을 기리며 지랄들을 하는데 괜한 의미 두는 것도 싫었고 연락 두절한 김에 어디 두메산골이나 파고들고 싶었다.

그런데 어떻게 알았는지 예전 대천까지 찾아왔던 경호실장이 내 앞에 나타났다.

"대통령님이 부르십니다."

씨바.

또 끌려갔다.

갔는데 사람이 무지하게 북적인다.

무슨 행사를 하나 보다.

그제야 정신이 번쩍 들었다.

'아!'

이대로 간다면 난 꼼짝없이 그 돈을 맡아야 한다. 아니, 기정사실이다. 이렇게 있다간 엿 되는 뿐만 아니라 아예 엿에 몸을 담근다.

이때 필요한 건 뭐?

한 열흘 멍 때리며 휴식한 뇌가 맹렬히 돌기 시작했다.

지옥의 구렁텅이 같은 집무실이 열리며 지옥의 화신인 대통령이 환히 웃으며 나를 맞이했다.

"어서 온나. 준비는 잘했제?"

"……."

정말 끝이구나.

내 인생은 이제 이거로 막을 내리는구나 싶었다.

아랫배에 단단히 힘주고 물었다.

"기어코 저 시키시려는 거예요? 이 일을요?"

"니밖에 없다고 안 캤나. 내 좀 도와도고. 둘러봐도 내는 니밖에 없다. 친구야, 니밖에 없다 아이가."

다짜고짜 친구 외치는 그에게 이 악물고 물었다.

"진짜 저밖에 없어요?!"

"왜 없겠노. 서로 못해서 난리다. 아니, 지들끼리 싸우고 생난리다. 근데 내가 절대로 안 준다. 니도 알겠지만 내가 살아 보니까 지가 하겠다는 놈이야말로 절대로 시켜 주면 안 되는 기라. 이 일이 어떤 일인데 뭘 하겠다는 놈한테 맡기노.

친구야, 니가 진짜 적임자다. 한 번만 도와도고. 내 이렇게 부탁할게."

이렇게까지 애절하게 말하는데…… 사실 나도 이 자리가 이상한 놈들에게 넘어가는 건 싫었다. 잘 쓰면 구국의 자금이 되지만 잘못 쓰면 눈먼 돈이 될 게 뻔한 사업.

하이에나 같은 놈들에게 맡기느니 차라리 내가 하는 게 속 편했다.

"그럼 몇 가지 조건이 있는데 들어주실 수 있으세요?"

"뭐든 말해라. 무조건 들어주께."

"알았어요. 제가 원하는 건 말이죠."

순식간에 지나간 몇 가지 조건에도 대통령은 그까짓 것이라는 표정으로 고개를 끄덕였다.

그리고 난 1시간이 안 돼 자산 30조 원에 달하는 대한민국 최고의 단체를 이끌게 됐다.

광복재단이라고.

그 초대 이사장이 바로 나 오대길이 됐다. 젠장.

일본은 미쳐 돌아갔다.

아노미가 돼 정신을 못 차렸다.

그토록 믿었건만 1월까지 쭉쭉 2000P가 빠지는 걸 본 일본인들은 더 이상 행동을 참지 않았다. 너도 나도 가진 주식을 시장에 내놓기 시작했다.

　우르르르르르.

　마구 쏟아진다.

　마구 떨어진다.

　2월 한 달 만에 5000P가 빠져 버린다. 이 와중에 아르헨티나는 왜 51%나 급락한 걸까.

　미쳤다.

　다들 미쳐 갔다.

　옥상에서 뛰어내리고 다리에서 뛰어내리고 집안에 불내고……

　끝도 모를 추락의 직행열차로 갈아탈 찰나, 일본 정부도 가만히 있어선 안 된다고 판단했는지 증시를 반전시킬 여러 시책을 내놓기 시작했다. 통화환수 조치도 완화, 대출 금리도 낮추고 돈도 막 풀고 부랴부랴 한 게 주효했던지 두어 달 회복세를 보이며 3000P가 상승했다.

　하지만 내 보기에 이건 다시 쳐내려가기 위한 반등이었으니 역시나 어느 시점에 이르자 고개가 꺾이며 천천히 낙하를 시작했다.

　일본은 답이 없었다. 희한한 건 이 와중에도 부동산값이 상승했다는 거다. 물론 얼마 안 가 고꾸라질 거지만.

　"보스, 다들 모여 있습니다."

"그래?"

앨런은 휴가를 반납하고 한국으로 넘어왔다.

한 달 놀더니 더 할 일 없냐고 우는소리 하길래 광복재단 일이나 도와 달랬더니 얼른 달려왔다.

이미 마련된 회의실엔 시중은행의 장들이 모두 불려 와 있었다.

한 20년만 지나면 온갖 갑질의 온상이 될 자들이지만 현재의 은행은 누가 부르면 당장 달려와야 할 존재였다.

그것도 광복재단이라면 실세 중의 실세였으니 안 달려오곤 못 배긴다.

나는 이들이 어떤 숨을 쉬기도 전에 본론부터 말했다.

"사흘 후 광복재단의 주 거래 은행을 정할 겁니다. 지금부터 돌아가셔서 제안서를 작성해 오세요. 가장 훌륭한 은행과 계약을 맺겠습니다."

모든 은행장의 눈빛에 욕망이 돌 때 한 사람만 벌떡 일어나 소리쳤다.

"자, 잠시만요. 저희 조흥은행과 가시는 게 아닙니까?!"

현재 예치된 돈은 모두 조흥은행에 있었다.

"조흥은행은 임시였습니다. 일을 끝낼 때까지 잠시 맡아 두는 역할이었죠. 똑같이 제안서를 가지고 오세요."

"그렇지만 저희는……."

"아아, 그 정도만 하세요. 지금까지 몇 개월간이나 공짜로 맡아 오신 것만도 이득은 다 봤지 않습니까? 참고로 말씀드리지만, 지금 여러분 앞에 앉은 사람은 얼뜨기 공무원이 아닙니다. 월가에서 뼈가 굵은 자들이랑 싸운 사람이에요. 고로 제안서는 최상으로 가져와야 할 겁니다. 어설픈 건 그대로 탈락시킬 테니까요. 한국의 은행이 안 된다면 외국은행을 끌어들여서라도요. 알겠나요?"

다른 은행들은 불만이 없었다.

기회를 주는 거니까. 광복재단과 손잡으면 자그마치 30조 원의 예탁금이 생긴다. 이거면 은행 자체가 단번에 국내 탑이 되는 거다.

하지만 한순간에 위치를 잃어버린 조흥은행은 아니었다. 억울해도 이렇게 억울할 수가 없었다. 결국 선을 넘고 말았다.

"이건 월권입니다. 어떻게 주 거래 은행을 자기 맘대로 바꿀 수 있습니까?"

이게 무슨 개소린지.

"지금 월권이라고 했나요?"

"이 일을 정식으로 항의하겠습니다."

누구한테?

"얼마든지 항의하세요."

뭘 믿고 있는지 씩씩거리며 나간 조흥은행장을 난 차갑게 노려보았다. 역사에서 사라졌던 은행 따위 하나도 무섭지 않다.

헌데 지렁이도 밟으면 꿈틀대는지 다음 날로 광복재단 이 사장의 자질 논란이 툭 불거져 나온다.

기가 막혔다.

아직도 시세파악을 못 하는 언론사가 있나 보다.

내가 움직일 것도 없었다.

그 기사 낸 놈과 더불어 그 위 두 단계 라인까지 단번에 해고당했다. 조흥은행장도 짤리고. 세상은 다시 조용해졌다.

당연한 일이었다.

내가 이 광복재단을 맡으며 내건 조건은 다른 게 아니었다.

향후 10년간 삼권분립에 근접한 독립성의 확보였다.

대한민국에 파생된 어떤 권력이라도 건들 수 없는 완전한 소유였다.

대통령이라도, 과반수가 넘는 의원들의 투표라도, 헌법이라도 건들 수 없는 유일성을 달라 하였다.

물론 국회의 감사는 1년에 한 번 받는다. 현시점 금액에 대한 유지를 목표로 1원 한 푼의 손실이나 배임, 횡령 같은 것들이 밝혀지면 탄핵 사유가 되고 또 그것이 통과되면 난 옷을 벗는다.

그 이외엔 누구도 날 건들 수 없다. 재임도 가능하고 후임자까지 내가 인선하게끔 돼 있다. 이 모든 게 규약으로 깔끔하게 정리돼 내게로 넘어왔다.

즉 앞으로 10년간 광복재단에 관해서는 내가 왕이다.

이렇게까지 해서 날 앉혀 놨는데 날 건드려?

죽고 싶으면 무슨 짓인들 못 할까.

"자, 우리는 마침내 역사를 짓누르는 과거를 청산하고 불법으로 이득을 취한 자들에 대해 정죄를 했습니다. 우리 광복재단은 대한민국의 독립된 객체로써 앞으로 정부가 돌보지 못하는 많은 부분을 대신하게 될 겁니다. 그에 앞서 애국, 순국 지사들에 대해 묵념을 하겠습니다. 그분들 덕에 우리가 이리도 잘살게 됐고 안전하게 됐으니 이처럼 고마운 일이 어디 있겠습니다. 자, 묵념."

독립군 후손으로 구성된 광복재단 인원 100명이 내 앞에 대기하고 있었다.

열기가 아주 이글이글 끓는다.

비로소 인정받고 한까지 풀게 된 삶에 무엇이 더 필요할까.

빨리 무슨 일이든 시켜 달라는 그들의 눈빛을 더 이상 외면할 수 없던 난 바로 내가 생각하던 사업에 착수하기로 했다.

그런데 말을 꺼내기가 무섭게 무슨 소리를 하냐는 눈빛으로 날 쳐다본다. 다들 어이없어한다.

"아니, 제 말이 이해가 안 됩니까? 왜 그렇게들 보시는 거죠?"

"그게……."

"섬 하나 만들자는 게 그렇게 힘든 일입니까?"

"다른 일도 많은데 갑자기 섬을 말씀하셔서…… 그게……
저희가 잘 몰라서……."

"모르면 그냥 따라오세요. 광복재단이 왜 광복재단인지 여
러분한테 직접 보여 줄 테니."

Chapter 18. 바다도 우리 땅이다

땅끝 마라도에서 남서쪽 149km, 일본 토리시마에서 서쪽으로 276km, 중국 퉁타오로부터 북동쪽으로 245km, 평균 수심 50m에 위치하며 남북의 길이가 대략 1800m인 희한한 섬이 하나 저 남쪽 바다에 있었다.

객관적으로 아주 세세히 따진다면 딱히 섬이라 부르긴 어렵고 굳이 풀이한다면 수중 암초 정도인데, 예로부터 제주도 사람들에게는 환상의 섬이라 불리긴 했다. 파도가 10m 이상 심하게 칠 때만 모습을 간혹 드러내는 바람에 전설의 섬으로 묘사된 섬이 하나 있는데 우리는 그 섬을 이어도라 불렀다.

이어도에 대해서는 그다지 자료가 있지 않았다.

1951년 최초로 동판 표지를 가라앉히며 대한민국의 영토라 그 존재를 확인했고 1987년에 들어 등부표를 설치하고 국제적으로 공표했다는 것 외 큰 존재감을 발휘하지 못하다가 나중에 유엔에서 배타적 경제수역에 대한 공표가 있고 중국의 심한 견제를 받게 된다. 해양영토의 중요성을 파악한 중국은 무차별적으로 압박했는데 결국 2006년에 정부는 이어도를 수중 암초로 인정하고 영토 분쟁 지역이 아님을 스스로 선포하는 이상한 짓을 하게 된다. 그럼으로써 이어도는 우리 땅이 아닌 공동관리구역으로 전락하게 된다.

힘의 논리에서 지고…… 국제적으로 호구로 망신당하고.

경술국치를 욕할 것도 없다. 간도를 빼앗긴 것도 욕할 게 없었다. 2006년에도 멀쩡한 땅을 남에게 빼앗겼으니.

"이어도가 우리 섬인 게 공인되고 안 되고가 얼마나 큰 차이인지 개념도 없는 것들이……."

당시 대통령이 이 사실을 알고 발칵 뒤집었다는데 뭐 어쩌겠나.

외교부가 이미 승인해 버린 걸.

그 사실을 알고 있던 나이기에 오늘부터라도 난 이어도를 대한민국의 섬으로 공인받을 생각이었다. 우리의 힘으로는 안 되니 미국의 힘을 빌려서라도.

곧장 미국으로 날아갔다.

국무성 관계자를 만나 한국 이어도에 해양연구센터를 건

립하고자 하는데 적당한 기술을 가진 회사가 있냐고 주문했다. 필히 해양플랜트 기술을 가진 기업이면 좋겠다고 했는데 나더러 텍사스로 가란다. 텍사스로 가서 조지 워커 부시를 만나란다.

무슨 뜻인지 바로 깨달은 나는 그날로 텍사스로 넘어가 조지 워커 부시를 만났다.

"안녕하셨어요?"

"반갑습니다. 전화로 미리 얘기는 들었습니다. 미스터 오. 텍사스에 오신 걸 환영합니다."

"감사합니다. 환대는 언제나 기꺼운 일이죠. 잘 지내셨습니까?"

"잘 지냈습니다. 아버지도 미스터 오에게 무척 기대가 크시다고 했죠. 저도 물론이고요."

아무래도 대통령 얘기 같았다.

"저도 마찬가지입니다. 로스차일드가 언제나 준비돼 있듯 말이죠. 하하하하하."

"이것 참, 직접 들으니 정말 좋은 말이로군요. 로스차일드라…… 근데 어쩌죠? 아아, 일 얘기부터 먼저 해야겠습니다. 여기 텍사스에는 미스터 오의 조건에 부합한 회사가 없습니다."

"네?"

"죄다 정유회사거든요. 해양플랜트 기술은 아무래도 험난한 장소에서 이뤄지다 보니 특별한 기업만이 다루고 있어요.

텍사스에는 코노코라고 꽤 괜찮은 회사가 있긴 한데…… 해양에서의 기술은 아직 미비한 상태라."

되게 미안해한다.

서둘러 손사래 쳤다.

"아아, 뭔가 오해가 있는 것 같습니다. 저는 원유를 시추할 계획이 없습니다."

"네?! 근데 왜……."

"한국 영해에는 원유가 나지 않아요. 제가 원하는 건 해양 플랜트 기술뿐입니다. 시추가 아니라."

"으음, 계약할 곳이 한국이었나요? 근데 시추가 아닌데 해양플랜트가 필요하다고요?"

"네, 한국의 작은 섬 이어도를 세상에 드러내고 싶어 미국에 찾아온 겁니다. 그 섬을 개발하고 싶어서요."

자초지종을 말해 줬다.

수중 암초란 얘기는 하지 않고 섬이 워낙에 작아 큰 파도가 치면 물에 잠길 때가 있어 그동안 방치해 두다가 이번에 기회를 얻어 해양연구센터를 건립할 생각이라 했더니.

조지 워커 부시도 무슨 얘긴지 알아들었다.

"하지만 고난이도 작업을 일부 제하였다고 해도 바다에서 작업하는 건 상당한 비용이 발생하게 됩니다. 굳이 이렇게까지 하는 이유가 뭡니까?"

더 솔직하게 나갔다. 시선 돌리기와 함께.

"해양자원의 확보죠. 이 말에 대한 선입견을 갖기 전에 제가 원하는 그림이 어떤지 한번 들어 보시죠."

역발주에 대한 내용이었다.

미국 기업이 광복재단의 돈을 받아 설계하고 기본을 잡아 주면 한국 건설사들이 달려들어 마무리 짓는 것.

여기에서 강조한 건.

나는 미국의 누구라도 상관없다는 거다. 미국 정부의 추천만 받아 온다면 이 사업을 줄 테고 제대로 값을 매긴 금액도 지불할 용의가 있다는 걸 어필했다.

어차피 한국의 섬 이어도란 지명이 미 행정부에 들어가는 게 내 목표였고 방식은 어떻게 하든 상관없었다.

얘들도 향후 정치적으로 문제가 있다는 걸 안다면 끼어들지 않겠지만, 현재는 다르다. 이어도가 어디에 붙은 건지 관심 없어도 돈은 다들 좋아할 테니까. 돈을 뿌리면 정부든 기업이든 반드시 달려들게 돼 있다는 걸 알기 때문에 이렇게까지 행사하는 거였다.

5년 후를 위해서.

즉 한국 정부의 요청을 받은 미국이 적당한 기업을 물색해 추천해 주면 그 기업이 직접 들어와 작업하고 마무리는 한국 기업이 하는 것.

이게 내 그림인데…….

다 들은 조지 워커 부시도 나쁘지 않은지 고개를 끄덕였다.

"아무래도 일본과 중국의 영향력을 무시할 수가 없어서 그렇게라도 하시는군요. 맞습니까?"

"한국은 상대적으로 약자라 무턱대고 우기기 시작하면 달리 방법이 없습니다. 그렇다면 세계적 공인이 필요한데 저는 이때가 적기라 생각했습니다. 아직 해양자원에 대한 인식이 그리 전투적이지 않을 때니까요."

같이 다니며 밥도 먹고 간단하게 와인도 하고 끝물엔 조용히 이런 말도 던졌다.

조지 워커 부시에게도 떨어질 떡고물이 있어야 성의를 발휘하지 않겠나.

"텍사스 주지사에 출마하시죠. DGO 인베스트가 당신을 적극적으로 후원할 겁니다. 텍사스의 주지사뿐만 아니라 대통령이 될 때까지 끝까지 함께하겠습니다."

"호오, 너무 노골적이지 않으십니까? 킹메이커를 자처하시다니."

"시기가 언제나 문제인 거죠. 마음에 들지 않으십니까?"

"이거 정말 구미가 당기는 일이로군요. 미스터 오는 사람의 약한 부분을 너무 잘 아는 것 같습니다."

"하하하하하, 설마요. 될 사람한테 이러는 거죠. 제가 보기에 부시가의 영광은 당신에게서 꽃피울 것 같습니다. 어떻게 절 한번 믿어 보시렵니까?"

"제가 아무것도 없을 때부터 주목한 분이니 더 이상의 친구는 없겠죠. 좋습니다. 같이 한번 움직여 보겠습니다."

돌이켜 보건대 이 시점 조지 워커 부시를 만난 건 정말 큰 행운이었다.

그는 한번 꽂히면 바로 찍어 버리는 똘아이의 저돌성을 가지고 있었다.

그 때문에 임기 말에는 온갖 똥물을 뒤집어썼지만 어쩌랴.

나한테만 좋으면 되지.

역시나 바로 일어나 일부터 하려는 그였다.

서둘러 잡았다.

"실은 개발할 섬이 하나 더 있습니다."

"아, 그런가요? 중요한 걸 놓칠 뻔했군요. 섬 이름이 뭡니까?"

"독도입니다. 거기도 같이 개발해 주십시오."

"외환은행의 조건이 가장 좋은 것 같습니다. 보스."

"어떻게 해 주겠다는데?"

"정기예금 금리를 VVIP 기준으로 적용해 15.1%를 제공하고 거래 수수료 전체를 면제하겠다고 했습니다. 보안 또한 최상위 등급으로 적용해 어떤 국가가 요구해도 열어 주지 않겠다고 했습니다."

상당한 제안이었다.

실현이 가능할까 의문이 날 정도로 말이다.

지금 시중 정기예금 금리가 떨어져서 12.8% 정도였으니 예탁금이 30조 원이라 본다면 2.3% 차는 어마어마한 숫자였다.

아니, 10조만 넣어도 세전 5천억 가까이 되는 돈이 광복재단 통장에 꽂힌다. 더구나 거래 수수료 면제는 광복재단 운영비 정도는 가뿐하게 뽑아 먹을 수 있는 조건이었다.

주식부터 외환 등등 쉴 새 없이 움직일 텐데 그때마다 수수료를 빼앗기면 그것만큼 아까운 것도 없다. 얼추 계산으로 천억 이상 세이브된 거로 보였다. 보안도 지켜질지 의문이지만 우선은 마음에 들고.

"제대로 긁어 왔네. 앨런이 힌트 줬어?"

"아무래도 세계랑 돈싸움 하려면 경험이 조금이라도 쌓인 외환은행이 좋을 것 같아서요."

"잘했어. 이렇게 가자고."

곧바로 발표했다.

광복재단의 주 거래 은행은 앞으로 5년간 외환은행이 될 거고 예탁액은 25조 원으로 정했다고. 나머지 시중은행에는 조건을 통일화하여 1조 원씩 예탁하기로 했다고.

우선 나는 외환은행을 통해 각 10조 원씩 엔화와 달러를 샀다. 엔화가 440원이고 달러가 690원이니까 대략 2조 엔과

281

140억 달러 정도 되겠다.

엄청난 현금이 돌아다녔다.

이것만으로도 광복재단은 세계에서 알아주는 큰손으로 등극했다.

"……전국을 돌아다니며 찾으세요. 아니, 인천 삼도에 가서라도 박아 놓은 말뚝을 찾아 준다면 향후 5년간 생활비를 대 주겠다고 하세요. 유물회수팀도 정밀하게 조직하세요. 중국이든 일본이든 찾아가서 설득하고 사 오세요. 미국에도 그런 놈들이 많죠? 하나하나 체크해서 찾아 놓으세요. 유럽에도 찾아가고 다 찾아가세요. 가서 우리 유물을 내놓으라 얘기하세요. 뒤는 내가 책임집니다."

"알겠습니다."

"그에 앞서 우선 독립유공자들에 대한 복리후생을 철저히 점검하시고요. 새는 돈이 있다면 즉시 고발조치에 들어갑니다. 담당 직원도 같이 고발 들어갑니다. 그러니 1원 한 장 허투루 쓰지 마세요. 패가망신하기 싫으시다면. 그리고 돌아오지도 못하고 해외에 묻힌 순국 지사분들도 국내로 모셔 오는 걸 중점으로 진행합니다. 여순이든 중앙아시아든 어디든 가서 이 일과 관련하여 그쪽 정부와 협상하세요. 인선은 독립군 후손들로만 꾸리시고요. 누구도 끼어들어선 안 됩니다. 사업이라면 사업, 투자라면 투자 다 물고 오세요. 우릴 도와준다면 우리도 도와주겠다고."

"혹 복리후생과 사업과 관련해 특혜시비가 있지 않겠습니까? 기금 운용은 공정하게 이뤄져야 한다는 목소리가 요새 나오는 것 같은데."

"감히 누구 앞에서 특혜시비를 건 답니까? 그런 놈들은 제가 책임질 테니 무조건 밀고 나가세요. 앞으로 이름 앞에 독립이라는 단어만 들어가도 광복재단이 함께할 겁니다. 그들의 과거도, 미래도 모두요. 시건방진 것들의 입바른 소리일랑 무시하세요. 문제가 생기면 직통으로 올라오고요. 알겠습니까?"

"알겠습니다. 다음 건은요?"

할 게 참 많았다.

올해 발족했으니 인프라도 없고 쌓인 데이터도 없다.

그럼에도 정신없이 돌아갔다. 열의는 누구 못지않았으니 결국 시간이 문제였다.

하지만 나는 마음이 급했다.

중국이 천안문 사태로, 일본이 주가 폭락으로 정신없을 때 독도와 이어도 문제를 마무리 짓고 싶었다. 깨끗하게 정돈해서 세계인들을 초청해 당연한 우리 땅으로 공중받고 싶었다.

미적대는 엑슨사에 통보했다. 즉시 움직이지 않으면 공사비로 책정한 10억 달러를 다른 업체에 주겠다고. 그것도 모빌사에 주겠다고.

그러자 엑슨이 움직인다. 모빌도 얼른 달려왔다.

이들 앞에서 다시 각각 5억 달러의 투자도 약속했다. 어차피 스탠더드 모빌에서 출발했으니 둘이 합자해서 만들라고 했다. 6개월 안에 끝내면 공사 성공비로 5억 달러를 더 주기로 했다.

총 25억 달러짜리 공사였다. 석유 시추도 아니고 인공섬을 만들고 거기에 해양연구센터를 건립하는 간단한 공사가 말이다.

물론 섬이 두 개라지만 독도는 원래 섬이었으니 훨씬 쉬웠고 이어도는 가라앉아 있다고 해도 그 깊이가 얕을뿐더러 넓이 또한 정사각형으로 1km는 보장했으니 질 나쁜 공사도 아니었다.

당연히 이것으로 끝내지 않았다.

유능한 로비스트를 뽑아 미 하원에도 1억 달러를 뿌렸다. 나중에 딴소리 못 하도록 말이다.

내 돈 지랄에 일주일도 안 돼 미 행정부 공식지정업체가 된 엑슨과 모빌이 날아왔고 곧장 공사에 착수했다.

이왕 이렇게 된 거 세계에서 가장 아름다운 해양연구센터가 되길 바랐다. 관광지의 가능성까지 내다본 나는 여러 가지 준비할 것을 살펴보던 중이었는데, 역시나 뒤늦게라도 일본과 중국에서 항의가 들어왔다. 경비정을 인근까지 보내 위협도 하고 청와대로 연락하고…… 이것들이 미국에는 뭐라 못 하고 우리한테만 지랄이다.

급히 나를 호출한 대통령과 긴밀한 대담을 나눴다. 고개를 끄덕인 대통령은 다음 날로 아무런 관련도 없던 센카쿠 열도의 영유권이 누구한테 있는지 물었고 대한민국은 아직 누구의 편을 들지 정하지 않았다고 해 버렸다.

일은 또 수상한 국면으로 흘러갔다.

센카쿠 열도는 이어도로는 견줄 수 없는 중요한 지역이었다. 중공은 반드시 되찾고 싶어 하고 일본은 자기 거로 굳히고 싶고.

지들끼리 싸우니 이어도는 자연스레 뒷전이 됐다.

우리만 괜찮으면 된다. 엑슨사의 요청으로 미 함대가 이어도와 독도 주변을 어슬렁거리며 호위하기 시작했으니까. 더 좋아졌다고 얘기해야 하나?

그사이 아래아한글 2.0이 완성됐다. 작년 말까지 하랬더니 이제야 끝낸 거다. 대신 품질은 내가 원한 것보다 30%는 상승한 것 같다.

"으음, 이 정도면 괜찮네요."

"정말이야?!"

"이야~ 난 이게 최고라 생각했는데 '이 정도면 괜찮네요.' 라니. 역시 우리 사장님은 뭐가 달라. 기준이 남달라."

"까짓거 3.0 만들지 뭐. 뭐가 문제야. 하면 얼마든지 할 수 있잖아. 시간도 넉넉하게 주시는데."

자신감이 하늘을 찌른다.

나도 굳이 꺾지 않고 기름을 부어 줬다.

"팔 수 있는 물건이 만들어졌으니 이제 제가 움직일 차례네요. 자자, 어디에다 팔아먹어야 잘 팔아먹었다는 소릴 들을까요?"

"정말? 어디에 팔 거야?"

"또또또, 너 자꾸 대표님한테 반말할래?! 이게 틈만 나면 엉기네. 쫓겨나고 싶어?"

"아! 죄송. 죄송합니다. 얼른 고치겠습니다."

"자자, 내일부터 한 달간 유급휴가입니다. 이거로 오늘 회식하시고 한 달 뒤에 다음 단계를 진행해 보시죠."

금일봉을 전달한 나는 곧장 청와대로 들어갔다.

그렇지 않아도 컴퓨터 산업의 증대를 위한 정부 시책이 발표되고 있던 차였다. 전국 고등학교와 중학교에 컴퓨터를 설치해 주는 정책인데, 이미 30만 대 이상이 뿌려진 상태였다.

"이건 또 뭐냐?"

"이번에 오필승컴퓨터에서 한글 문서 프로그램을 개발했어요. 이거면 컴퓨터 진흥에 많이 도움될 거예요."

"글나?"

잘 모르는 표정이다.

부연설명이 필요하다.

"미국은 이미 컴퓨터가 세계를 지배할 거라 생각하고 움직이는 중이에요. 저도 미래 세계 최고의 부자는 이 컴퓨터를

통해 나올 거라 짐작하고요. 생각해 보세요. 우르과이라운드
에서 쌀 시장을 지켜 낸 이유."

"그거야…… 어!"

"맞아요. 국산 토종 프로그램이 살아야 저놈들이 딴짓 못
할 거예요. 컴퓨터 산업을 육성하는 것도 그 일환이고요."

"오야. 그렇구나. 니 말이 맞다. 지금 가져온 게 그런 거란
말이제?"

"그럼요. 관공서부터 정부가 가진 모든 컴퓨터엔 이 아래
아한글이 깔려야죠. 미국 프로그램을 깔아서야 되겠어요? 성
능도 훨씬 좋은데요."

"알았다. 내 알아보고 바로 조치하마."

"감사합니다."

얘기가 끝난 것 같아 주섬주섬 자료를 챙기는데 대통령이
뜬금없이 이런 말을 던진다.

"근데 그 이어도란 게 정말 그리 중요하더나? 중공이랑 대
를 세울 정도로?"

"중요하죠."

저번에 살짝 얘기했는데 귓등으로 들었나 보다.

"얼마나 중요하노? 난 아직도 잘 이해가 안 간다."

"간단해요. 바다도 우리 땅이니까요."

"우리 땅? 바다가?"

"국제기준부터가 벌써 200해리까지 영토로 쳐주잖아요.

함부로 못 들어오게. 서양은 이미 오래전부터 바다를 자기 땅처럼 여겼고요."

"글나? 바다도 내 땅이라고? 와 그라는 건데? 물고기 좀 더 잡으려는 기가?"

바다에 대한 인식이 이렇다.

국가의 수장도 이런데 다른 놈들은 오죽할까.

이미 분쟁이 일었음에도 대통령의 이해도가 이 정도라는 건 그 아래는 볼 것도 없다는 얘기다. 관련 장관 머리끄댕이부터 잡아끌고 와야 할 필요성을 심히 느낀다.

불렀다. 농림수산부, 해운항만청, 수산청, 수로국, 외교부 장관까지 모두.

Chapter 19. 천고의 역적

"아니, 배타적 경제수역이라는 말은 아세요?"

이래도 모르고 저래도 모르고.

다 모르는 놈들.

"그게……."

"크음."

답답한 마음에 확 질러 버렸더니 서로의 얼굴만 보다가 해운항만청장만 나중에 입을 연다.

"12해리까지 통치권을 인정해 주는 수역을 말하는 게 아니겠습니까?"

농림수산부, 수산청, 수로국의 수장들은 또 부러운 시선으로 그를 쳐다본다.

외교부 장관만 똥 씹은 표정이 됐다.

뭔가 아는가 싶어 외교부 장관에게 물었다.

"외교부 장관님도 설마 같은 의견은 아니시죠?"

"으음, 제가 정정해도 되겠습니까?"

"해 보십시오."

"우선 영해부터 말씀드리죠. 영해는 한 나라의 주권이 미
치는 수역으로서 82년에 유엔해양법의회에서 채택한 국제
해양법조약에 의해 12해리까지 인정되는 걸 말합니다. 즉 방
금 해운항만청장님이 말한 것은 배타적 경제수역이 아니라
영해입니다."

"다행히 알고 계시네요. 정말 실망할 뻔했는데."

세 개 부처 수장의 얼굴이 일순 붉어졌다.

"그럼 장관님께서 배타적 경제수역을 설명해 주시면 좋겠
어요."

"이 역시 82년에 유엔해양법의회에서 채택되긴 했는데 아
직 발효된 건 아닙니다. 그래서 모를 수도 있는 거고요. 정의
를 내리자면 자국 연안으로부터 200해리까지 독점적으로 권
리를 행사할 수 있는 권한이라 풀이할 수 있는데 아직 정확
하게는 저도 알지 못합니다."

이것만 해도 어디냐.

"그렇다면 구체적으로 200해리 거리는 얼마나 되는 겁니까?"

"미터법으로 따지면 대략 450km 이상입니다."

"좋습니다."

이 말이 떨어지자마자 마련된 칠판에 동아시아 삼국의 지도를 그렸다.

내가 이들을 앞에 두고 이런 짓까지 하게 될 줄은 몰랐는데. 아무튼 단 몇 마디만으로도 이들이 가진 지식이라는 게 얼마나 보잘것없는지 알아 버린 관계로 오지랖이 일어나 버렸다.

"쉽게 설명할게요. 서울에서 부산까지 직통 거리가 대충 450km로 본다면……."

콤파스를 대고 배타적 경제수역에 관한 영역이 얼마나 되는지를 보여 줬다.

"여기, 여기에서부터 저기, 저리로 이어지는 모든 영역이 한국에 속한 배타적 경제수역의 범위가 되겠죠."

서해 전체를 그 영역으로 하고 동해와 남해는 일본 영토까지 침범하는 광활한 지역이 표시되었다. 그 금이 중공도 걸치고 일본은 아예 규슈를 포함해 버린다.

이번엔 영해다.

"그러니까 영해라는 건 여기에서부터 여기까지는 우리 바다라고 유엔에서 인정해 준다는 겁니다."

한반도 지도에 빗금으로 연안을 따라 금을 그었다.

그제야 해양 분야 수장들도 눈에 보이는지 알 것 같다는 표정을 지었다.

차이부터가 엄청나니까.

"자, 이번엔 중공과 일본의 배타적 경제수역이에요."

아까 벌려 놓은 콤파스로 일본과 중공을 찍어 그 거리만큼 바다에 금을 그었다.

엄청난 교집합이 형성된다.

해운항만청장이 손을 들었다.

"어! 이런 식이라면 중공도, 일본도 배타적 경제수역을 주장할 수 있지 않겠습니까?"

드디어 제대로 된 질문이다.

"당연하겠죠. 중공도 그럴 테고요. 일본도 그럴 테고, 다들 자기들이 더 많이 처먹으려고 한국을 짓밟으려 할 겁니다. 근데 우리가 중공과 일본을 이길 수 있나요? 무기로? 돈으로? 뭐로 이깁니까?"

"그건……."

"보시다시피 여기 어디에 기준을 두냐에 따라 해역의 넓이가 달라집니다. 그러니까 그렇게 멍하니 계시다가 이걸 빼앗겨야 직성이 풀리실 겁니까? 민족의 반역자가 꼭 나쁜 짓을 해서만이 아닌 걸 모르십니까? 아니라고는 말하지 마세요. 그나마 자리를 지키고 싶으시다면."

내 으르렁거림에 뒤에서 지켜보던 대통령의 입꼬리가 올라가고 눈이 커진다. 자기도 충격적인 거다. 배타적 경제수역이 중국과 일본에 맞닿고 또 그것이 분쟁의 소지가 다분하다면, 이는 곧 언젠가 힘의 논리가 다시 대한민국을 집어삼킬 수도 있음이었다. 이걸 깨닫지 못한다면 그는 이미 대통령감이 아니다.

"여기에서 중요한 게 기준이라는 겁니다. 외교부 장관님, 유엔해양법의 기준이 뭔가요?"

"그야…… 연안에서 비롯된 것이니 영토겠죠."

"그럼 제주도를 시작으로 하는 게 좋을까요? 이어도를 시작으로 하는 게 좋을까요?"

이들 앞에서 제주도를 찍고 다시 콤파스로 그었다.

아까 이어도를 찍고 콤파스로 그은 영역과 엄청난 차이가 나는 게 눈으로 보인다.

"허어……."

"이럴 수가……."

"이게 정말입니까?"

"곧 발효될 국제법은 이 영역에 대한 어자원과 해저 광물 자원, 에너지 탐사·생산권, 해양조사와 관할권, 해양환경 보호에 대한 권리 등등 수많은 권리를 인정해 주고 있어요. 일본은 이 사실을 88년부터 적용해 영토 1700km 바깥에 있는 오키노도리 섬까지 인공으로 구축해 놓고 자기네 거라고 우기는데 우린 왜 멀쩡한 이어도를 그대로 놔둬야겠어요?"

"크음……."

"이 정도까지일 줄은……."

"……."

침통해하는 걸 보니 그렇게까지 썩은 놈은 없는 것 같았다. 하긴 반민특위에 쓸려 간 놈들만 얼마던가.

그 폭풍에서 살아남았다는 건 그나마 상식적이라는 증거였으니까.

이렇게까지 된 거 한 가지 더 얘기해 줘야겠다.

"제가 독도까지 이 사업에 포함시킨 이유도 이제부터 말씀해 드릴게요."

1905년도에 일본이 자기 마음대로 시마네현으로 편입시킨 일을 근거로 삼아 자기네 땅으로 만들려고 수작 부리고 있음을 알렸다. 동해도 일본해로 표기하고 말이다. 동해의 광활한 자원을 일본이 노리고 있다고.

"그런……!"

"어떻게 말도 안 되는 일을……."

"이 나쁜 놈들이 어디 남의 땅을!"

분격해서 한마디씩을 하는데 어쩌라고. 방금까지도 배타적 경제수역에 대한 개념도 없던 양반들이.

가이드를 정해 줬다.

나중에 누가 뭐라고 하면 이어도도 독도도 대한민국의 자랑스러운 영토라 개발하는 거니 신경 끄라 말하라고. 88서울올림픽처럼 세계만방에 알리고 싶어 하는 사업이니 관심 있으면 동참하라고. 다른 개념은 일체 집어넣지 말라고. 분쟁이

터지면 더 좋아할 게 중국과 일본이라고.

직원들에게도 단단히 교육시키라고 일러 내보냈다.

대통령이 다가와 내 어깨를 짚는다.

"다시 생각해도 니를 광복재단에 앉힌 건 정말 잘한 일 같다. 이야~ 진짜 기똥차네."

"그런가요? 저는 발목 잡힌 것 같은데."

"좀 잡히면 어떻노. 다 나라와 민족을 위해 하는 긴데."

또 나라와 민족을 위한단다.

젠장.

이참에 진행시키는 일들도 살짝 알려 줬다.

"데이터가 많이 쌓였더라고요. 일제강점기 시절 놈들의 만행을 유네스코에 등재하려고 하는데 괜찮으시죠?"

"유네스코? 그기 뭐고?"

"국제적 단체예요. 세계적으로 보호해야 할 유산이나 자연보호 같은 데 앞장서는 단체죠. 공신력 있고요. 뭐 그것도 얼마 안 가 사라질 테지만 어쨌든 지금은 괜찮을 거예요."

"그기 무슨 소리고?"

"세상에 돈의 논리로 안 되는 게 있나요? 일본 애들이 작정하고 돈으로 지랄하기 시작하면 식민지에 관한 문건들이 협상 대상으로 바뀔 수도 있어요."

"돈으로 유산 등재를 막는다는 기가?"

"네. 그래서 반드시 지금 해야 해요. 개박살 나느라 정신없는 이때."

"흐음……."

"식민지 시절 겪었던 양민학살, 강제노역, 위안부 건만 추려도…… 아니, 이런 자료를 등재하겠다 요청한 국가도 여태 없었거든요. 분명히 세계적 이슈가 될 거예요."

이슈가 될 게 뻔했다.

전범국으로서 이미지에 타격을 입어 일본상품의 판매가 줄어든다면 좋아할 나라는 얼마든지 많았다. 알아서 홍보해 줄 것이다. 전범 기업의 물건들을 계속 사 줄 인식 있는 사람들은 없을 테니. 특히 유럽이라면 말이다.

"알았다. 진행하거라. 하는 김에 있는 대로 다 끌어다 내보여라. 내 니를 믿는다."

"알겠어요. 아랫배에 힘 딱 주고 덤벼들게요. 대통령님도 이 악물고 계세요."

"오야오야. 나도 잘 좀 부탁한다. 내가 봐도 그거 딱 적기인 것 같고만."

대통령도 인식할 정도로 현재 일본 경제는 추락 일로를 걷고 있었다.

멋대로 6%까지 쳐올린 대출 금리는 주가 수익률을 웃돌고…… 참고로 투신사들이 증권사의 수익을 늘려 주기 위해 과도하게 사고파는 행위를 많이 하는 바람에 89년 말 그 활황에도 개인의 수익률이 4%에도 못 미쳤다.

아주 미친 지랄을 한 거다.

정부도 실책을 깨닫고 나중에 부랴부랴 조치를 마련했지만 한번 시장을 장악한 공포심은 여간해선 꿈쩍도 안 테고 당연히 바닥을 찍어야 잠잠해질 것이다.

39000까지 찍었던 닛케이가 90년 6월 현재 31500이 되었다. 설마설마하지만…… 난 이걸 21000이 깨질 때를 기다리는 중이다.

그때가 되면 일본 자체가 아노미 된다.

개인의 일탈 정도가 아니다.

불황으로 가는 본격적인 신호탄이 터진다.

정부가 타개책으로 10조 엔을 풀든 100조 엔을 풀든 천문학적인 돈이 소리소문 없이 사라질 테고.

금리를 4.5%, 2.5%로, 0.5%로 낮춰도 올라갈 기미가 없다. 설사 올라갔다고 하더라도 악재는 5년마다 한 번씩 터진다.

내가 안다.

내가 다 봤다.

일본 정부의 섣부른 개입이 대체 얼만 한 사태를 불러올지도 알고 일본 국민의 생활이 어떻게 바뀔 지도 안다.

난 그런 세대였고 그것도 두 번이나 똑같은 사태를 겪을 단 한 사람이었다.

그래서 그런지 본능적으로 불황이란 단어의 진실이 보였다.

'불황이란 어쩌면 잘못된 투자를 교정하는 조정 기간일지도 모르겠어. 그래, 맞아. 조정 기간, 조정 기간이었어. 그렇구나. ……이게 정말 반드시 겪어야 할 진통이라면 나도 좀더 적극적일 필요가 있겠어. 이 기간 동안 얼마나 많은 부분을 지속 가능한 생산력으로 방향성을 옮겨 놓는지가 관건이겠어. 아아~ 불황은 이런 거였구나. 어떻게 슬기롭게 거쳐 가냐로 향후 50년이 바뀌는 계절인 거야.'

겨울을 제대로 준비 못 하면 죽을 수밖에 없는 곰도 있지만 살아남은 상태에서도 오는 봄을 준비하는 것도 아주 중요한 일이었다.

물론 불황은 분명 나쁜 현상이었다.

수많은 이들의 피눈물이 동반되니까.

하지만 거시적으로 보면 불황은 태풍이라 할 수 있었다.

정체된 바다를 뒤집어 새로운 물결이 들 수 있게 해 주는 거대한 태풍.

나는 이 부분을 주목했다.

'우리도 IMF를 겪는다. 나는 과연 일본 사태를 빗대 어떤 결정을 해야 옳을까.'

방만한 경영.

샴페인을 터트린 지는 벌써 오래고.

온 나라가 장밋빛 청사진에 흥청망청한다.

일본도 그랬다가 개박살 나는데 우리라고 안 날까.

눈에 선했다.

판단 착오에 착오를 거듭한 결과물이 어떤 기점으로 거대한 쓰나미처럼 대한민국을 덮칠 때. 그때가 되어 정부는 어떤 선택을 하고 또 내게 어떤 요구를 해 올지…….

'싸워야 하나? 막아 줘야 하나?'

나의 포지션을 어디에다 두어야 할까.

난 다시 불황이란 단어에 주목했다.

불황은 결론적으로 한국이 가진 고질적인 병태를 끊을 유일한 수단이다. 성장통일 테고 세계 시장의 흐름에 발맞춰야 함을 깨닫는 위기의식의 첫 발로다.

이 큰 깨달음을 얻을 기회를 나의 알량한 지식으로 뭉개 버려도 되는지.

광복재단이라면 IMF를 겪지 않아도 될 만큼의 힘을 기를 수 있고 또 그럴 능력을 가졌음을 모두가 알 때 난 과연 손쉽게 이들을 외면할 수 있는지. 또 그게 옳은지.

어깨에 돌덩이가 쌓이는 것 같다.

동시에 웃음이 나왔다.

'이거 잘못하다간 천고의 역적이 되겠어. 하지만 그래도 남이 싼 똥을 치우는 건 싫은데…… 씨벌, 아무래도 나라를 좌지우지할 균형 감각이 필요하겠어. 그래, 그런 균형 감각이 필요해. 잘못하다간 정말 엿 될지도 몰라.'

◇ ◆ ◇

집으로 돌아가는 길에 삼촌의 호출이 있었다.

차를 돌려 대양 본사로 갔다.

나재호도 있었는데 오랜만이라 무척 반가웠다.

"야! 이번에 잠실 놀이동산도 우리가 인수했다. 들었지?"

롯사 그룹이 해체되며 공중에 붕 뜬 놀이동산을 에버월드
가 인수하였다.

"들었어. 한국 최고가 되겠네."

"하하하하, 너처럼은 아니라도 최소 한국 놀이동산의 아버
지란 소리는 들어야지."

"잘해 봐라. 어린이들에게 꿈과 희망을 심어 주는 것도 아
주 뜻깊은 일이니까. 나중에 대양을 위해서라도 아주 좋은
선택이야."

"오오오, 역시 인정해 주는군. 어머니는 자꾸 경영에 끼어
들라고 성화인데 난 좀 생각이 달라. 에버월드에서 끝을 보
는 것도 괜찮을 것 같아."

"소신껏 밀어붙여라. 숙모가 뭘 알겠냐. 다 조급해서 하는
소리니까 신경 쓰지 말고."

"나도 안다. 네가 어지간히 잘나가야 질투라도 할 텐데. 이
미 넌 선을 넘었으니까."

"도움이 필요하면 오고."

대충 인사가 끝나자 나재호를 내보낸 삼촌이 내 손을 감싸 쥐었다.

"고맙다. 대길아."

"네?"

"무라타 말이다. 지금 일본 부동산이 급락한다는 보고를 받았다."

"아!"

"작년까지만 해도 사실 속이 좀 아팠다. 가만히 뒀으면 최소 2배는 더 먹을 수 있었을 것 같았거든."

"원망하셨겠네요. 헌데 돌아보니 조금 더 조금 더 하며 안 팔다가 오늘을 맞이했을 수도 있었고요."

"맞다. 아마도 팔지 않았겠지."

"아마 절반도 못 건졌을 거예요. 잘해 봤자 5천억 엔?"

무라타 유스케 덕분에 그것의 절반도 못 건질 뻔했죠.

"내 생각도 그렇다. 네 덕에 많은 이득을 본 거다. 고맙구나."

"아니죠. 모두 삼촌의 결정이죠. 제가 무슨 말을 하든 삼촌이 결정짓지 않았다면 없는 얘기니까요."

"그렇게 생각하냐?"

"그럼요. 저도 삼촌 덕에 수월히 올라왔으니까요. 조금은 은혜 갚았다 생각할게요."

애초 컨설팅을 받아 준 것부터 사업을 하며 작은 것까지 한국에서 굳이 신경 쓸 필요가 없었던 건 전적으로 삼촌이 서포

팅해 준 결과였다.

혹자는 남의 일만 해 줬다 얘기할 수도 있는데 전생하고 돌아온 당시 내 통장에 든 돈이 단 천만 원이었다는 걸 기억한다면 나에게 삼촌은 동아줄이나 다름없었음을 부인 못 할 것이다.

'삼촌이 아니었다면 난 내가 가진 기회를 절대 살릴 수 없었을 테지. 물론 삼촌도 내 덕에 꽤 많은 기회를 가져갔지만 말이다.'

"윈윈이죠. 삼촌과 전 사업파트너로서 최고라고 볼 수 있을 거예요."

"나도 그렇게 생각한다. 아니, 대통령도 그렇게 판단하고 계시겠지. 널 만나고 많은 것들이 바뀌었으니까."

"……."

"하나 묻고 싶은 게 있다."

이제 본론이 나오나 보다.

나도 자세를 바로잡았다.

"네."

"오필승이라고 사업자를 많이 냈더구나."

"네."

"어떤 식으로 풀어 갈 생각이니?"

이 물음이 내 귀엔 '대양의 먹거리와 관련 있는 건 아니지?'로 들린다.

경계하는 거다. 나의 폭발력을.

어떻게 할까?

사실대로 말할까. 아님, 심술이라도 부려 볼까?

그러나 아직은 싸워 봤자 무엇이 이득일까란 마음이 더 컸다.

"별거 없어요. 유통이랑 엔터테인먼트 쪽으로 파 볼까 하는데. 기술력도 좀 키우고…… 생산보단 문화 쪽으로 갈까 고민하고 있어요."

"석유 쪽으로는 움직일 생각이 없고?"

질문하면서도 안심하는 표정이 역력하다.

"석유요?"

"아무리 생각해 봐도 유공을 선영에만 맡기는 게 좋을까란 생각이 자꾸 드는구나. 최 회장은 너무 구식이야."

"……."

"대양경제연구소에서 석유산업의 장래가 밝다는 전망이 나왔다. 이왕지사 20%까지 지분을 얻었으니 방향성 정도는 같이 나눠도 되지 않겠냐는 거다. 석유를 얻는 창구도 꼭 중동이 아니라 남미 쪽을 보는 것도 나쁘지 않고."

"……어!"

순간 진짜 깜짝 놀랐다.

삼촌의 욕심이 놀랍다는 게 아니었다. 대양의 유공에 관한 영향력 증대는 최 회장도 나도 각오한 바였으니까.

다만 석유와 관련된 세계적 사건이 이맘때 일어난다는 걸 똑똑히 지켜봤음에도 까맣게 잊고 있었다는 사실이 날 소름 끼치게 하였다.

'세상에…… 깜빡할 게 다 있지. 이걸 두 눈 뜨고 놓칠 뻔한 거야? 중동의 그것을 말이야!'

Chapter 20. WWW

삼촌이랑의 만남은 서둘러 정리했다.

말미에 대양의 미래 같은 이젠 별 관심도 없는 이야기를 꺼내기에 완전무결한 제품력을 위해 고민을 더 하라고 조언하고는 빨리 밖으로 나왔다.

어차피 컨설팅에 넣어 놨던 얘기들이었다. 삼촌은 그걸 이 시점 제대로 가고 있는지 재확인하려 한 거고.

나는 광복재단에 도착하자마자 앨런부터 불렀다.

할 일이 많았다.

"앨런."

"네, 보스."

"지금 당장 국제유가 동향 좀 살펴봐 줘."

"조금만 기다려 주십시오. 금방 가져오겠습니다."

"오케이."

2차 석유 파동 이후 세계는 줄곧 저유가 시대를 걷고 있었다.

물론 그 시기에 잠깐 고유가 흐름을 탄 적도 있었지만, 당시 경제규모로는 유가 시장의 무한성장이라는 탄력을 받아낼 수 없었다. 당연히 수요가 줄면서 자연스레 가격도 내려갔다. 게다가 한몫 땡기겠다는 야욕의 OPEC이 원유를 과다 공급하였고 또 가만히 있던 비중동지역의 원유생산이 증대되며 줄창 바닥을 쳐 왔다. 덕분에 그들의 시장 지배력이 낮아져 한국도 지금까지 선전하는 중이었다.

하지만 이 건은 앞선 얘기와는 성격이 전혀 달랐다.

돌발적 변수에 의해 유가가 이벤트성으로 요동치게 된다.

그 기간도 단지 몇 달 남짓.

이 기회를 잘 잡는다면 꽤 짭짤할 수익을 올릴 수 있었다.

"보스, 남미랑 영국, 중동의 가격 차가 조금 있긴 한데 대체로 13.5달러 선으로 보시면 될 것 같습니다."

"그래? 그렇단 말이지?"

13.5달러라.

13.5달러.

내 표정이 너무 노골적이었나 보다.

앨런이 그새 알아채고 자세를 낮췄다.

"이번엔 원유입니까?"

"눈치 챘어? 앨런이 이젠 내 표정만 봐도 갈 방향을 읽는구나."

"하하하하, 보스 눈치만 보며 산 세월이 얼만데요. 제가 뭘 어떻게 하면 됩니까?"

왜 그래야 하는지 묻지도 않는다.

당연하게 갈 거고 움직일 방향만 빨리 알려 달란다.

우리 말 많은 앨런이 자각한 모양이었다. 이번 일본 사태를 겪으며 나란 인간에 대해 꽤 많은 부분에서 고찰한 모양인데, 이 정도라면 거의 김하서급으로 봐도 무방하였다. 물론 이것도 조건부일 테지만.

"지금부터 긴장해."

"넵."

"앨런은 지금부터 다우 시장을 눈여겨보라고. 다우를 공략해야겠어."

"갑자기 다우를요? 원유가 아니고?"

"다우를 봐."

"그럼 드디어 월가에 입성하시는 겁니까?"

이것도 좋고 저것도 좋은가 보다.

앨런의 얼굴에 화색이 돌았다. 안 그래도 재입성할 날을 손꼽아 기다리고 있었던 모양이다.

하지만 둘 다 틀렸다.

"아니, 집중하고. 누가 먼저 판단하랬어?"

"아, 넵. 죄송합니다."

"잘 들어 봐. 8월 말까지 만기되는 옵션을 모두 사들여. 특히 원유 관련 회사 중심으로. 이번엔 광복재단 돈으로 쓸 거야."

"DGO가 아니고요?"

"얘가 지금 정신을 어디에다 두고 있는 거야?! 지금 DGO 에 운용할 자금이 어디에 있어?"

DGO 인베스트는 가진 자금 1600억 엔을 모두 옵션과 공매도에 쏟아부었다.

그제야 앨런도 눈을 번쩍 떴다.

"그야…… 없네요. 근데…….."

"근데 뭐?"

"슬슬 팔 때도 되지 않았습니까? 충분히 먹은 것 같은데."

"겨우 이것 먹고 옵션 행사하라고? 얘가 미쳤나?"

"겨우라고요? 떨어질 만큼 떨어지지 않았습니까? 4월 반 등 때 전 정말 죽는 줄 알았습니다."

29000대까지 떨어졌던 닛케이지수가 4월 한 달 사이 33000까지 회복한 적 있었다.

그리고 지금은 31000 선에서 보합 중이다.

일본 정부도 나섰으니 반등할 거란 희망이 아직 나돌던 때 고 나랑 같이 있는 앨런도 이런 생각이었으니 일반적인 상식 이라면 지금이 팔 때였다.

경고했다.

"까불지 말고 시키는 것만 해. 아직 10000P는 더 떨어져야 하니까."

"네?!"

기함한다.

웃어 줬다.

"두고 보라고 내 말이 맞나 안 맞나."

"보스……."

"앨런은 눈 딱 감고 다우에 관련한 옵션 물건이나 가져와. 지금이라면 은행이랑 투신들이 뿌린 것들이 꽤 있을 거야. 알았어?"

"알……겠습니다."

다 끝난 줄 알고 허리를 숙이는데 아직 돌이 하나 더 남았다.

"아직 안 끝났어. 지금부터가 더 중요해."

"아, 네. 말씀하십시오."

"우린 시기를 봐서 매수도 들어갈 거야. 이건 코스피도 마찬가지니까 우량기업들 추려 놨다가 내가 신호하면 사들여. 알았어?"

"주가가 하락한다는 것만 확실하면 당연한 일이긴 한데…… 무슨 소스라도 받았습니까?"

그게 진짜 일어나냐고 묻는 거다.

이 쉐리가 그새 충성심을 잊은 모양이다.

진짜 사흘에 한 번씩 매타작해야…….

"본론이니까 정신 흩트리지 마라. 나 화나려고 하니까."

"아, 죄송합니다. 보스."

"앨런, 조지 소로스가 날 만나러 멕시코까지 온 거 모르지?"

"조지 소로스가요? 보스를요?"

"그러니까 정신 차리라고. 걔들이 우릴 주목하기 시작했으니까. 알겠어?"

"아, 알겠습니다. 죄송합니다."

"지금부터 앨런이 잘해 줘야 해."

"말씀하십시오."

"오늘부터 원유 선물시장을 싹쓸이한다."

"예? 대체 얼마나……."

"있는 대로 다 사. 만기가 9월부터 올 말까지인 건 다야."

"있는 대로 다요? 진짜 어디 전쟁이라도 난답니까?"

그래, 전쟁 난다.

"까불지 말고 빨리 움직여. 보이지 않게 다 긁어 오란 말이야. 헤지 애들 눈치 채지 못하게."

"아, 알겠습니다. 우선 그렇게 할게요. 광복재단의 돈으로 맞죠?"

"가!"

일단은 이렇게 정리된 듯싶었다.

이 정도만 해도 지금껏 쓴 돈을 모두 메우고도 넘쳐흘러 엄청난 수익을 남길 거다.

나도 아깝긴 아까웠다.

이라크가 한 달만 늦게 쿠웨이트를 침공해 줬어도 난 DGO의 돈으로 이 사업을 가져갔을 텐데…… 하지만 지금은…… 어!

"아니구나. 아직 9억 달러가 남았구나!"

삼촌이 준 30억 달러 중 AT&T에 대한 투자금 6억 달러를 쓰고 남은 돈이 아직 계좌에 있었다. 헤지펀드와의 혹시 모를 전쟁에 대비해 남겨 둔 총알이었는데.

오케이.

"이걸 다 쓰면 안 되겠고…… 비상금으로 2억 달러만 남겨 놓고 7억 달러는 유가 선물에 투자해 보자. 내가 이럴 때가 아니지. 앨런! 앨러~언!!"

내 돈으로 먼저 긁어모으게 했다.

그러고도 남으면 광복재단의 돈을 움직이라고.

돈이 있는데 뭐하러 남 좋은 일만 할까.

나 먼저 먹고 그다음이 남이다.

시간이 참 잘 갔다.

아래아한글 2.0이 정부 공식 문서 프로그램으로 지정되자마자 연락이 와 저 아래 동사무소에서부터 청와대에 이르기까지 죄다 깔아 달란다.

개발자 넷이 신나게 전국을 돌아다니는 중이었다.

엑슨과 모빌이 덤빈 이어도도 철골 작업이 완료되고 콘크리트를 들이붓는 일만 남았다. 일본과 중공은 센카쿠 열도를 가지고 싸우기에 여념이 없어 우리한테는 신경 못 쓰고.

독도도 순조롭게 해양연구센터가 건립되고 있었다. 앞으로 여기에서 많은 일이 벌어질 예정이니 그걸 위해서라도 난 벙커 형태로 지어 달라고 주문했다. 미사일 직격에서 버틸 수 있는 놈으로다.

엑슨에서는 별스런 일로 돈을 다 쓴다 하였지만 어떡하겠나. 역사가 그걸 증명하는데.

유물회수에 대해서도 순조롭게 진행되고 있었다.

돈을 푸니 이름 좀 있는 감정사들이 몰려들었다. 이들을 데려다가 전국에 돌아다니는 문화재를 싹쓸이하고 다녔다. 산속에 숨은 말뚝도 일제 부역자 자손들을 데려다가 뽑게 하였다. 요 몇 달 사이 뽑은 것만 스무 개가 넘었다.

이게 또 국민에게 알려져 일본이라면 아주 치를 떨었다.

그때 광복재단 유물회수팀 팀장이 나를 찾아왔다.

"일본도 그렇지만 소유자들이 워낙에 완강한지라 우선 주변부터 살폈습니다. 아시겠지만 미국으로 건너간 우리 유물도 상당합니다. 이 점을 더욱 중점적으로 파고들었는데, 여기 이건 당시 유력 인물들을 중심으로 조사한 결과입니다."

보고서를 내놓는데 여기 있는 내용대로라면 수천 점이 넘는 유물이 미국으로 건너가 있었다.

대체적 사유는 이랬다.

광복에, 6.25 전쟁에, 당시 한국은 미군 없이는 아무것도 되지 않던 시절이라 어떻게든 잘 보여 이권을 챙기고 싶은데 돈은 없고 해서 가져다 바친 게 우리 유물이라는 말이다.

"이 미친 새끼들이. 이렇게 해서 돈 번 놈들 죄다 조사해서 검찰로 넘기세요. 한 놈도 빠짐없이요. 이놈들도 준반역자입니다."

"그렇게 하겠습니다. 그리고…….'

"네."

"헨더슨이라는 자가 너무 유력해 조사하던 중 88년도에 지붕을 수리하다 떨어져 죽은 걸 알았습니다. 그자가 가져간 유물이 너무 많아 따로 접촉하려 했는데 사망한 거죠. 근데 그의 아내가 곧 유물을 처분하려는 낌새를 보인다고 합니다.'

"아!"

헨더슨 컬렉션.

이걸 지금 가만히 놔두면 하버드대학으로 간다. 하버드대학으로 가는 순간 유물은 블랙홀에 빨린 것처럼 회수가 불가능해진다. 하버드 새끼들은 절대로 내놓지 않을 테니까.

"천만 달러부터 지르세요. 원래 한국의 유물이니 한국에 기부한다고 발표했으면 좋겠는데 그게 아니라도 상관없으니 무조건 설득해서 다 가져오세요. 협박도 관계없습니다. 인질을 잡아도 괜찮습니다. 무조건 한국에 주겠다 약속받으세요.
한 점도 남김없이. 만약에 다른 데로 넘긴 유물이 있다면 그
것도 찾아오세요. 모두요. 알겠습니까?"

"전력을 집중하라는 말씀이시죠?"

"네, 본을 보여야 할 겁니다. 그래야 딴 놈들도 딴생각하지
않고 우리 광복재단의 문을 두드릴 게 아닙니까?"

"아! 무슨 말씀이신지 알겠습니다. 어설프게 파느니 광복
재단한테 팔고 명예도 얻으라? 예, 서둘러 움직이겠습니다."

이 밖에도 여러 명과 대화했는데.

안중근 의사의 묘지를 찾고 싶어도 어디에 묻혔는지 알 수
없어 못 찾겠다는 얘기를 할 때, 순국열사들의 무덤도 마구
훼손돼 누가 누군지 모를 지경까지 된 걸 들었을 때.

어딜 가도 일본의 손길이 스며 있고 무슨 일을 해도 일본
이 걸릴 때.

이럴 때마다 일본에 대한 적개심이 날로 커졌다.

정말 나라를 뒤집지 않고 그냥 놔뒀다면 이 나라가 과연
일본의 나라인지 한국인지 분간이 안 됐을 수도 있겠다 싶었
다.

일본의 힘은 그만큼 막강했다. 기회주의자는 늘 힘 있는
쪽에 붙고.

열 받는 점은 그 기회주의자들이 결국 여론을 움직인다는
거다.

"씨벌, 이걸 어떻게 갚아 줘야 분이 풀릴까?"

나는 누가 내 걸 건드리는 걸 무척 싫어한다.

누가 건드렸다 함은 즉 어떻게든 복수를 해 줘야 직성이 풀리는 인간이 바로 나란 인간이라는 거다.

"일본 전역을 돌며 놈들이 자랑하는 문화재에다 불이나 지르고 다닐까? 개자식들이…… 아무래도 안 되겠어. 본때를 보여 줘야지."

언제일지 모를 복수를 다짐해 본다.

우리가 이런저런 사건으로 정신이 없을 때 저쪽 저 멀리 황무지와 모래의 땅에선 드디어 전쟁이 터졌다.

8월 2일 이라크의 후세인이 700대의 탱크를 앞세우고 쿠웨이트를 침공하였다. 그리고 단 6시간 만에 쿠웨이트시를 점령하고 6일 만에 쿠웨이트의 합병을 선포했다.

온 세계가 발칵 뒤집혔다.

제아무리 기습이었다지만 단 6일 만에 합병이라니.

멍청한 쿠웨이트 왕족은 사우디아라비아로 망명하고 그나마 돈 좀 있는 쿠웨이트 국민은 나라를 탈출하고 아무것도 없는 이들만 땅을 지켰다.

세계도 가만히 있진 않았다.

유엔안전보장이사회에서 이라크의 쿠웨이트 합병을 무효라고 선언하고 대이라크 교역을 금지하는 내용의 결의안을 통과시켰다.

곧 전쟁이 벌어질 거란 예상이 정론처럼 굳어져 갔다.

그 영향은 바로 주가에 반영됐는데.

2800P에 달하던 다우지수가 순식간에 500P 빠지고 680P로 왔다 갔다 하던 코스피도 100P나 빠져 580P로 마감했다.

난 곧장 앨런을 통해 옵션을 행사했고 또 대대적인 주가 매입에 돌입했다. 2억 달러가 투입됐는데 정산해 보니 8.6배의 수익을 거뒀다. 또 값이 떨어진 미국과 한국의 우량주들을 대량으로 매입했으니 여러모로 단타로는 매우 훌륭한 이벤트였다.

"보스, 정말 유엔군이 출동할까요?"

"왜? 안 될 것 같아?"

"그야……."

"명분도 아주 좋잖아. 공식적으로 중동 석유 시장에 영향력을 행사할 기회이기도 하고."

"……."

"두고 봐라. 기간 고지부터 할 거다. 나가라고. 근데 이라크가 나가겠냐? 뒤에 소련이 받쳐 주는데? 그럼 바로 전쟁이겠지. 유가 흐름은 어떻게 되고 있어?"

"순식간에 26달러 선으로 돌입했습니다. 전망으로는 30달러 선도 넘을 것 같다던데요."

"부르는 게 값이겠네."

"여기저기에서 DGO와 광복재단에 문의가 들어오고 있습니다."

권리를 팔아 달라는 거다.

DGO가 5억 달러, 광복재단이 15억 달러가 들어가 있다.

유가 선물은 지금 시장의 갑이었다.

"얼마까지 쳐주겠대?"

"32달러까지 해 주겠다는 이들도 있습니다. 어떻게 할까요?"

"놔둬."

"네?"

앨런이 의아하다는 표정을 지었다.

물론 지금 팔아도 꽤 많은 수익이 날 거다.

하지만 아직 멀었다.

"40달러까지 갈 거야. 35달러가 되면 38달러 부르는 놈에게 팔든가. 아님, 40달러 찍으면 권리 행사하든가."

"정말 그렇게까지 갈까요?"

"슬슬 불안해질 때가 됐어. 석유 파동에 대한 우려가 강해질수록 유가는 높아질 거야."

내 예상대로라면 최소 12배의 수익은 나올 것이다.

앨런을 돌려보내고 중간 정산 겸 잠시 향후 일에 대해 정리하고 있는데 미국에서 급하게 전화가 왔다.

제프도 아니고 라파엘이었다. DGO 시스템즈의 네트워크 전문가. 3G를 이룩해 줄 나의 알토란 같은 기술자가 말이다.

"오, 라파엘, 웬일이야?"

-보스께 상의드릴 일이 있어 전화드렸습니다. 지금 괜찮으십니까?

"응, 말해 봐. 라파엘이라면 없는 시간도 빼야지."

-감사합니다. 우선 용건이 급해 설명해 드리겠는데 광역통신망 서비스가 개방된 이때 DGO 시스템즈가 너무 무방비로 있는 것 같아 급한 마음에 먼저 전화드렸습니다. 아무리 기다려도 보스께서 지시를 내려 주지 않아서요.

"으응? 그게 무슨 소리야?"

광역 통신망 서비스?

3G 얘긴가?

-보스, 모르셨습니까?

"뭐를?"

-세상에…… CERN의 팀 버너스리가 WWW를 세상에 공표한 건 아시죠?

"WWWW?"

아니요. WWW요.

"아! 인터넷."

-역시 바로 눈치 채시는군요. 지금 버너스리가 WWW뿐

만 아니라 웹 브라우저까지 개발해 마음대로 가져다 쓰라고
공개했습니다. 우리도 어서 빨리 움직여야 합니다.

"……."

이게 무슨 얘긴지…….

대체 뭘 하라는 건지…….

미래의 보통 사람이라면 흔히들 인터넷으로 통칭하는
WWW가 이 시기에 만들어졌다는 것도 난 지금 알았다.

확실히 잘 모르는 분야라 어떻게 대답해 줄 수가 없었다.

그런데 라파엘은 뜬금없이 나에게 사과부터 먼저 한다.

-아무리 기다려도 연락이 없어 보스의 일정을 살펴봤습니
다. 너무 바쁘시더군요. 몸이 세 개라도 부족할 정도로요. 당
연히 신경 못 쓰실 만도 하죠.

"그, 그렇긴 하지. 내가 한국에서 큰일을 맡았거든."

-그래서 제가 먼저 움직였습니다. 허락도 없이. 제프에게
말하긴 했는데 너무 죄송합니다. 제가 마음만 급해서.

"아니야. 라파엘은 내가 믿는 사람이야. 급한 일이라면 선
조치해도 무방해."

-그렇게 말씀해 주시니 안심됩니다. 그럼, 지금까지 있었
던 일을 말씀드려도 될까요?

"그래, 뭘 한 건데? 편하게 말해. 난 라파엘 편이야."

-역시 보스시군요. 미리 말씀드리고 할 걸 괜히 마음 졸였
습니다. 올해는 참 바쁜 해죠?

참 서두가 길다.

"그렇지. 근데 이제 본론을 말해 줄래, 라파엘?"

-아, 죄송합니다. CERN의 팀 버너스리가 WWW를 개방한 거로 모자라 웹 브라우저마저 무료로 공개한 걸 보고 저도 DGO 시스템즈에도 광역 통신망 서비스를 위한 어떤 툴이 있어야 함을 느꼈습니다. 하지만 직접 만들기보다 제가 아는 한 가장 진보적인 사람을 찾아갔죠. 저보단 그가 더 나을 거란 예상이었습니다. 그래서 그를 만나 환경에 걸맞은 체제를 개발해 달라 부탁했죠. 헌데 그는 벌써 이 일을 어느 정도 진척시켰더라고요.

"그래? 그 사람이 누군데?"

-스티브 잡스라고 얼마 전까지 애플에 있다가 퇴사한 사람인데요. 그가 이 일에 관련하여…….

뭐라?

스티스 잡스?

뒷얘기는 하나도 들리지 않았다.

스티브 잡스란다.

우리 라파엘이 스티브 잡스를 만나고 왔단다.

〈5권에 계속〉